日本探偵小説を読む

偏光と挑発のミステリ史

押野武志・諸岡卓真 編著

北海道大学出版会

まえがき

一　ミステリに囲まれて

私たちはミステリに囲まれている。

例えば、年末に書店に行くと、ミステリを特集した棚が設けられているのを目にするだろう。そこでは、「このミステリーがすごい！」（宝島社）をはじめとする各種ランキングに入った作品が、鮮やかなポップとともに平積みになって売られている。しかも、ミステリをテーマにしたランキングは一種類だけではない。ほぼ同時期に、「週刊文春ミステリーベストテン」（文藝春秋）、「本格ミステリ・ベスト10」（原書房）、「ミステリが読みたい！」（早川書房）などが発表され、さらにはランキング形式は採っていないものの、識者がミステリを紹介する「本格ミステリー・ワールド」（南雲堂）もある。このようにランキングが多数発表されるのは、それだけミステリの新刊本が数多く出版されていること、そしてそれを享受する読者が多数存在していることを意味する。読者の側でも、限られた時間の中で（あるいはお金の中で）厳選して面白いものを読みたいと思っている。そのような読者が数多く存在しているからこそ、ランキングが求められるのである。その意味で、ミステリランキングの乱立は小説メディアにおけるミステリ人気を象徴している現象なのだ。

ミステリの人気は小説以外のメディアでも指摘できる。テレビを見れば、『相棒』(二〇〇〇年〜)をはじめ、ほぼ毎日のように謎解きドラマが放映されているような状況だ。漫画には『金田一少年の事件簿』(一九九二年〜)、『名探偵コナン』(一九九三年〜)というヒット作があり、『キサラギ』(二〇〇六年)、『容疑者Xの献身』(二〇〇八年)など、ミステリを題材にした映画もしばしば公開されている。ゲームにも『かまいたちの夜』(一九九四年〜)や『逆転裁判』(二〇〇一年〜)といったヒットシリーズがある。

これらの状況を鑑みれば、もはやミステリ作品が発表されたことのないメディアを探す方が困難である。私たちは知らず知らずのうちにミステリに囲まれて生活しているのであり、仮にそのつもりがあるならば、いつでも、どのようなメディアでもミステリを楽しむことができるだろう。その意味で、現在の文学・文化的状況を検討するためには、ミステリは欠かせない視角になると考えられるのである。

このような状況を正確に予測していたわけではないが、北海道大学大学院文学研究科映像・表現文化論講座(旧・日本文化論講座)では、二〇〇〇年頃からミステリに関する様々な研究活動を行ってきた。従来、サブカルチャー領域にあると目されるミステリの研究は、アカデミズムでは盛んではなかったが、ちょうどこの頃から講座にミステリ好きの院生、学生が集まるようになり、ミステリを題材とした読書会が定期的に開催されるようになった。その後、研究集会等で何度かミステリ特集が組まれたり、院生が中心となって発行した研究同人誌のミステリ特集号が発行されたりもした。現在では、台湾のミステリ研究者との交流も生まれ、国際的な文学・文化研究へと発展しつつある。

本書は、そのような研究成果から精選し、書き下ろし論文も加えた論集である。執筆者は全員が北海道大学に何らかの形で所属したことがあり、一時期は同じ講座で研究活動を行っていた。文学研究者によるミステリ論集は、吉田司雄編『探偵小説と日本近代』（青弓社、二〇〇四年）などの先例はあるが、同一講座の関係者による論集はおそらく初の試みである。各論文はそれぞれ独立した問題を扱っているが、本書を通読すれば、江戸川乱歩、松本清張、京極夏彦など各時代を代表する作家の作品の特質を知ることができるとともに、戦前から現代に至るミステリの史的展望も開かれるはずである。本書収録の十本の論文を通読すれば、日本のミステリが、謎解きというフォーマットを基本としながら、時代や社会によって、あるいは論者によって様々な色合いのフィルターがかけられ、それぞれに独特の姿を見せてきていることが実感されるのではないだろうか。本書はそのような「偏光」する数々の日本探偵小説たちに「挑発」されるようにして書かれた。「偏光と挑発のミステリ史」というサブタイトルには、そのような意味が込められている。本書によって、一筋縄ではいかない日本ミステリの魅力に気づくとともに、ミステリを「読む」ことの面白さを感じていただければ幸いである。さらに、本書に触発され、新しいミステリ論が生まれることがあれば、これほどうれしいことはない。

なお、一般的なミステリの評論や研究などでは、犯人やトリックをばらしてしまうことは御法度とされ、「ネタばれ」への注意書き等が付されることがあるが、本書ではそのような配慮は一切行わなかったことはあらかじめお断りしておきたい。というのも、「ネタばれ」を気にせずにできる限り詳細にミステリを検討したいと考えたからであり、さらには犯人やトリックがあらかじめわかっていたとしても、ミステリは十分に楽しむことができるはずだと考えているからである。ミステリが再読に耐える文学であるということは、本書に収録された各論文を読んでいただければ、きっと納得していただけるのではないかと思っている。

二　本書の構成

本書では、戦前編、戦後編I、戦後編II、現代編という四つの通史区分を設け、それぞれに二、三本ずつ論文を配置した。

《戦前編》

戦前期のミステリについては江戸川乱歩と小酒井不木に関する二本の論文を収録している。

成田大典「「一寸法師」のスキャンダル――江戸川乱歩と新聞小説」は、乱歩を人気大衆作家に押し上げた新聞小説「一寸法師」(一九二六～二七年)を、当時の新聞言説の中であらためて読み直す試みである。現代の新聞でも、小説は現実の事件の記事や広告などに囲まれて掲載されている。そのため、場合によっては周囲の情報と小説の内容が偶然にもリンクしてしまうこともあるはずである。そのような偶然的な出会いは、小説が単行本に収録された際には消えてしまうが、成田論では「一寸法師」掲載当時の新聞言説の中にこの作品を置き直すことで、この作品が当時有していたスキャンダラスな側面をより一層際立たせていく。現在の目からすれば多分に差別的な内容を含む小説であるが、そのような視線は新聞言説と共犯関係を結び、相乗効果を発揮していく。乱歩自身の評価は高くなかったにせよ、この作品がエログロの時代の代表作として大衆に受け入れられていった要因の一つは、この点に求められるに違いない。単行本のみでこの作品に触れていた読者も、おそらくはこの読解によってさらに「一寸法師」への理解が深まるはずである。

井上貴翔「指紋と血の交錯――小酒井不木「赦罪」をめぐって」は、小酒井不木の掌編「赦罪」(一九二七年)を、発表当時の指紋に関する言説の中で詳細に読み解いたものである。「赦罪」の発表時期は、日本において指紋による個人識別法の導入期にあたっている。井上論によれば、指紋は単に個人をアイデンティファイする役割を担うだけでなく、国家による「国民」の登録・管理の一手段ともなる。また一方で、導入期の指紋言説には民族性と関連づけて語る疑似科学的なものもあった。つまり、「指紋」は二重の意味で「国民国家観」と結びつくものだったのである。井上論では、これらの言説の編成を確認した後で、小酒井不木「赦罪」がどのように「指紋」言説を導入し、そしてずらしていっているのかを詳細に検討している。本論を読めば、「指紋」をめぐる様々な力学が重層的に働いていることが確認できるだろう。

《戦後編Ⅰ》

戦後編Ⅰには、坂口安吾『不連続殺人事件』(一九四七〜四八年)、松本清張『ゼロの焦点』(一九五八〜一九五九年)、水上勉『飢餓海峡』(一九六二年)に関する論文を収めた。これらの作家、作品は、ミステリジャンルのみならず、いわゆる「純文学」領域での評価が比較的高いという共通点がある。戦後ミステリと純文学との交錯を探るという点で、この三論文は共通している。また、上記三作品は笠井潔『探偵小説論Ⅰ』(東京創元社、一九九八年)で大きく扱われたものであり、笠井論の再検討という面でも注目できる。

押野武志「坂口安吾ミステリの射程――『荒地』派詩人たちとの交錯」は、坂口安吾『不連続殺人事件』と戦後の『荒地』派詩人たちによる近・現代詩の「殺人事件」の接点を探っていく。『荒地』派といわれても、もしかするとミステリ読者にはピンとこないかもしれないが、鮎川信夫、田村隆一という名前なら、一度ならず目にしたことがあるはずだ。彼らは詩人としての活動の他に、アガサ・クリスティをはじめ、欧米のミステリ作品の翻訳を多数手掛けているからである。押野論では、『荒地』派詩人たちの試みと安吾ミステリの試みとの共通点を探りながら、『不連続殺人事件』に従来とはまったく別の文脈から光を当てる。文学研究とミステリの双方に詳しい著者ならではの一編である。

高橋啓太「「終戦直後の婦人」の創出――松本清張『ゼロの焦点』」は、社会派推理小説の代表作を取り上げている。著者が注目するのは、『ゼロの焦点』の推理の出発点に「終戦直後の婦人」についてのステレオタイプ的な見方があるということだ。そのような見方は、従来の研究・批評ではほとんど俎上に載せられていなかった。このことは言い換えれば、従来の研究・批評が再生産し続けてきたイメージがあるということだ。本論文での問題提起は、『ゼロの焦点』を戦後文学として、あるいは被占領文学としていかに捉えるかという点で大きな示唆を与えてくれるだろう。

近藤周吾「帰郷不能者たちの悲歌――水上勉『飢餓海峡』論」のはじめの問題提起は、ミステリの転回期に現れる〈人間〉とは何か、ということである。著者はその答えを、『飢餓海峡』の詳細な分析を通して少しずつ提出していく。論文自体がミステリ的な書き方になっているため、それが何かを明かすことはしないが、ヒントとして、近藤論がミステリにおいて「動機」がいかにして描かれるのかということについて検討しているということは指摘しておこう。本論を読むと、従来の研究・批評が「動機」とは何かという問いを十分には検討してこなかったのではないかということに思い至らされる。

《戦後編II》

戦後編IIに配置された二本の論文は、従来の批評・研究であまり注目されてこなかった領域についての検討を行うものである。

横濱雄二・諸岡卓真「もうひとつのクローズドサークル――『八つ墓村』と『屍鬼』」は、ミステリの舞台として頻繁に登場する閉鎖状況に注目した論文である。クローズドサークルといえば、絶海の孤島や吹雪の山荘など、物理的に脱出できない空間が典型的なものとして思い浮かぶが、クローズドサークルと呼ばれるものの中には、物理的には閉ざされていないにもかかわらず、何かしらの閉鎖性を感じさせる作品が少なからず含まれる。本論ではそのような作品の中から、横溝正史『八つ墓村』(一九四九~五一年)と小野不由美『屍鬼』(一九九八年)の二作品を取り上げ、比較を行った。「開かれた」閉鎖空間においては、いったい何が閉鎖性を感じさせる仕掛けになっているのかを明らかにし、さらにそのような舞台設定とサスペンス性との関係性についても考察している。

小松太一郎「〈わたしのハコはどこでしょう?〉――赤川次郎「徒歩十五分」をめぐって」で取り上げられるのは、赤川次郎の初期の短編作品である。赤川といえば、三毛猫ホームズをはじめとする数々の人気キャラクターを生み出してきたが、小松が注目するのは赤川作品でしばしば舞台となる団地だ。戦後の高度経済成長を背景として各地に建設された団地は、外観も似たようなものなら、そこに住む人々のライフスタイルも似たようなものであった。小松論では、「徒歩十五分」(一九七九年)をこの団地の画一性という観点から読み解いていく。赤川次郎は、その作品数と発行部数に比して、圧倒的に批評・研究に乏しいことが指摘できるが、本論はその間隙を突くものであるという点でも注目できるだろう。

《現代編》

現代編には、いわゆる「新本格」ミステリ以降の作品を対象にした論文を三編集めた。

横濱雄二「憑物落し、あるいは二つの物語世界の相克――京極夏彦『姑獲鳥の夏』」は、『姑獲鳥の夏』(一九九四年)における探偵の推理と幻想性との関係を探った一編である。この作品は、本格ミステリでありながら幻想小説として評されることもあるが、横濱論では探偵役である京極堂の推理=憑物落しが、原理的に幻想性を含み込んでいるという指摘を行っている。本格ミステリは科学性を前提とし、幻想性とは相容れないという見方が一般的ではあるが、そのような見方を相対化する契機として本論を読むことができよう。横濱論を前提としてあらためてミステリジャンルを眺めれば、論理性と幻想性の両立を得意とする島田荘司や柄刀一といった作家の作品群が新たな色合いを帯びて見えてくるのではないだろうか。

大森滋樹「サスペンスの構造と『クラインの壺』『ジェノサイド』の比較考察」は、サスペンスという観点からミステリを捉える試みである。本論ではまず、サスペンスの源泉に時空間の限定があるということを指摘し、そこから現実世界における交通網や通信網の発展がいかにしてミステリ作品に取り込まれ、サスペンスを生み出していったのかについて様々な作品を例にしながら検討していく。後半では、現実世界とまったく別種の「時空間」を発生させるインターネットメディアについても考察され、それを用いたサスペンス作品として岡嶋二人『クラインの壺』(一九八九年)と高野和明『ジェノサイド』(二〇一一年)の比較が行われる。サスペンスを視座としたミステリ小説、あるいはエンターテインメント小説を概観する試みはこれまでほとんど行われておらず、大森論のような観点からのジャンルの捉え返しも今後必要になるはずである。

諸岡卓真「創造する推理――城平京『虚構推理』論」では、二〇一二年に本格ミステリ大賞を受賞した『虚構推理』(二〇一一年)を取り上げる。従来、本格ミステリでは科学性や論理性が重視され、それと対立すると目された超常的な要素は作品から排除されるのが一般的であった。しかし、現代日本のミステリでは、本格ミステリの作中に超能力や妖怪などの超常的な要素が平然と登場し、なおかつ論理的な謎解きの物語になっているという作例が多くなってきている。『虚構推理』はそのような作例の一つであり、さらには「後期クイーン的問題」やインターネットメディアの利用という観点からも興味深い論点を指摘できる。本論を読むことによって、現代日本の本格ミステリがどのような独自の変容を遂げているかを知ることができるだろう。

なお、各論文の末尾にはその論文のテーマと関連の深いブックリストを掲載している。もし論文の対象となっている領域に興味を感じたなら、ブックリストを参考にして、次に読みたい本を見つけてみていただきたい。

諸岡卓真

目次

戦後編Ⅰ

戦後編II

現代編

戦前編

「一寸法師」のスキャンダル
——江戸川乱歩と新聞小説

成田大典

一　新聞小説としての「一寸法師」

江戸川乱歩の「一寸法師」は、二重の意味でスキャンダラスな作品である。すなわち、一つには作品の内容自体がスキャンダラスということであり、もう一つはスキャンダラスな記事にあふれた新聞紙上に掲載された作品であり、作品と実際の事件やその他の記事とが結びついている、つまり小説の内と外とで往還現象が起こってくるという意味においてのスキャンダル性である。

この物語は冒頭、夜の浅草公園で小林紋三が、奇怪な一寸法師が人の手首を持っているのを目撃するところから始まる。翌日小林は、富豪山野家の後妻百合枝から令嬢の消失を打ち明けられ、友人の明智小五郎に相談する。その後、百貨店での手首陳列、一寸法師の跳梁、貞淑な百合枝が遭遇する脅迫、暴かれた令嬢の淫蕩性、小林の百合枝との駆け落ち企てなど、次々とスキャンダラスな話が展開してゆく。探偵明智に追いつめられた一寸法師は、逃走中に空中から転落、やがて絶命し、誘拐されたと考えられていた令嬢が、実は小間使いの小松を殺害し、小松になりすましていたことが明らかにされる。バラバラで発見された死体の断片は小松のものであり、一寸法師はその件で山野家を脅迫していたのである。最後に明智は令嬢の犯罪を見逃し、罪を死亡した一寸法師に転嫁して事件は幕を閉じる。

「一寸法師」は、東京と大阪の両朝日新聞に一九二六（大正一五）年一二月八日から翌一九二七（昭和二）年二月二〇日（大阪は二一日）まで六七回にわたり連載された（この当時は東西で『東京朝日新聞』と『大阪朝日新聞』に分かれていた）。連載に至る背景としては、山本有三が急病のため「生きとし生けるもの」の連載を中断し、急遽代わりとして起用されたという事情がある。この時期の探偵小説は、当時、『新青年』編集長として指導、案内役的立場にあった森下雨村が「一二年以前の如く発表される毎に喧々囂々と論議しつくされるといふやうな事は、最近ではもう見られなくなつた。これは併《しか》し、探偵小説の衰退を意味するものではなくて、反対にもはや議論の余地なきまでに、一般的になつたことを意味してゐるのである」（「一転機にある探偵小説（上）」『読売新聞』一九二六年一一月三〇日）と述べるように、新興の文学ジャンルとして徐々に読者数を獲得しつつあったことも事実である。

だが、それはやはり『新青年』といった専門性の高い雑誌を中心としたものであり、雨村の言も『新青年』編集長としての立場が幾分作用しているように思われる。探偵小説というジャンルは、雨村の言うほどにはまだ一般的には十分に浸透していたとは言いきれず、実際乱歩も一九二三年の「二銭銅貨」をはじめとして、その作品の大部分は『新青年』に発表され、それ以外の作品の場合も『写真報知』、『苦楽』、『探偵趣味』といった限られた雑誌媒体での掲載であった。そのような、「私はむろん駆け出しであったし、私のものに限らず、創作探偵小説が新聞にのるのは初めてのことでもあ(1)」った状況の中で「一寸法師」が一〇〇万部を超す新聞という巨大メディアに載ったということ、それは乱歩が意識していた以上に探偵小説の認知度拡大に大きな役割を果たしたといえる。

この作品に関し、乱歩自身はひどく羞恥を感じており、「この作が小説としてひどく幼稚だった(2)」、「あまりの愚作にあいそがつきて、中絶したかった(3)」、「あれは実にどうも赤面のほかの何物でもない。〔中略〕とんだ醜態を演じた。〔中略〕恥を天下にさらしたような気がしている(4)」、というように繰り返し嫌悪感を表明している。事実この「『朝日新聞』の連載が終わるころから激しい自己嫌悪におちいり、昭和二年のはじめには、ついに筆を折る決意をして、ひとりぼっちで長い放浪の旅に出た(5)」のである。

しかし乱歩自身の評価はともかく、「一寸法師」は連載終了以前の段階ですでに映画化の決定が新聞上で報道されており(「映画となる小説『一寸法師』」『朝日新聞』一九二七年二月一二日)、当時読者の人気を博したことが窺える(一六日にも「『一寸法師』の主役」という記事が載っている)。また放なお「一寸法師」の映画化はこの後も、昭和二三年、三〇年と全部で三回行われている)。また放浪にあたって、残された家族が生活していけるように、妻に下宿屋を経営させたが、その元手も

「一寸法師」の稿料であった。

以上のように、「一寸法師」は乱歩にとって経済的あるいは社会的には非常な出世作、成功作であるが、乱歩自身の評価が低く、また内容が差別的な言辞に満ちあふれていることも関係し、従来は都市論の文脈の中で捉えられる程度であった。(6)

しかし近年では新しい試みもなされてきている。上流階級婦人に対する市民階級男性の憧憬・欲望という構図を読み取り、そこから乱歩の通俗性を評価する小谷野敦「偉大なる通俗作家としての乱歩」(『国文学　解釈と鑑賞』別冊、二〇〇四年八月)や、冒頭の浅草公園における「陰間」表象を取り上げ、同性愛の描写自体が備える「正常／異常」の境界侵犯性を明るみに出す黒岩裕市「同性愛の感染性——一九三〇年の「陰間」表象と江戸川乱歩の『一寸法師』」(『昭和文学研究』第五四集、二〇〇七年三月)などである。

本論では「一寸法師」を「新聞小説」として見ていく。新聞小説というメディア的な視点から捉えることで、どういった点で当時の読者の人気を呼んだのか、すなわちいかに読者の興味を喚起したのかが見え、そこから時代の一断面が見えてくるのではないだろうか。(7)本論の試みの主眼は、「一寸法師」とそれが連載された新聞上の記事とを同時に読む行為を通じて、新聞小説としての「一寸法師」のスキャンダル性を暴くことにある。

二　娯楽としての犯罪

よく知られているようにこの時代は探偵趣味的なものがあふれていた時代である。作中でも中心的視点人物である小林紋三には次のような描写がある。

枕下《もと》の新聞を拡げると、彼の癖として、先《ま》づ社会面に目を通した。〔中略〕三段抜き、二段抜きの大見出しは、ほとんど血生臭い犯罪記事ばかりなのだが、さうして活字になつたものを見ると、何かよその国の出来事の様で、一向迫つて来なかつた。

実際、連載時の新聞記事の報道には「鬼」「惨死」「惨殺」「迷宮入」といった煽情的・猟奇的な語句が散見できる。もちろんこのような記事はこの時代だけに固有のものではなく、そもそも新聞と犯罪報道の間には、新聞の成立以来、密接な関係がある。だが同一の新聞紙上の犯罪記事と小説とが、相補性を強化されて読まれるようになるのは、探偵小説がジャンルとして一つの動きを持つようになったこの時代まで待たねばならず、その端緒という意味でも「一寸法師」が新聞小説として担った役割は見逃すことはできない。右の引用部分が掲載された一九二六（大正一五）年一二月一三日の社会面の記事を見ても次のような大きな見出しが目に付く。

廿一《にじゆういち》年前の三人殺し自白／親切がたゝり主人も罪人に／母親を慕うて幼女轢殺さる／石工斬り犯人四名捕はる／池袋の火事放火らしい／新手の貸間荒し

見出しだけではない、記事の内容を見ても、例えば一九二六年一二月二三日には、「人夫を虐げる鬼四名を捕ふ」「淀橋町会議員二人組で悪事」「日本人会館焼かれ会長惨殺される」「若い女給の身投げ」といったスキャンダラスな言葉が次々と目に入ってくるが、「人夫を虐げる鬼四名を捕ふ」の記事ではこのように書かれる。

虐待したのは〔中略〕凍傷のため歩行の出来ないのを怠けるとて背部からスコップや**木刀で**乱打し腕を骨折せしめ、二十日は鮮人土工金福永が脱走を企てたのを捕らへて〔中略〕**虐待さ**れた一同が死をもつて逃走、官憲に訴へたために二十一日事件明瞭となり前記四名は豊原刑務所に収容された

ゴシック体の部分は原文では他の文字の四倍分の大文字で表記されており、容易に目に付く構成となっている。現代ならば週刊誌上で見られそうなこのような記事を、当時は新聞という巨大メディアで、ほぼ毎日のように百万単位の人間が享受できたのである（図1）。

東京朝日新聞

大日本蠶糸會の會計主任
公金七十萬圓を詐取
皇太后陛下下賜にかゝる
金五萬圓もろ共

公金で大株主
職工七名大亂暴

少女廿余名へ
恐しい脅迫狀

チフス患者
行方をくらます

短銃の出所を
つひに自白す

變つた慈善家二人
元旦、こじき姿で東京を出立
東海道を惠んで歩く婦人と
奇特なパンの紳士

ロンドンを騷がす
奇怪な事件

美人の探偵小說家
突如行方不明となる

旭川酒精會社工場燒く

死んだ多見藏

怪事件の『なぞ』を解く
四ッの場合の想像

塚本女史の死
自殺と判明す
思想の惱みから

トコ號遂に不明

元田肇氏夫人逝く

麴町の强盜
つひに捕はる

深川の人夫殺し

斷はりなしに

濠から引揚げられて
今度は舌をかみ切る

千福

第一外國語學校

日本商業學校

特別受驗科

GEO. W. HUGHES

すつぽん料理
まるや

みさをシタバキ

運命

東京病院

小說の文藝 俠客

図1　「一寸法師」連載時期の新聞の社会面（『東京朝日新聞』1927（昭和2）年1月9日）　左上にはアガサ・クリスティの失踪も報道されている。

こういった状況は新聞だけではない、雑誌や小説作品でも犯罪・探偵に関わるようなものが氾濫していたのである。雑誌では一九二〇年の『新青年』創刊を代表に、『新趣味』(一九二二年)、『秘密探偵雑誌』(一九二三年)、『探偵文芸』(一九二五年)、『探偵趣味』(同年)、『猟奇』(一九二八年)などが相次いで発行されている。

また図書においても、この当時非常な勢いを見せていた予約制廉価全集本、いわゆる「円本」のブームとも重なる形で、全集、シリーズ物が陸続と発行されるようになる。周知のように円本とは、一冊一円で売られた予約制定期購読式のシリーズものの総称だが、それまでの一般書籍と比べて、格段に安く一冊あたりの分量も多かったため、大変な人気を呼び、様々な全集やシリーズが企画された。

後には二冊で一円の小型版も発行されたが、それらも含め、一九二〇年代後半から三〇年代初頭に隆盛を誇った円本は、新進ジャンルである探偵小説をもまたその射程に組み込んでいく。特に一九二九年には『ルパン全集』、『日本探偵小説全集』、『世界探偵小説全集』(博文館版)、『世界探偵小説全集』(平凡社版)、『探偵小説全集』、『小酒井不木全集』、また探偵小説ではなく研究書ではあるが『近代犯罪科学全集』といった全集が出されており、まさに犯罪や探偵的なものに彩られた二〇年代を集大成しているかのような観がある。

このような犯罪ジャーナリズムの成立は人々の好奇心を満たすが、それが食傷気味なほどにまで進むと実際の行動へと転化する場合が出てくる。後述するが「一寸法師」の連載期間中にもこのような探偵趣味が高じて虚構と現実の境界を越えてしまったような事件報道が見受けられるのである。乱歩の作品の多くでも、そのように無為に明け暮れている人物が新聞紙上の犯罪事件にも飽きて実際に行動を起こすという設定がとられている。

「一寸法師」においても、血なまぐさい犯罪記事も「活字になつたものを見ると、何かよその国の出来事の様で、一向迫つて来なかつた」のであり、そのような日常を送っている小林は、「ふとどこかの隅つこで、飛んでもない事柄に出くはす様な気がした。何かしらすばらしい物が発見出来《でき》相《そう》にも思はれ」て、夜の浅草公園を徘徊しているうちに、不審な一寸法師を見つけ尾行をするのである。そして、「彼のこの尾行は、決して正義のためにやつてゐるのではなく、何かしら異常なものを求める、烈《はげ》しい冒険心に引きづられてゐるに過ぎないのだつた。もつと突き進んで行つて、血みどろな光景に接したかつた」というように、小林の探偵行為の根本にあるのは、やむなき事情によって必要に迫られたものではなく、無為や倦怠などから来る好奇心なのだ。

このような状況にあるのは小林だけではない、作品内の探偵たる明智も同様で、「上海から帰つて以来約半年の間、素人探偵明智小五郎は無為に苦しんでゐた。もう探偵趣味にもあきあきしたなどゝ言いながら、その実は、何もしないで宿屋の一間《ひとま》にごろごろしてゐるのは退屈で仕様がなかつた。〔中略〕山野夫人の話を聞いてゐる内に、彼は多年の慣れで、これは一寸《ちよつと》面白さうな事件だと直覚した」というように書かれている。さらに誘拐された資産家令嬢の山野三千子の場合も、部屋は「内外の探偵本がそこにずらりと並んでゐ」るのであり、明智によって「三千子が探偵小説の愛読者だつたことを考へ合せると、彼女の心持なり遣《や》り口なりがよく分るのだよ。〔中略〕死体をピアノに隠したのもゴミ箱のトリツクも夫人の部屋へ偽証を作つたのも、皆彼女の智恵なんだ」と述べられ、探偵趣味の持ち主として描かれている。

新聞上でも、一九二七年一月一四日の広告欄には〈秘密探偵依頼に応ず　岩井三郎〉という広告が掲載されている。また同年二月二日の『時事新報』では「偽刑事の犯行頻々」という記事の中で、偽刑事の犯罪が続出していること、その原因が警察の横暴にあることが述べられる。

偽刑事の横行を誘発した根本原因は、我国警察官が其職務を行ふに当り、兎角《とかく》職権を傘に着て、動《やや》もすれば人権蹂躙に陥り易き多年の悪風の余弊であると認められる。即ち警察官が平常その職務を行ふに際し、所謂人民に対して尊大の風を以て臨み、警察権を振まわせば、無智のものや、女小供が之に畏れを為して其言ふが儘に服する実際の実例が、偽刑事の犯行を頻発せしめた主因の一である。

このように、この時代は警察への不満を問題意識化し、口に出すというようなことが実際に新聞上で行われた。そして警察への不満は、当然そのはけ口を必要としたであろう。そう考えるならば、警察を従僕のごとくに扱いあるいは警察を向こうに回し、快刀乱麻を断つ活躍で犯罪事件を解決する明智小五郎という探偵は、そのような警察への不満から来る読者の期待の表れと考えることもできるのであり、したがってこういった点からも新聞読者の要望と結びついていたということもできる。奇しくも、右の警察に関する記事が『時事新報』で掲載された同日、朝日新聞上の「一寸法師」では明智と小林の間で警察が話題にあげられる。

実はこれから捕物に出かけるのだ。今に警視庁の連中が僕を迎へにくることになつてゐる。僕が指揮官といふ訳でね。それに今日は珍しく刑事部長御自身出馬なんだ。心易いものだからね。僕が引つぱりだしたんだよ。

素人探偵の明智が、犯罪捜査のプロである警視庁の面々の優位に立っている事実が表明される場面なのである。

三　美醜という見世物

中村三春は、「このテクストでは、公園―一寸法師―百貨店は、陳列・展示の視覚装置という性質に系列づけられる。一寸法師そのものが、「おそらく曲馬団にでも勤めているのだろうが」と、その見世物性が認知される存在であった(8)」と述べているが、多くの文学テクストや映画、写真などに代表されるように、この時代は視覚的な表現や視覚メディアが氾濫している時代であった。「一寸法師」においても、そもそもその作品名に用いられている一寸法師という呼称自体が、身体的な特徴という外見に由来するものである。

一寸法師は主要な登場人物の中で固有名を与えられていないただ一人の人物である。登場人物たちには外貌に関する描写がほとんどないが、そのような中において、身体的特徴でその存在が規定されているという点で、一寸法師は特異な存在なのである。肉体という外的な要素で内面的なものが決められるというような描写が、作品内には何箇所も見ることができる。

このような、外貌によりその存在を規定するという把握は、一寸法師のみでなく山野三千子という女性にも同様に行われる。この三千子という女性は、様々な点から一寸法師と対照的に置かれる存在である。多くの男性と関係を持ち、弄び、また誘拐・殺害されたと思われながら、実は異母妹にあたる小間使いを殺害して、犯罪を偽証していたというように、反道徳的で典型的な淫婦・悪女として描かれている。この三千子の失踪の捜査のために、探偵明智は様々な証拠を拾い上げるが、そのうちの一つである三千子の写真を見てこう述べる。

これは山野夫人からもらつて来た、三千子さんの最近の写真なんだが、この写真を見ても、三千子さんの性質が想像できる。〔中略〕この三千子さんの表情なんかも色々なことを語つてゐる。第一に来るのは人工といふ感じだ。作りものといふ感じだ。髪の結ひ方、化粧の仕方、洋服の着こなし、これだけを見ても、どんなに技巧のうまい女だか分る。

ここで三千子は、一面識もない明智からただ写真のみで性質を規定されている。すなわち一寸法師と同様に、外見による内面の規定がなされてしまっているのだ。第一次、第二次の両大戦間期にあたるこの時代は、写真による美人コンテストという催しが頻繁に行われだし、すっかりメディアの中で定着したということだが（井上章一『美人コンテスト百年史』朝日文芸文庫、一九九七年、参照）、そのような事情もここには関わっているだろう。

写真文化の定着からも窺えるように、繰り返しになるが一九二〇年代は視覚的分野で大きな展開が見られた時代である。そしてそのような展開のうちの一つとして、広告・化粧といった面における美や健康に対する嗜好、特に洋装美に対する嗜好が高まったという事実がある。新聞広告自体が盛んに見られるようになったのはもう少し前、一九一〇年代くらいからであるが、一九二〇年代の特徴として、この洋装の旺盛さということが挙げられる。例えば一九二二（大正一一）年には銀座の資生堂で美容・美髪・洋装の三科が設置され、カブト型ドライヤーの設置、パリ・モードの洋装の紹介、資生堂コールドクリームの発売がされている。(9)

作品内の三千子もクリーム、洋服、洋髪、指環、マニキュアというように洋装をしている。また作品内で女性二人の入れ換えトリックがあるが、それを解明する証拠として持ち出されるのは、令嬢と小間使い、二人の使用するクリームの違いというものである。ちなみに明智が目を向けたクリームの違いとは、価格や質の高級低級というものではなく、「脂肪性」「すさんだ皮膚」「青白い人」「赤ら顔に適当な」というように、単純に肌質の差によるものである。このような箇所からも、この時代は身分・職業などに関わらず、女性に広くクリームが流行したことが見て取れる。

実際に連載中の新聞を見ると、化粧品や薬の広告、あるいは婦人雑誌の広告が非常に目立ち、そこでは〈貴嬢《あなた》をホントに美しくする〉〈美は素肌から整へよ！〉〈代表的美人の化粧法〉というようなキャッチフレーズで美が盛んに打ち出されている。

美だけではない、それと結びついて健康に対する嗜好も高まっている。井上章一は『美人論』（朝日文芸文庫、一九九六年）の中で、「美人についての総論が、両大戦間期に反転する」として、明治時代には倫理的建前として唱えられていた美人罪悪論が、両大戦間期には美人肯定説へと変化し、特に不健康から健康美へという美人の属性の変化は、単に建前だけではなく、人々の「実感のレベルにおいても、健康的な美しさという感覚が、ひろがりだす」ということを述べているが、確かにこの時期の新聞の広告には、過剰に健康を賛美する文句が氾濫している。

例えばブルトーゼという薬の広告では〈健康は人格なり〉という見出しに続いて〈虚弱は人生の最大不幸にして世路の敗北者なり　真に正しき強壮剤を選びて健康を獲得し生活を意義あるものとし速に自己を完成せしめられよ〉と述べられる。この薬の広告は、一九二六年一二月二三日をはじめこの時期頻繁に掲載されている（図2）。

〈美〉と〈醜〉、あるいは〈健康〉と〈畸形〉の対比は、三千子と一寸法師、あるいは山野夫人百合枝というような、作品内での人物の対比だけで行われるのではない。同一の新聞紙という媒体の

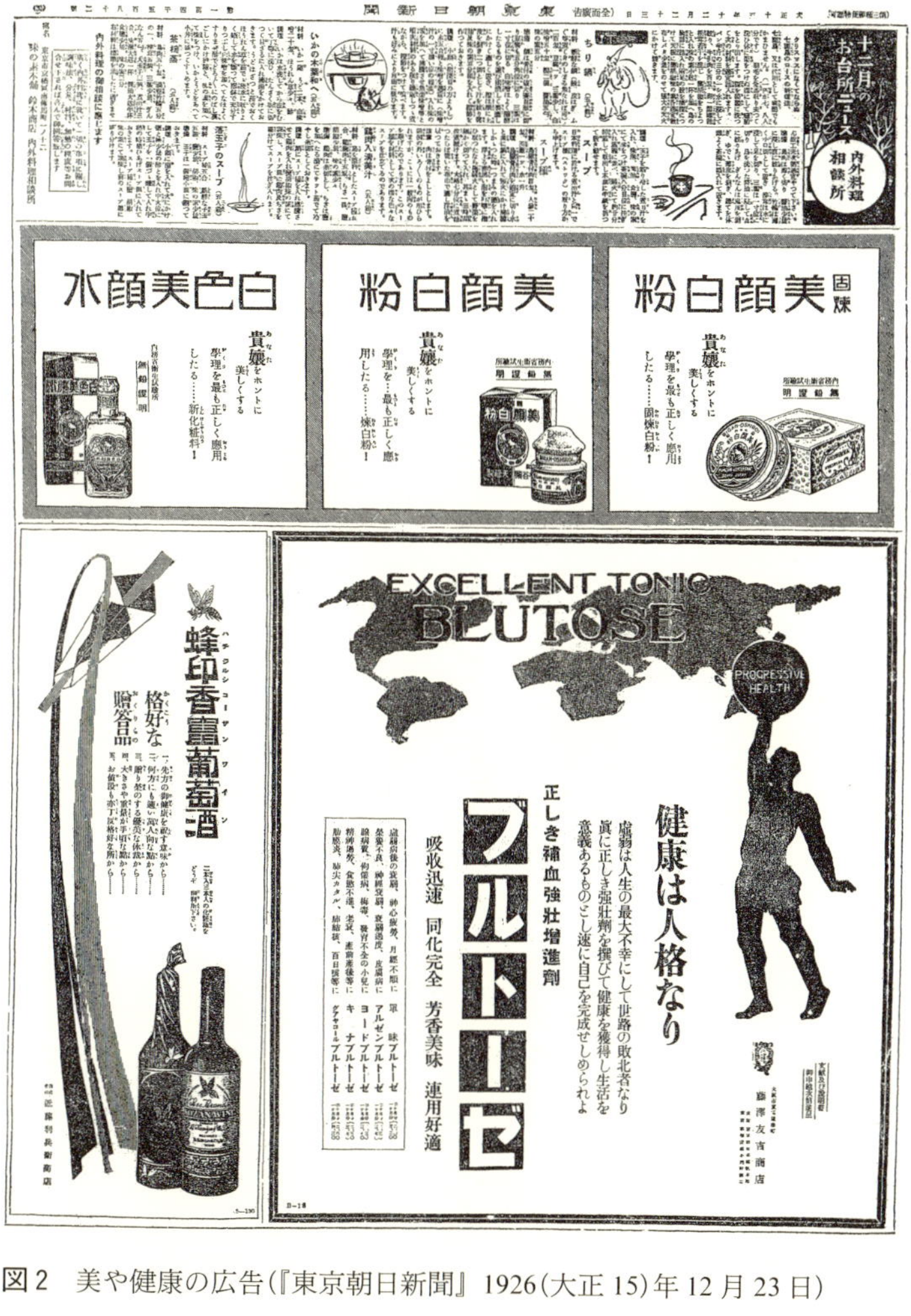
東京朝日新聞 大正十五年十二月二十三日

十二月のお台所ニュース

内外料理相談所

固煉 美顔白粉

貴嬢《あなた》をホントに美しくする

學理《がくり》を最も正しく應用《おうよう》したる……固煉白粉！

内務省衛生試驗所 無鉛證明

美顔白粉

貴嬢《あなた》をホントに美しくする

學理《がくり》を…最も正しく應用したる……煉白粉！

白色美顔水

貴嬢《あなた》をホントに美しくする

學理《がくり》を最も正しく應用したる……新化粧料！

蜂印香竄葡萄酒

格好《かくかう》な贈答品

EXCELLENT TONIC

BLUTOSE

PROGRESSIVE HEALTH

健康は人格なり

虚弱は人生の最大不幸にして世路の敗北者なり

眞に正しき強壮剤を撰びて健康を獲得し生活を意義あるものとし速に自己を完成せしめられよ

正しき補血強壮増進剤

ブルトーゼ

吸収迅速 同化完全 芳香美味 運用好適

藤澤友吉商店

図2　美や健康の広告（『東京朝日新聞』1926（大正15）年12月23日）

中でも、美や健康を称揚する広告とグロテスクに描かれる一寸法師という明瞭な形で目に入ってくる。この対照によって各々がより引き立ち、相補的な効果が発生してくるのである。

四　差別する眼差し

奇形児なんてものは、多くは白痴か低能児だがあいつに限つて、低能どころか、実に恐ろしい智恵者なんだ。〔中略〕夜になると、悪魔の形相すさまじく、町から町をうろつきまわつて悪事といふ悪事をしつくしてゐたんだ。執念深い不具者ののろひだ。

このような表現に見られるように、作品内において一寸法師は普通の人間ではなく、あたかも一種違う生き物であるかのごとく、執拗なまでに繰り返し描写されている。

「こんな不具者は、あの鉢の開いた大頭の中に、どの様な考へを持つてるのかと思ふと、変な気がされた」という表現を例にして、浜田雄介は「グロテスク表現は、安直な好奇心を煽ることによって、「どの様な考へを」と相手の内面への想像力を働かせる結果にもなるのである」（「乱歩と大阪」『文学』二〇〇〇年九／一〇月合併号）と述べているが、このような表現は「一寸法師」に限らず、江戸川乱歩の作品においてしばしば目にすることができる。

小説作品だけではない、作者である乱歩自身が〈小男＝低能児〉という通俗的な把握をしばしば言明している。

例えば『探偵小説四十年　覆刻』(前掲)の中の「一寸法師」映画化についての乱歩自身の述懐を見てみよう。すると三人の一寸法師に会ったときの感想を、「智能は普通で、顔はまずいが愛嬌者であった。(中略)余り長くも話さなかったので、深いことはわからないが、頭は悪くないようであった。(中略)頭はなかなかしっかりしているし、ちゃんとした人生観も持っている」というように述べ、またその後に「一寸法師映画の難関は、主人公の小男がちょっと見つからぬことだ。(中略)サーカスなんかを探せば道化者の一寸法師がいるにはいるのだけれど、この種の畸形児は大抵低能者で、とてもお芝居なんかできっこない」と続けている。乱歩は小男＝低能児という意識を無自覚に受け入れ、そのことに疑問を呈することはない。むしろ作品の雰囲気、効果を上げるために積極的に用い、誇張しているとさえいえるのだ。

このような視点は、当時この作品が無自覚に受容され即時の映画化までされていることから、乱歩だけに固有のものだったとは考えにくい。作者のみならず当時の新聞読者一般に、現在の目から見ると差別的な要素が、意識の俎上にほとんど載ることなく存在したことが窺えるのである。例えば一九二七(昭和二)年二月二二日の読売新聞の「どんな子供が落第するか」という記事では、小学校の落第原因として「一、精神の欠陥、二、身体の欠陥、三、その他の条件の原因」の三種が挙げられ、前二者について次のように語られる。

普通にはこの二つの欠陥が原因結果をなしてゐる場合が多く、身体の病的欠陥から精神活動が著しく阻害されてゐるのです。

肉体の畸形性は容易に精神へと結びつけられてしまう。そしてそのことはまた、容易に偏見を生み、助長するであろう。

だがそれでも乱歩は当時の一般的差別意識をかなり誇張して描いている。例えば「奇形魔」の章における、火事場での「右往左往する消防夫たちに混つて、狂気の一寸法師がチョコ〳〵と走り回つた。彼の奇怪な顔は火焔の為に真赤に彩られ、大きな口が顔一杯にいとも不気味なてう笑を浮べてゐた彼こそはこの世に火の禍を持つて来た小悪魔ではないかと思はれた」(傍点初出のまま)という一寸法師の姿は、放火犯のそれである(もっとも放火自体は彼によるものではなく、犯罪者仲間が行っている)。そしてこの時期、放火犯はしばしば低能者と結びつけられて語られる。例えば一九二七年一月二三日の「低能少年の放火から」の記事で、犯人の少年は「火事が起りポンプが景気よく走るのを見て面白くなり遂に放火したものと判明　同人は生来の低能児である」のであり、二月四日の「低能児の放火」でも同様に、「同少年は五歳の時二階より落ちて頭を悪くし、(中略)火事で消防隊の集るのが面白くて付添の女中をまいて放火したものである」と書かれている。

新聞記事以外でも、放火犯と低能者を結びつける言説はしばしば目にする。例えば一九二九、三〇年に武侠社より刊行された『近代犯罪科学全集』の第七巻『犯罪鑑定餘談』では「放火はしばしば低能者によつて行はれるが」(「放火犯人の正體」)と書かれ、同一〇巻『犯罪者の心理』でも「放火犯人に精神病者の高率であることは、幾多の犯罪精神病学の文献にある世界的事実と云つてよい」(「放火の心理」)とされている。しかも作中の別の場面では「奇形児なんてものは、多くは白痴か低能児だがあいつに限つて、低能どころか、実に恐ろしい智恵者なんだ」というように述べられている一寸法師が、この火事の場面ではあえて「低能児」的に描かれているのだ。

またこの作品では様々な面において、非常に明瞭な二項対立が見受けられる。それは例えば善悪、美醜、あるいは明智に代表されるような理知と小林や一寸法師に見られる欲望というような登場人物の対比だけではなく、銀座や山野家といった山の手と、一寸法師が徘徊する浅草などの下町といったトポロジー的な要素にも看取することができる。

このような特徴は、初期作品と比較した場合、明らかな差異が感じられる。初期の代表作品では、「D坂の殺人事件」(一九二五年)にせよ「屋根裏の散歩者」(同年)にせよ、犯罪者(異常)と探偵(正常)というような明瞭な線を引いて区別することはない。例えば「屋根裏の散歩者」では、従来多くの指摘がされているように、探偵である明智と犯罪者である郷田三郎とは表裏一体の存在である。屋根裏を徘徊して他人の部屋を覗き、ついには殺人を犯した郷田の犯罪を実証するために、明智自身も屋根裏を歩き回る。彼は「一寸君の真似をして見たのだよ」と、両者が容易に交換可能な位置に存在することを言明するのだ。「一寸法師」における安直かつ誇張された差別表現や単純な二項対立、このような俗情と結託したわかりやすい設定こそが、新聞上で人気を博したことの理由の一つでもあるだろう。しかしそれは同時に作者である乱歩自身の自己嫌悪をも生み出し、また現在から見た場合には差別的作品として映るともいえるのである。

「一寸法師」は作品全体が、犯罪・探偵行為など読者の好奇心を誘発するような欲望の眼差しのもとに置かれている。狂言回しの小林紋三がその代表的な存在であり、作品の大部分は彼の視点に寄りそう形の三人称で進んでいく。彼が行う窃視・盗聴・尾行・不倫といった行動は、まさに読者の、とりわけ男性読者の欲望を非常に露骨に反映していると考えることができ、連載中も大いに読者の欲望を喚起したことと思われる。そしてそれらの行為は、毎日少しずつ話が展開する——それは同時に展開や結末が容易に先へ先へと遅延されることでもある——ことで徐々に盛り上がりの度合いが増していくという、日刊新聞固有の連載形式と非常に相性がよく、ますます効果を上げていくことになる。

そのように男性の視点で進んでいく「一寸法師」だが、いくつかの例外と思われるような箇所も見られる。一例として、一寸法師と山野夫人である百合枝の密会の場面では、視点は女性の百合枝に移動する。この場面において貞淑で美しい人妻は、醜い一寸法師の犯姦の餌食とされかけるのだが、目に見えない脅迫者が背後から迫ってくると、百合枝自身が一種の魅力を感じ誘い込まれる。

百合枝は変な気持だつた。たゞ怖はいのではなくて、何かかう不気味《ぶきみ》な獣に襲はれてゐる様な、妙なすごさだつた。それに不思議なことには、相手の告白を聞いてゐる内に、その蛇の様な執念に、あるみ力《(ママ)》を感じ出してゐた。それは憐みの情といふよりは、もつと肉体的な一種の懐しさであつた。

視点人物が男性から女性に変わっているが、このようなスキャンダラスな場面であることを考え合わせると、ここでの女性への視点の変化は、男性の欲望に照らして決して矛盾するものではない。非常に特殊な性描写の場面において女性に語らせることは、男性に語らせるよりも、むしろ盛んに男性読者の欲望を刺激することができるのだ。

欲望の視線は小林と百合枝のみにとどまるものではない。作品内で悪人として描かれる代表的人物、一寸法師と三千子、この二人の描かれ方の中にもそのような要素が含まれていることを見て取ることができる。先にこの両者の共通性として、外貌による存在の規定ということを挙げたが、その他に犯罪者としての先天性というべき点でもこの二人は共通している。

乱歩の作品に描かれる畸形の多くに共通することでもあるが、孤独、固有名の喪失など社会的な地盤を全く持たないことで、一寸法師はその人間性を剝奪され、奇異な感じが強調されるという効果が生まれてくる。そしてそれは「因果な身体に生れついたひがみで気違ひになつてゐるんだ。かう、世間の満足な奴らがにくくてたまらねえんだ」というように犯罪性へと転化されている。

一方の三千子の特徴としては、「三千子さんといふ人は恐らく生れつきの淫婦ではないかと思ふね」あるいは「娘自身生れつきの淫婦でなくては、あれだけのふしだらが出来るものでない」というように負の要素があたかも先天的に備わっているかのような人物として描かれている。

このように一寸法師と三千子は、ある種特権的な犯罪者、もしくは明瞭な悪という共通項を見出すことができるが、一方で新聞の社会面に目を向けても、わかりやすい悪事、悪人表象が目に留まる。試みに「一寸法師」連載中の記事から挙げてみよう。

「日頃の虐待を恨みに思ふ　馬鹿息子終に自白」(一九二六年一二月五日)
「悪謀奇計縦横　驚くべき犯罪　被害者は破産発狂」(同年一二月二三日)
「悪事を援けた素封家一人娘」(同右)
「飛行機墜落を企てた怖ろしい怪犯罪」(一九二七年二月一七日)

これらの記事では、「一寸法師」のように必ずしも犯罪性が先天性と結びつけられているわけではないが、特に最後の事件では犯人の顔写真が大きく載せられ、その左右に「怖ろしい犯人、福長五郎」「柴田飛行士を殺害する目的　後進の出世をねたんで　飛行学校長をも逆うらみ」と書かれて、犯人の凶悪性が単純に伝わってくる構成になっている。

先述したように「一寸法師」は安易なキャラクター設定によって読者の欲望と結びつく。そしてそれは、犯罪や犯罪者を性欲と結びつける当時の通俗科学的言説とも一致しているのである。一寸法師は一方で肉体的不具者として描かれながら、百合枝を襲う場面に見られるように、他方では性的な存在として描かれる。それは不具者＝犯罪、特に性的犯罪と結びつける当時の通俗的な科学言説と重なっている。

例えば探偵小説草創期にあって、理論家、実作者、翻訳者など多面的に活躍した小酒井不木はその一方で医学者であり、「不具と犯罪」（『新青年』一九二四年八月号）の中で「不具変質者（中略）は、同時に性的エネルギーにも障害を持つて居るものであつて、即ち性欲は異常に弱いか、或は反対に異常に強いものである」とし、また一種のひがみから「かくて不具者は猜疑的であり、破壊的であり、復讐的であり、残忍であり、また悪性である。ことに適当な教育を受けない場合には、かゝる危険性は愈《いよい》よ顕著である」というように、不具者と犯罪や性欲を結びつけている。

また特権的な悪人という点で一寸法師と同根の存在である三千子、彼女が強調される淫蕩性も、やはり性の奔放な女性を悪女と結びつけるという当時の通俗性言説に寄りそうものである。

だが、この両者のベクトルは逆向きの方向に向かってゆく。結末において一寸法師は三千子の犯罪を転嫁されたまま死んでゆくことになる。先に少し触れたように、読者の期待するような単純でわかりやすいスキャンダラスな展開を作品内に取り込む、すなわち読者という俗情と結託することにより、一寸法師には低能者や性的犯罪など、本来は関係ないはずの種々の差別が埋め込まれ、一寸法師は差別の集約点として描かれることになるのである。そして読者の浄化《カタルシス》の欲望を満たすためのスケープゴートとして、一寸法師には最終的に死がもたらされることになる。

一方の三千子は殺人を犯しながらも、明智が犯罪を隠蔽することによって罪を寛恕されている。

その際に探偵明智は、「何も悔悟してゐるものに罪をきせることはないのだからね。死ぬ者貧乏だよ。それにあいつは希代の悪党なんだから」と述べ一寸法師に罪をなすり付けるのだが、その罪業の転嫁の根拠は、「悔悟した三千子さんを救ふ為に、死にかゝつてゐる一寸法師をくどき落して、うその告白をさせる〔中略〕といふ様なことは全く考へられないだらうか。分るかい。……罪の転嫁。……場合によつちや悪いことではない。殊に三千子さんの様な美しい存在をこの世からなくしない為にはね。あの人は君、全く悔悟してゐるのだよ」（傍線引用者）ということにあるのだ。[10]

美しい女性を社会的に抹殺しないためには醜い一寸法師に罪を転嫁してもかまわない、ここから表層の勝利という事態が発生してくる。このような外見的な勝利は一見すると女性の、あるいは美しいものの勝利に見える。だがその根本にあるのは男性の欲望の眼差しが働いているという事実である。結局のところ美しい女性の勝利とは、男性の欲望の眼差しに支配され決定されたものに過ぎないのである。

作品内で、その表層の勝利を裁定するのは探偵明智小五郎である。もともと明智は理知を体現する存在であり、男性の欲望部分の体現者であった小林紋三とは対をなす位置にあった。その明智が男性読者の欲望の代弁者となるということ、それは明智が小林紋三という対照的な人物へと化してゆくことを意味している。すなわち最後の最後の場面において、明智という男性の上半身部分は小林という下半身部分と一致し、欲望は理知を凌駕することになるのである。[11]それはやはり男性読者の欲望が最後まで作用しているということなのだ。ここにおいて、性差の力学の作用を見て取ることができる。

そのような事態は小説内にだけにとどまらない。井上章一が『美人論』(前掲)で「新聞の社会面、いわゆる三面記事をイメージしていただきたい。そこでは、事件をおこした女たちが、しばしば美人として報道されている。(中略)美人という言葉で、読者の好奇心をひきつけようとしているのだろう。(中略)昭和初期だと、そういう記事が日常的に書かれていた」と指摘しているように、連載時の新聞では「怪美人」「外国美人」などと「美人の」といった語を強調した大きな見出しが、多くの場合は写真を伴いながら、頻繁に掲載されている。

「大密輸事件で怪美人を引致」(一九二七年一月一五日)
「美しい婦人客賑かに」(同年一月二一日)
「ロシヤ美人の奇怪な訴へ」(同年二月五日)
「美しい娘の家へ片端から放火」(同年二月一七日)

これらも男性の注意をひくような、言い換えれば男性の欲望の眼差しによって書かれたものなのである。また一月九日にはイギリスでのアガサ・クリスティの失踪の記事が載せられているが、ここでも見出しの記事はやはり「美人の探偵小説家　突如行方不明となる」というものである(図1)。

英国女流探偵小説家**アガサ・クリスチー夫人**といへば日本の探偵小説ファンの間にも〔中略〕多数の探偵小説で知られてゐる傑出した**今年卅五歳の女盛りの美人**作家であるが、〔中略〕翌朝有名な景勝地ギルフォードのがけの上にその自動車が置き捨てられてあつたのが発見されたが、夫人の行方は皆目分らず（以下略、ゴシック体は原文のまま）

見出しの中でも「美人の探偵小説家」の部分を特に大きく表記し、また顔写真を掲載したり、「今年卅五歳の女盛りの美人」という部分をゴシック体にして目立つ工夫をしたりするなど、男性の関心をそそるように書かれている。このように新聞小説と事件記事あるいは広告など、新聞内の様々な箇所が男性中心の性差の力学で結びつけられているのである。

そして内容的にもまたもや偶然の符合が表れてくる。クリスティの失踪が報じられた日、「一寸法師」では山野夫人百合枝が奇怪な男と密会している。

奇怪な男はそこまでたどりつくと、山野夫人をさし招いて、押し込む様に車の上に乗せ、何か運転手にさゝやいて、彼も暗い箱の中へはいつた。自動車はたゞちに、けたたましい音を立てゝ、人通りのない堤の上を、吾妻橋の方へ、飛ぶ様に消え去つた。

ここでも「女盛りの美人」は、「自動車」によって連れ去られ、「夫人の行方は皆目分らず」の状態なのだ。

五　現実と虚構の曖昧化

「一寸法師」は虚構の小説作品である。しかしそれは、新聞における様々な現実の出来事と直接あるいは間接に関わり、共犯関係を結ぶことである種のリアリティを生み出す。

中心的な視点人物である小林紋三は、夜の浅草公園で若い女性の手首を持った一寸法師を尾行した翌朝、下宿において新聞を開く。彼が最初に目を通す社会面の大見出しは、そのほとんどが血なまぐさい犯罪で占められている。先にも引用したように、新聞小説の中で登場人物が新聞を読み、そこに記載された犯罪記事に対する言及をしているのだ。ここにおいて、今まさに新聞を開き、犯罪記事であふれた社会面や、新聞小説を読んでいる読者と小林とが重なってくる。そしてそのような効果は、新聞という広範性を持つメディアが日刊という形で絶えず送られてくることにより、「枕下の新聞を拡げ」、「先づ社会面に目を通」すことが「彼の癖」として日常化しているからこそ発生してくるものなのである。

デパートで陳列された手首の場面に代表されるように、「一寸法師」では切断された死体が読者の関心をひくが、現実においても七年ほど後の一九三二(昭和七)年には東京玉の井で死体がバラバラに切断されるという殺人事件が起こっている。乱歩の場合、早くは「一寸法師」開始の前年の一九二五(大正一四)年に「白昼夢」で生首の陳列を描き、「一寸法師」後も「蜘蛛男」(一九二九〜三〇年)、「盲獣」(一九三一〜三二年)などで繰り返しバラバラ殺人を用いており、乱歩の通俗長編作品のモチーフの一つともなってゆく。

そのようなことも関係し、玉の井の事件の際には彼を犯人とする投書があったということである。『探偵小説四十年』(前掲)によると、読売新聞には「犯人は江戸川乱歩である。彼がこの事件発生によって、ばったり探偵小説の筆を断ったことは、きわめて怪しい。即刻彼を監禁せよ」という投書があり、乱歩は「不快な投書」と不満を表している。

また一九二七年一月一八日の社会面には、「空想の探偵少年　自動車で警視庁へ」という記事が載せられているが、そこでは自分が名探偵だという妄想に取り憑かれた少年が警視庁にタクシーで乗り付けたことが報道されている。

十七日夜六時半頃警視庁玄関にタクシーを乗りつけ多々羅警部に面会を求めた少年があつた田山警部が話を聞くと自分は多々羅警部の特命を受けて某重大事件を調査中であつたが漸くアヘン密輸入の本據を突きとめたから直に手配してくれといふので調べて見ると少年は本所区梅森町洋服店服部初次郎方角谷勝司(一五)で探偵趣味にうかされて遂に自分が少年名探偵となつたようにも想し、タクシーを欺き一芝居打つて見たものであつた。

これより一〇年ほど後に始まる少年探偵団シリーズが自ずと連想されるような事件だが、まさに探偵小説的妄想に促された出来事である。

このように乱歩の作品には、彼一人の空想の産物ではなく、時代とのリンクという必然性が深く存在していたといえるだろう。また「一寸法師」においては浅草公園、安来節の御園館、精養軒、赤坂の菊水旅館、銀座のR百貨店などというように、東京に住んでいる人々には容易に想起せしめるようななじみの深い地名を多く出している。そのような舞台をめまぐるしく移動させることで、一種の東京遊歩記のようにもなっており、虚構《フィクション》ながらもある種のリアリティを生んでいたと思われる。

六　スキャンダラスな死

「一寸法師」の最終場面は、一寸法師の共犯者である人形師の家であり、そこで事件が解明される。その際に、死体の隠匿場所として用いられたのが、巨大なキューピー人形であることが判明する。作中で「花屋敷へ飾る」ためのものとされているキューピー人形だが、実際この当時には大ブームを巻き起こしていた。

斎藤良輔『おもちゃの話』(朝日新聞社、一九七一年)によると、世界大戦の余波もあり、昭和初期にはセルロイド玩具の世界総生産額の七、八割を日本が占めていたのだが、その花形こそがキューピー人形であった。セルロイドのキューピー人形は国内でも普及し、キューピーを主題とした童謡も作られるほどブームを呼んでいたということである。

また現在のキューピーマヨネーズ社(当時は食品工業株式会社)がキューピーのラベルを使い始めたのは一九二二(大正一一)年であり、キューピーマヨネーズの製造を始めたのが一九二五年である。初年度六〇〇キログラムだった出荷量は翌二六年には七トンと一〇倍以上の急激な伸びを示している(キューピー社ホームページ(http://www.kewpie.co.jp/)参照)。「一寸法師」の連載が開始されたのがこの年の暮れであり、連載中の朝日新聞上でもキューピーマヨネーズの広告は散見される。すなわちキューピーは当時の流行の一つであり、作品内でのキューピーの出現は時事風俗を盛り込んだものであったのである(例えば、大正一〇年代を舞台とした林芙美子の『放浪記』では、セルロイド工場でキューピー人形作りに忙殺される女工の姿が描かれている)。

またキューピーの幼児体型は一寸法師の体型とも通じている。見世物や浅草などに対する嗜好と密接に絡み合った形で、乱歩が作品の中で一寸法師を登場させるのは珍しいことではない。だがそのような乱歩自身への還元以外にも、一寸法師とキューピーの幼児体型を結びつける要因があったと想像される。例えば森永製菓のエンゼルマークは、明治三〇年代の商標登録以来その後何度か姿を変化させてゆくが、この昭和の初めにおいては著しく腕が短く太くなり、全体的に丸みを帯びている。絵柄も漫画的になり、それまでと比較して幼児体型化、マスコット化しているのが非常に目立っている(荒俣宏『図像学入門』マドラ出版、一九九二年に掲載の図版による)。井上章一は『人形の誘惑』

(三省堂、一九九八年)の中で、一九二〇、三〇年代の福助人形の幼児化を挙げ、そこにキューピー人形普及の影響を述べているが、「一寸法師」作品内でキューピーと一寸法師を結びつけさせた遠因には、幼児体型化志向のネガとして、社会的、同時代的コンテクストがあったということもできるのではないだろうか(図3)。

以上ここまで見てきたように、探偵、犯罪、死、殺人、あるいは淫婦といったテーマを新聞小説の中で扱うことにより、同じ新聞の社会面の記事や広告との間に往還現象が引き起こされている。新聞内の小説と新聞記事の煽情的・猟奇的要素の共犯性《リンク》が読者の欲望と適合し、喚起したことが「一寸法師」を成功に導いた大きな要因であったと思われる。

この作品が連載されていた時期における、最大の社会的な事件が大正天皇の死であったこともそこに関係してくる。「一寸法師」の連載開始は一九二六(大正一五)年の一二月八日であり、天皇の崩御と大正から昭和への元号の移行がそのわずか半月ほど後の一二月二五日である。また天皇の喪儀が翌一九二七(昭和二)年二月七、八日に行われており、その一〇日ほど後の二〇日に「一寸法師」の連載が終了している。すなわちちょうど大正から昭和への移行を挟む形で「一寸法師」は連載されていたということになるのである(昭和元年は一二月最後の七日間のみで翌一九二七年は昭和二年となる)。

もちろんそれは偶然の産物に過ぎないであろう。だが天皇の死の直後に掲載された回は、夜のデパートで一寸法師が徘徊し、被害者の手首がマネキンとすり替えられ衆人の目に晒されるという、

東京朝日新聞

探偵小説 一寸法師 (64) 江戸川亂歩作 柴田春光畫

ラヂオ

無産階級文學の概評 鈴木厚

オーケストラ

新小說豫告 武者小路實篤氏作 母と子

作者會心の新作長篇小說

廿二日から本紙朝刊に連載

東京朝日新聞社

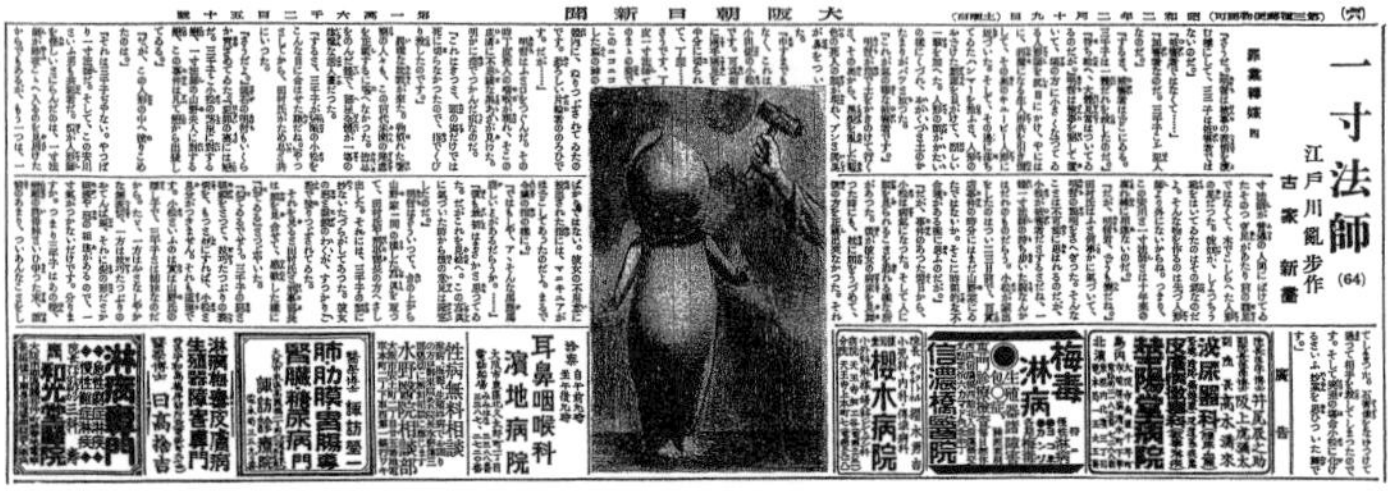
大阪朝日新聞

一寸法師 (64) 江戸川亂歩作 吉家新畫

梅毒 淋病

信濃橋醫院

櫻木病院

耳鼻咽喉科 濱地病院

性病無料相談

肺肋膜富腸

腎臓糖尿病

淋病梅毒

和光堂醫院

図3 「一寸法師」に描かれたキューピー人形 (上)『東京朝日新聞』版、(下)『大阪朝日新聞』版

作中でも最も猟奇的でスキャンダラスな場面であった。また翌一九二七年の二月七日は、その日挙行される大正天皇の喪儀に関する記事一色で染められているのだが、まさにその同日、作品内では一寸法師が逃走に失敗して墜落し、瀕死の重傷を負う。〈聖〉に位置づけられた者と〈賤〉に位置づけられた者、対極にある両者の死が現実の内と外で一致するという偶然、そしてそれが同一の新聞紙面上で出会うことによって生まれてくるスキャンダラスな効果も、新聞小説ならではのものだということができよう。

※「一寸法師」本文の引用にあたっては『東京朝日新聞』連載時のものに拠ったが、旧字は適宜新字に改め、ルビも一部を除き省略した。また難読と思われるものにはルビを付けた。新聞記事の引用についても同様である。

注

(1) 江戸川乱歩『探偵小説四十年　覆刻』(沖積社、一九八九年)、のち『江戸川乱歩全集　第二八巻　探偵小説四十年(上)』(光文社文庫、二〇〇六年)。
(2) 『江戸川乱歩全集』第一巻あとがき(桃源社、一九六一年)、のち『江戸川乱歩全集　第二巻　パノラマ島綺譚』(光文社文庫、二〇〇四年)所収。
(3) 江戸川乱歩『探偵小説四十年　覆刻』、のち『江戸川乱歩全集　第二八巻　探偵小説四十年(上)』(前掲注(1))。
(4) 江戸川乱歩「一寸法師雑記」(『探偵趣味』一九二七年四月号)、のち『江戸川乱歩全集　第二四巻　悪人志願』(光文社文庫、二〇〇五年)所収。

（5） 江戸川乱歩「三十歳のころ」（『読売新聞』一九五六年八月九日）、のち『江戸川乱歩全集　第三〇巻　わが夢と真実』（光文社文庫、二〇〇五年）所収。
（6） 松山巖『乱歩と東京』（ちくま学芸文庫、一九九四年）、中村三春「『一寸法師』――百貨店と探偵」（『国文学　解釈と鑑賞』一九九四年一二月号、のち『花のフラクタル』翰林書房、二〇一二年、所収）など。
（7） なお浜田雄介が「新聞と乱歩――『二銭銅貨』から『一寸法師』まで」（『国文学　解釈と鑑賞』一九九四年一二月号）において、新聞と乱歩の関わりを考察する上で部分的に「一寸法師」のメディア性に触れているが、乱歩の対読者意識を述べるにとどまっていて、犯罪面など新聞の記事そのものに触れているわけではない。
（8） 中村三春「『一寸法師』――百貨店と探偵」（前掲注（6））。
（9） 下川耿史編『明治・大正家庭史年表』（河出書房新社、二〇〇〇年）および『国文学　解釈と教材の研究』特集「明治・大正・昭和風俗文化誌」（一九九三年五月臨時増刊号）一九二二年の項による。
（10） ただし大阪版では乱歩の文章に変更がある。そのことに関して浜田雄介は「乱歩と大阪」（前掲）の中で、「結末、謎解きの後の明智の談話から、山野の娘＝「美しい存在」、〈一寸法師〉＝「希代の悪党」という存在論的（？）な根拠が削られ、罪の転嫁の根拠は山野の娘の悔悟という一点に絞られているのである」と述べているが「ただし省略は結末の一節のみであり、〈一寸法師〉＝「希代の悪党」という図式が廃棄されているわけではない」という注も付している。
（11） このことに関しては、中村三春（前掲）の「紋三の百合枝への恋慕と同根の、バロック的な欲望の表現と見なければならない。ここでは、今度は明智の方が、犯人的探偵たる紋三に似通ってくるのである」という指摘がある。

ブックリスト

▼『江戸川乱歩全集』全三〇巻（光文社文庫、二〇〇三～二〇〇六年）

▼『日本探偵小説全集』全一二巻（創元推理文庫、一九八四～一九九六年）
▼藤井淑禎編『江戸川乱歩と大衆の二十世紀』（『国文学　解釈と鑑賞』別冊、二〇〇四年八月）
▼永嶺重敏『モダン都市の読書空間』（日本エディタースクール出版部、二〇〇一年）
▼高木健夫『新聞小説史』全四巻（国書刊行会、一九八一年、一九八七年）

指紋と血の交錯
――小酒井不木「赦罪」をめぐって

井上貴翔

一　はじめに

よく知られているように、探偵小説が日本でジャンルとして確立されていくのは、一九二〇年代のことである。その理由として様々なものが挙げられるが、大きな要因として、犯罪捜査の近代化や、現在にまで通じる刑法体系の整備といったものが指摘できる。本章では、そうした中でも探偵小説との関わりが深い、指紋というものに注目してみたい。指紋による個人識別技術（以下、〈指紋法〉と表記）が日本に導入されていく際、いかなる反応があり、また探偵小説にどのような影響を与えていったのだろうか。

現在、指紋は個人を確実に識別する身体の一要素として、すでに広く認められている。日本に入国する外国人に両手人差し指の指紋押捺を義務づけていることは、その一例だろう。このように様々な場面で実用化されている指紋だが、そこに今なお潜む問題を考える上でも、探偵小説での描かれ方を通して、指紋とそれを取り巻く歴史的変遷を捉えることは重要な作業となるはずだ。

戦前期、指紋に対してどのような機能が期待されていたのか、その大きな二つの流れをごく簡単にまとめること、そしてそれを踏まえた上で、当時、探偵小説ジャンル確立に大きく貢献した、小酒井不木による掌編「赦罪」(1)を、その二つの流れとともに読み解くこと。本章で行われることとは、以上の二つとなるだろう。

二　認知されていく〈指紋法〉

日本に〈指紋法〉が公的に導入されたのは、一九〇八年のことである。この年、東京の市ヶ谷監獄での試験的運用の後、全国の監獄で囚人の指紋登録が義務化され、また一九一一年からは警視庁および大阪府を皮切りに、警察の犯罪捜査へも導入されていく。その後、一九三二年の「指紋分類規定」および一九三四年の「警察指紋採取規定」による、司法省および警察それぞれの規定の統一が、戦前における指紋制度の一つの帰結として捉えられるだろう。

このように整備されていく〈指紋法〉の認知は主に、本や新聞、雑誌記事によって行われていったが、なかでも一九一〇年代から三〇年代にかけて世に出された、数十冊を下らないその解説書は大きな影響を与えた。当初、これらは司法省や警察関係者向けの専門的な解説書として刊行されていたが(大場茂馬『個人識別法』(忠文社、一九〇八年)や根本顕太郎『指紋法解説』(監獄協会、一九一四年)など)、二〇年代頃になるとより一般大衆向けのものが出版されていく。

永井良和『尾行者たちの街角』(世織書房、二〇〇〇年)によれば、一九一〇年代後半から三〇年代にかけて、科学的捜査の導入およびそれらの通俗/大衆化が生じたという。例えば、南波杢三郎『最新犯罪捜査法』(松華堂書店、一九一九年、続編が一九二三年に出版)、江口治による『探偵学』(警察監獄学会、一九一五年)や『探偵学体系』(松華堂書店、一九二九年)、あるいは武俠社の『近代犯罪科学全集』(一九二九〜三〇年)といった書物がそうした流れに一役買ったとのことだが、〈指紋法〉の解説はこれらの本においても大きく取り扱われており、目玉の一つであったことがうかがえる。また「常識講座」、「現代人のハンドブック」といったコピーが付けられた「クロモ・シリーズ」にも、芥川信『指紋の話』(三省堂、一九三一年)という解説書が収められている。『探偵学体系』は版が重ねられていたことも確認でき、こうした書物は確かに人気を博していたようだ。

同様のことは新聞からも確認できる。例えば、『探偵学体系』は読売新聞(一九二九年二月二一日)に大きく取り上げられ、「一般人も科学的知識を必要とするとき」、「近代人として是非一読すべきもの」などと紹介されている。またその普及という点では、一九二六年から東京を騒がせていた「説教強盗」が、一九二九年に犯行現場に残した指紋から捕らえられた影響も見逃せない。この事件はほとんどの新聞で一面を飾り、犯人逮捕において、指紋が決定的な役割を果たしたことが大きく報じられた。

以上のように〈指紋法〉は、一九一〇年代から三〇年代にかけて解説書や関連書物、新聞などを通じて、大衆にも広く浸透していった。こうした社会への認知に伴い、指紋には新たな役割が期待、欲望されていく。そうした期待や欲望が生み出す言説は、大別するならば次のような二つの編成を形作るだろう。①当時の社会においてマージナルとみなされた存在を登録、管理するというもの。②指紋によって個人を識別するだけではなく、その性格や運命、民族性などといった様々なものを判断することすら可能だというもの。次節からは、以上の言説編成を確認していこう。

三　指紋言説の二つの編成

①については、当時、金沢医科大学で指紋研究を行っていた岸孝義による「指紋の社会的応用」(『犯罪学雑誌』第三巻三号、四号、一九三〇年六月、一一月)という講演記録が手掛かりとなる。そこで岸が挙げている「現在社会的に応用せられている事実並に将来応用すべきものと考へる」指紋の様々な利用法が、実際に複数の新聞や雑誌記事、あるいは本において確認できるのだ。講演では、「銀行に於ける身元の証明」や「陸海軍〻人に対する応用」、あるいは子供の指紋を登録する商売などが挙げられているが、より興味深いのは、当時における「マージナル」な存在を管理するという応用法だろう。

その主な対象は、「特殊看視人」――いわゆる「精神病者」と「思想上の問題」から監視が必要な人物——である。まず導入初期からその必要性に言及されていた前者の指紋登録だが、一九二〇年代にその動きはさらに活発になる。読売新聞(一九二六年三月二三日)には「入京する狂人を指紋で取締り」とあるが、同年一二月一三日の同紙夕刊、あるいは朝日新聞(一九二七年一一月二四日夕刊)でもほぼ同様のことが報じられ、あるいは『医海時報』(第一七六九号、一九二八年七月七日)でも「先に警視庁と協定し指紋を作りて身元調査の資料となさん」とあるように、こうした試みはほとんど実現間近まで進められていたと考えられる。

一方、例えば朝日新聞(一九二九年一一月八日)の「危険人物(共産党員—引用者注)は片端から指紋に」という記事が示すように、後者についても具体的に登録が進められていたようだが、ここで注目すべきは、こうした言説が変化を見せていく点である。読売新聞(一九三三年五月五日)で「指紋採取の拡大を図るため中等以上の学校入学者に対して強制的に指紋採取を行」うことが提言されるとともに、「鮮人の内地移住者は船中で指紋を取り完全な台帳を作」るという欲望が吐露されているように、あるいは「指紋の利用範囲益々拡大」(『犯罪学雑誌』第五巻六号、一九三一年一一月)で「国民全部」や「全ての外国人、学校生徒」の指紋登録に言及されているように、ここで指紋登録の対象は、「マージナル」な存在からそうした存在を含みうる集団すべてへと拡大されているのである。

こうした欲望の終着点として、「満州国」における「国民」の指紋管理があった。金英達『日本の指紋制度』(社会評論社、一九八七年)や渡辺公三『司法的同一性の誕生』(言叢社、二〇〇三年)が言及するように、「満州国」ではその「国民」すべてに指紋登録を義務づけることが謳われていた。指紋による管理の視線は、ドラスティックに「国民」へと向けられようとしていたのである。

このとき、指紋という身体の細部は、まさしく「国民」一人ひとりを個別に指し示す〝徴〟として扱われていたといえる。実際、思想家ジョルジョ・アガンベンが、ナチスドイツのユダヤ人強制収容所で収容者に刺青として刻み込まれた識別番号と指紋を重ね合わせているように（Giorgio Agamben, «Non au tatouage biopolitique», *Le Monde* 12, Janvier 2004）、指紋はまさしく個人を示す即物的な〝徴〟として語られてもきた。

渡辺（前掲書）は指紋登録を「国家によっていつでも召喚しうる「主体」」、すなわち「司法的同一性」という「主体」に変容することと定義したが、それは、ある個人がある共同体＝国家に所属していること、個人が国家によって所有されていることを証したてることであり、その証明としてあるものが、生まれながらに身体に刻みつけられた、指紋という〝徴〟なのだ。そのとき指紋は単なるアイデンティファイのための要素以上のものとなる。指紋を登録するということは、いわば国家によって「所蔵印」を捺されることに等しくなるだろう。

その一方、ここまでに確認したようなものとはまた異なる、奇妙ともいえる指紋言説も多く見受けられる。それが②である。その一翼をなすのは、指紋から性格や気質、運命などが読み取れるというものだ。ここには、高木乗『指紋と運命の神秘』（春江堂、一九二七年）のような占い関係のものも含まれるが、実際に指紋管理やその周辺業務に携わっていた人物らも同種の言説を生産していた。

例えば、根本『指紋法解説』（前掲）には、司法省指紋部に勤務していた児島三郎による報告書が収められているが、この研究は『品性研究　指紋上の個人』（竹生英堂、一九二一年）、『指紋に現はれた個性』（協保会、一九二六年）として結実する。前者において児島は、司法省に登録された指紋を調査するうちに「人の天稟は概ね指紋で分るやうになつた」と述べる。児島だけではなく、やはり各地で指紋管理に携わっていた藤井藤蔵や仁科正次、南條博和といった人物もそうした言説を生産しているのだが、彼らがこうした研究により目指していたもの、それは、児島による「犯罪の原因には種々の関係があるが（中略）換言すれば、総てが遺伝であると私は考えるのである。私は之れを指紋の形状に見」た、「異紋の人及び難紋の人には異常の感覚があることがある」（前掲『指紋上の個人』）といった言葉や、南條の「取残されたるものに指紋と犯罪の関係がある。之れを究審するは最も重要にして且つ興味ある問題である」（「指紋と犯罪」『台湾警察協会雑誌』第一一七号、一九二七年三月）などの発言に見られるように、指紋から人物の潜在的な「危険性」を判断することだった。そして、彼らのこうした考えの支えとなっていたのは「犯罪性の遺伝」と「指紋の遺伝」という二点だった。後者は占いの分野でも共有されており、これらの言説において、犯罪性あるいは性格や気質と指紋は〝遺伝〟を媒介に結びつけられていたといえる。そして、人類学および法医学分野における同時期の指紋研究もまた、同じ点に注目していたのである。

そうした指紋研究の動きについては、その中心人物の一人である古畑種基に注目し、まとめておこう。東京帝国大学を卒業後、一九二四年に金沢医科大学に赴任した彼が、血液研究とともに着手したのが指紋研究だった。一九三〇年代に古畑は門下生とともに、それまで発表した指紋に関する論文集を三冊刊行しているが、その第一集(『指紋の論文集 第一集』犯罪学雑誌発行所、一九三〇年)の増補版(一九三五年)の「序」によると、指紋研究は「漸次其実を結ぶに至り、当時は個人識別以外には顧りみられなかつた指紋の生物学上の価値も認められる様になり、犯罪学、人類学、遺伝学上に重要なる位置を占むるに至つた」という。この「個人識別以外」の「重要なる位置」とはいったい、何か。

それは指紋と民族性および親子の関係である。彼の論を詳しく追う余裕はないが、まず古畑は、指紋形状を分類した上でそこから「指紋示数《ママ》(係数)」という独自の数値を算出し、それが民族ごとに固有の数値を示すと論じた。大衆向けの著作、『血液型と親子鑑定 指紋学』(武侠社、一九二九年)などでも主張され、広く受け入れられていくこの説を支えていたのは、「民族性の遺伝」、そして「指紋の遺伝」という考えである。それは血液研究者でもある古畑らが主張することで、より強調されていくだろう。そしてそこから、指紋による親子鑑定の可能性が求められていく。例えば古畑は、ある実際の事件において関係者の親子鑑定をする際に、血液型だけでなく指紋についても調査をし、血液型と同じ鑑定を下している(古畑種基・岸孝義「血清学的及び其他の方法による私生児認知事件の鑑定に就て」『実験医報』第一七四号、一九二九年四月)。また長崎医科大学で指紋研究を行っていた浅田一らによっても、指紋による親子鑑定の可能性が一九二〇年代後半から繰り返し論じられていく(浅田一「血液及指紋による親子又は個人鑑別」『医海時報』第一六八一号、一九二六年一〇月二三日、同「指紋研究の新方面」『医事公論』第七六〇号、一九二七年二月一二日など)。

ここではやはり、指紋が〝遺伝〟を媒介に民族性や親子関係と結びつけられており、本節の最初に見た言説と同じ台座を共有している。そこにあるのは端的にいって、指紋と血液がほとんどイコールで結ばれて語られるという事態だろう。〝遺伝〟という前提を介して、限りなく血液に近づいていく指紋。

このことは、血液研究の側でも同様だった。古川竹二は血液型から性格や気質がわかると「血液型による気質の研究」(『心理学研究』第二巻四集、一九二七年八月)で論じたが、当時賛否両論を巻き起こしたこの考えを、古畑や浅田は支持している。さらに古川は、血液型から「民族性係数」を導き、そこに民族性を見出していきもする。血液型と犯罪性や精神疾患との関連といった研究も含め、ここでの指紋と血液への眼差しは、明らかに同種のものとなっているのだ。

ちなみにこうした動きが、優生学の創始者であり、〈指紋法〉の研究も手掛けたイギリス人、フランシス・ゴルトンを引き継いでいるように見える点は興味深い。彼もまた、***Finger Print***(一八九二年、未邦訳)において、指紋から人種や民族性の違い、そして階級の違いすら読み取ろうとしていた。優生学の創始者としては必然ともいえるその試みは、しかし目立った差異を見出せずに終わっている。その試みを、暗い情熱とともに引き継いでいったのが当時の日本であり、その中心にいた古畑たちだった。

では、こうした眼差しの背景には何があるのだろうか。小熊英二は、こうした血液研究の背景に、日本民族衛生学会(一九三五年より日本民族衛生協会)に代表されるような優生学方面からの注目を指摘するが（『単一民族神話の起源』新曜社、一九九五年）、彼らの指紋研究にも同様のことが指摘できるだろう。

優生学的見地から「日本民族」や日本社会の改善を図るという趣旨のもと、一九三〇年に設立された日本民族衛生学会は、特に一九四〇年の「国民優生法」、いわゆる「断種法」制定を推進した団体であり、「劣等者」の断種や「優生者」同士の結婚を主張していた。そこにあるのは犯罪性や精神疾患、あるいは知能や運動能力などが遺伝するという前提であり、「日本民族」に流れる〝血〟から、「劣等者」の〝血〟を排除し、「優生者」のそれのみを伝えていこうとする考えである。古畑や古川は会員であり、浅田も、理事長を務めるなど会の中心人物だった永井潜の依頼で、機関誌に血液研究に関する雑文を載せるなどしている。つまり古畑らの指紋研究の背景には、こうした「優生学系勢力」における「それぞれの人種・民族」の「特定の血液型比率が」「民族の気質や優劣の指標となる」（小熊、前掲書）という考えがあった。

血液型並に指紋の分布の観察に基づき、我々日本民族は日本島に於て二三の民族の混血によつて新しく造られた大家族的新民族である事を強く感ぜざるを得ないのである。（中略）この多元的な構成分子が日本島に於て、血液に於ても、指紋に於ても、文化に於ても、思想に於ても、即ち吾人の体質的形質も精神的形質も融和混淆して、こゝに統一せられたる大家族的新民族が生れ出たものであつて、日本民族の故郷は日本島以外の何処にも存在しない筈である。

古畑の「日本人指紋の研究」(『日本学術協会報告第四巻』日本学術協会、一九二九年)におけるこのような一節からは、古畑が指紋によっても血液によっても「日本民族」を他民族から差異化できると考えていたことがわかる。このように、古畑らは「日本民族」の〝血〟への注目を背景に、指紋を〝血〟の代行として語っていく。古畑らは個人識別のためにあった指紋に、〝血〟との相同性を呼び込むことで、〝血〟を超えた意味を指紋に持たせていったのである。

このように考えたとき、当時における血液と指紋への注目が、当時の総力戦体制下において強力なイデオロギーとして機能していた家族国家観と不可分であったことが見えてくる。家族国家観とは、国家は天皇を中心とした一つの「家」であり、万世一系の天皇家と「国民」は祖先を同じくし、血縁関係で結ばれた「家族」であるという思想、より端的にいえば、天皇を家長とした一つの「家族」として「国民」すべてを扱う思想と要約できる。先の引用での「大家族的新民族」(傍点引用者)という言葉に表れているように、本節で扱った指紋言説は家族国家観を補強するものとして機能していたのである。

当時の日本では、〈指紋法〉が次第に大衆に認知されていくことにあわせて、指紋による人々の登録、管理が強化されていこうとしていた。それは最終的には、「満州国」における「国民」の指紋管理へと行き着くが、そこでは指紋は、国家による管理のための〝徴〟、すなわち「所蔵印」として位置づけられていたといえる。それと並行するように、「日本民族」の〝血〟への注目と相同的な指紋言説も増殖していくが、こちらは家族国家観を補強していた。こうした二つの指紋言説編成は、一九二〇年代後半から次第に形成されていく戦時体制下において、互いに共犯的に機能していくことになるだろう。当時における指紋言説をこのように整理したとき、小酒井不木の「赦罪」という作品は実に興味深い言説として浮上してくる。

四 〃血〃の連続と断絶

「赦罪」は当時、探偵小説ジャンルの牙城として機能していた『新青年』(第八巻一三号、一九二七年一一月)に発表された。全集以外の単行本には収録されていないため、ここでは初出のものを使用している。最初にこの作品の梗概を確認しよう。

生まれつき片目が見えない青野医学博士は、そのためにほとんどの蔵書のページ余白に、びっしりと蔵書印を捺すなど、非常に嫉妬深く所有欲が強い人物だった。それは自らの夫人や子供に対しても同様に発揮され、第一子誕生の際には、出産直後に胎児の血液を採取し、自らの子供かどうかを確認していた。あるとき夫人は浮気から妊娠してしまい、妊娠したことを博士に気づかれてしまう。そのままでは出産直後の血液検査によって、浮気が明らかになってしまうため、夫人はその回避手段を求めて博士の蔵書を読み漁る。すると「ある書物に、妊娠中にたえず一つの絵像をながめて居ると生れた子はその絵像の姿に似るといふことや、妊娠中に見た印象が、そのまゝ胎児の皮膚に印せられるといふ澤山の例証が掲げてあつた」。子供が博士と同じように片眼で生まれてくるならば、博士も採血をしないかもしれないと考えた夫人は、毎日のように博士の片目の顔を眺めて過ごす。出産してみると子供には両目があったのだが、しかし胎児の額には「青野所蔵の印」という、蔵書印と全く同じ形の痣があったため、博士は笑いながら「もはや、血を採るには及ばない」と宣言する。

以上からもわかるように、この作品の主題は「所蔵印」という〝徴〟であり、また親子の血縁関係である。その意味で〝血〟と〝徴〟をめぐる作品と見ることができるだろう。しかしまずは、この作品の外的状況に目を配り、作品が位置していた場について明らかにしたい。

そもそも小酒井不木とはどのような人物なのか。長山靖生「小酒井不木研究史」（『新青年』叢書小酒井不木』博文館新社、一九九四年）や津井手郁輝「科学とメスとブラック・ユーモア」（『別冊・幻影城小酒井不木』第四巻二号、一九七八年三月）、権田萬治「解剖台上のロマンチシズム――小酒井不木論」（『日本探偵作家論』双葉文庫、一九九六年）を参照しつつ整理しよう。

一八九〇年に生まれた不木は、東京帝国大学にて生理学、血清学を専攻し、将来を嘱望された優秀な研究者だった。しかし肺結核のため学職には就かず、『生命神秘論』（洛陽堂、一九一五年）など医学関係の著作、『殺人論』（京文社、一九二四年）などの犯罪実話および犯罪学に関する雑文、そして探偵小説の実作を数多く残し、一九二九年に若くしてこの世を去ることとなる。自身の闘病生活を綴った『闘病術』（春陽堂、一九二六年）がベストセラーになるなど、当時の知名度は高く、彼の死に際しては東京日日新聞や読売新聞など多くの新聞が紙面を割き、また江戸川乱歩らによって編集、刊行された全集はその売り上げが好調だったため、当初予定されていた全八巻を大きく超えた全一七巻が刊行されたという。

最初に触れておくべきなのはやはり、不木が東京帝大時代に古畑と同級生であり、ともに永井潜や三田定則に教えを受けるなど、日本民族衛生学会の中心人物（三田は本部理事、古畑は地方理事だった）と深い関係にあったという点だろう。彼らは『犯罪学雑誌』（第二巻二号、一九二九年五月）の不木追悼特集に寄稿してもいる。不木自身はここに所属していなかったようだが、チェーザレ・ロンブローゾの学説などを通して、そうした考えに近い位置にいたことがうかがえる。

ロンブローゾは、犯罪性や狂気は先天的なもので、それらは頭蓋骨の大きさや耳の形などといった身体的特徴から判断可能であるという、「生来性犯罪者説」を唱えたイタリアの犯罪人類学者である。この説の詳細は、ピエール・ダルモン『医者と殺人者』（新評論、一九九二年）や、David G. Horn, *THE CRIMINAL BODY* (Taylor and Francis Group, 2003) で整理されている。日本でも、特に明治後期から大正期にかけて一般的な雑誌で紹介されるなどして注目を集めており、柳宗悦や夏目漱石、芥川龍之介らによるロンブローゾへの言及はよく知られている。

そうした事情は、犯罪学と関連が深い探偵小説ジャンルにおいても同様だった。特に不木は、実作や評論などでしばしばロンブローゾに触れており、そこでわずかに疑義こそ投げかけているものの、基本的には彼の説を受け入れていたと考えられる。こうしたロンブローゾの学説が、エルンスト・クレッチマーによる体格と気質を関係づけた研究などとも関連しつつ、一九二〇年代の日本における指紋や血液による犯罪性判断といった疑似科学的な言説や優生思想に影響を及ぼしていたことは間違いない。

次に確認するべきは、不木という作家が、まさに疑似科学的なものも含めた「科学的」言説と探偵小説ジャンルを繋ぐ人物として活躍していたことである。ただしここでの「繋ぐ」とは、彼が犯罪学や法医学に関する雑文を書くことで、それらを一般に紹介する役目を果たし、その一方で乱歩のデビューを後押しするなど、探偵小説ジャンルの形成と発展に尽力していたという事情のみを指すのではない。「さらに特筆すべきは、犯罪科学読物という、科学的知と文学的エクリチュールおよび身体性が交通するジャンルを開拓したことだ」(『『新青年』読本』作品社、一九八八年)とも評されるように、テクストそれ自体において両者は交錯しているのだ。

「赦罪」もそうした作品の一つであり、夫人が博士の蔵書から得る知識は、明らかに「科学的」装いを纏っている。何より、この作品の大きな前提として、血液による親子鑑定という、当時としては最新の科学的言説が導入されていることからもそれは明らかだろう。ちなみに、ここで用いられている鑑定技術はABO式血液型によるものと思われるが、これは一九二五年に古畑によって、世界でも先駆的に発表されたものだった。

作品を取り巻くこのような状況を考えたとき、この作品を当時の指紋と〝血〟をめぐる言説と関連づける視点が開けてくる。そもそもすでに確認したように、この時期において指紋とは、一方では人々を管理するという国家の「所蔵印」であり、その一方では〝血〟と同様に「日本民族」の太古からの一貫性を保証してくれるものだった。そうした同時代状況と照らし合わせたとき、「赦罪」における胎児の「所蔵印」とは、そのまま指紋の比喩として読むことができる。不木自身、「殺人論(八)」(『新青年』第四巻一一号、一九二三年九月)において「科学の進歩した御蔭で、生れた子に一々焼印を施さずとも、生れた子は、それぞれ異なつた標章(即ち指紋)を持つて居ることが明かとなつた」と、指紋を個々人に記された〝徴〟として捉えていた。そしてその〝徴〟が血縁の問題と密接に関わってくるという点において、「赦罪」を指紋と〝血〟にまつわる作品と捉え直すことができるのだ。以上を踏まえ、作品の結末部分に注目しよう。

博士は引つたくるやうに、赤ん坊をつかんで、あはや血を採らうとしたが、はたとその手を休めて、胎児の額に見入つた。
というのは、額の上に、鶏卵大の楕円形の真赤な痣が、鮮かに印せられて居たからである。而もその楕円の中には次の六箇の文字がはつきり読まれた。
青野所蔵の印
「ふ、ふ、ふ、」と、青野博士は晴れやかに笑つて言つた。「もはや、血を採るには及ばない。」

ここで博士が問題としているのは、出産された胎児が自らの子供かどうかである。つまり博士は自分の血筋に執着していることになるが、すると博士が自らの血筋の連続性を求めるにもかかわらず、それは断絶しているという構図が確認できる。そのとき博士の執着は、同時期のある文脈を招き寄せている。

先ほど「赦罪」の外的状況として、当時の優生思想周辺との関連を見たが、同時にこの時期は、一九三〇年代後半に顕著になっていく戦時体制に向かって、家族国家観が強化されていく時期でもあった。例えば、伊藤幹治は「明治末期に成立した家族国家観は（中略）大正デモクラシーの時期をへて、昭和初期になると、再び「臣民」教育のための官製イデオロギーとして浮上することになった」（『家族国家観の人類学』ミネルヴァ書房、一九八二年、傍点原文）と指摘しているし、あるいは奥田暁子は、昭和初期には「一時期後方に退いていた家族国家論が再び台頭し、忠・孝一本の道徳観に基づく家族制度が積極的に導入されることになった」（奥田暁子編『鬩ぎ合う女と男――近代』藤原書店、一九九五年）と述べるなど、戦時体制へと向かう中、人々を結束させるイデオロギーとして、家族国家観が用いられていく時期と捉えられている。

いうまでもなくそこで重要となるのは、マクロな視点においては「日本民族」の太古からの血縁の一貫性であり、ミクロな視点においては父子の血縁関係である。「赦罪」における博士の血筋への執着は、いわば血縁関係によって天皇と「国民」を限りなく接近させるこうした同時代の思想を、作品という〈場〉に呼び込んでいるだろう。

ではそうした文脈を呼び込んだとき、いかなる事態が確認できるのか。この結末において、博士の血縁は途切れている。その点では博士の思惑に、ひいては〝血〟のつながりを重視する家族国家観に反してしまっているのだが、しかし同時にこの作品は別の文脈をも、ここに呼び込んでいるのだ。それは、当時における優生思想というものであり、それを作品に呼び込むものとは、博士が「生れつき片眼の不具者」という設定である。そもそもこの作品において重要である「所蔵印」という要素は、博士の病的なまでの嫉妬心に由来するが、その原因とされているのが「不具者」という設定なのだ。ここでは、その設定に「病的」という負の要素が付加されており、前述のロンブローゾの学説や当時の優生思想の高まりに通じるものが、確かにある。当時の優生思想、特に日本民族衛生学会における主な流れとしてあったのは、すでに触れたように、「劣等者」の血筋を断絶させることで「日本民族」から劣っている（とみなされた）〝血〟を排除することだった。それはいわゆる「断種法」というものに先鋭化されていく。そうした文脈から考えたとき、「不具者」である博士の〝血〟は、むしろ断絶されるべきものだといえる。

このように博士に注目し、そこに二つの同時代的状況を見て取ったとき、この結末が非常に皮肉なものとなっていることがわかる。いわばここでは〝血〟の断絶という構図に、否定と肯定という、相反する二重の意味が負わされていることになるからだ。すでに見たように、「赦罪」を取り巻く文脈として、日本民族衛生学会を中心とした優生思想と、同時期に強化されていった家族国家観という二つがあった。これらは〝血〟に対する注目という点で重なるものであり、それは「赦罪」においても同様だといえる。しかし当時、重なり合いつつ存在していたこれら二つの文脈が、実のところ、干渉し合ってしまう側面を持っていたことが、例えば、野間伸次「「健全」なる大日本帝国」(『ヒストリア』第一二〇号、一九八八年九月)で指摘されている。(2) そこでの問題とは、「日本民族」と天皇家を血縁によって結びつける家族国家観およびそれと不可分である天皇制イデオロギーと、「日本民族」の一員であるはずの人間を断種する――野間の言葉を借りれば「日本の家系にメスを入れ」る――ことが決定的に食い違い、繕いがたい綻びを露呈してしまうということだった。それを踏まえるならば、この作品における〝血〟の断絶という構図はまさしく、その綻びを縮約したものとして読みうる。つまり、優生思想においては断種すべしとされる「不具者」が、家族国家観に連なるように自らの血筋の連続性に執着すること。単純ともいえるこうした設定によって、「赦罪」は当時の〝血〟をめぐる言説に潜む綻びを浮上させてしまっているのだ。

しかし、ここまでの記述はあくまで〝血〟の断絶という点にのみ注目したものである。この結末は、さらに重層的に読まれなければならない。そのことを可能にするものこそが、作品における「所蔵印」、すなわち〝徴〟なのだ。

五　〝徴〟の過剰

前節では結末での〝血〟の断絶に注目したのだが、実際にそこで焦点化されているのは、胎児の〝血〟と〝徴〟の関係である。つまりこの作品では、〝徴〟による「所有‐被所有」という関係性が、

〝血〟による「父 - 子」という関係性に重ね合わされている。結末で〝徴〟は「真赤な」と形容されており、〝血〟を想起させるものとしてあるが、それはすでに作品の冒頭から示されてもいた。博士の蔵書すべてに「楕円形の、赤い蔵書印」が押捺され、本の「余白はほとんど真赤」とされているのだ。では、この〝血〟の代行としての〝徴〟の導入は、作品を読む者をいかなる場所へと導くことになるのだろうか。

まず確認しておきたいことは、〝徴〟というものは基本的に、ある何かを可視的に示すものだという点である。「赦罪」で使用される「所蔵印」においてそれは、所有者である博士の名前を表すものという形で示されている。そして、指紋が〝血〟の代行としての〝徴〟となるというのも同じことである。いわば不可視の〝血〟と可視的な〝徴〟(＝指紋)という関係になるわけだが、こうした対照関係が作品にも描かれている。

博士は胎児の体内にある〝血〟を採取し、確認しようとする。しかしその視線は、胎児の皮膚に浮き出た、可視的で「真赤な」〝徴〟に遮られる。そして、その〝徴〟が血縁関係を示すもの、〝血〟の代行であることを、博士は認めることとなる。ただしそれは博士の思い込みであり、実際のところ、胎児の〝徴〟は血縁関係を示すものではない。つまり、この結末での構図とは、博士がある〝徴〟に対して、それを〝血〟の表象＝代行と思い込み、血筋のつながりを認めてしまうというものである。

するとここでの〝徴〟の機能として、前節で触れた綻びの、博士に対する隠蔽が指摘できるだろう。すなわちそれは、断絶している〝血〟を、あたかも連続しているかのように見せかけ、〝血〟のつながりを求める側を欺くものとして作用しているのだ。これを〝徴〟の機能①としておこう。このような視点から見たならば、「被所有者」である夫人が、「所有者」としての博士を欺くという、ある意味ではわかりやすい結論が導かれる。

しかし次の瞬間、はたしてそれは本当に隠蔽として機能しているのだろうかという疑問が生じてくる。ここでひとまず〝徴〟は、そのまま〝血〟の表象＝代行として博士には受け止められている。であるからこそ、博士は血液の採取を行わないのだが、しかしこの作品は、博士の不気味な「ふ、ふ、ふ」という笑い声と、それに続いて発せられる「もはや、血を採るには及ばない」という言葉によって幕を引く。この笑いが何によるものかは示されてはいないのである。

〝徴〟の機能①は、〝血〟の断絶を隠蔽し、〝血〟が連続しているように見せかけるものとしてある。そこで〝血〟の断絶は否定的に捉えられている。しかしこれは同時に、たとえ〝血〟が断絶していたとしても、何か別のものによってつながりが保たれてさえいれば問題ないという、〝徴〟の全く異なる機能②を示しているとも考えられるのだ。そこには、〝血〟の断絶が隠蔽されているのではなく、〝血〟が〝徴〟へと象徴的に転化を遂げることで、何らかのつながりが保持される、というポジティヴな構図がある。前節では〝血〟の断絶に否定と肯定という、相反する二つの点を見たが、ここでもやはりそこに同様の二重性がうかがえ、それらはどちらとも決定することができない。そしてそれは〝徴〟を含んだ上での二重性としてある。〝徴〟に機能①を読み取った瞬間、それはほとんど反対の機能②をも呼び込んでしまう。

結末から読み取れる、博士を欺くものとしての機能、そして〝血〟を〝徴〟に転化させることでそのつながりを保持する機能という、〝徴〟の二重性。しかしそれがどのような意味を持つのか。前節では、〝血〟の断絶という点を同時代の〝血〟をめぐる言説と突き合わせたのだが、ここでの後者の構図もやはり、同時代のある文脈と連関させることができる。それは先に「所蔵印」としての指紋を導き出した、「満州国」における指紋管理という文脈である。

つまり指紋登録による「実体的」な管理の対象者がすなわち「国民」なのであって、それはいわゆる「国籍」の差異を問わない。「外国人」が指紋による管理の対象である限りで「国民」となるという奇妙な論理がそこに働いている。あるいは指紋登録制度そのものが対象としての「国民」を作りだしその外延を決める。

渡辺（前掲書）が右記引用で示唆していたように、そこでの指紋登録は、すでに存在する「国民」を登録、管理するというだけでなく、むしろ、指紋登録の実施こそが「国民」を創出するという逆説的な回路として機能させられようとしていた可能性がある。事実、幕内満雄『満州国警察外史』（三一書房、一九九六年）によると、「討伐部隊の行動に先立って、現地において検問検索を実施し、居住証明書の一指指紋による、いわゆる「匪民識別」を行うこと」に、指紋管理の一つの目的があったという。「匪民」とは、当時の中国大陸における反日武装勢力を指すが、すなわち指紋登録されていない人物を「匪民」とみなし、排除するという図式がそこにはある。まさしくそれは指紋登録されていない者を、「国民」ではないとみなすことでもあるだろう。

こうした図式を〝血〟という文脈とも接続させてみたとき、そこにあるのは、「国民」の〝血〟のつながりを重視する国家が、〝血〟のつながっていない他民族を植民地において統治しようとしたとき、不可避に浮上してしまうであろう綻びを覆い隠す機能だった可能性である。そのような、その後の指紋管理に込められていたものを、「赦罪」という作品はいち早く予告してしまっているのだ。

しかし、それはあくまで機能②としての〝徴〟が提示するものである。すでに見たように、その〝徴〟は機能①としての作用もいまだ残している。博士の視線は〝血〟に到達する前に、可視的な〝徴〟によって遮られ、欺かれるのだ。ここで〝徴〟はいわば〝血〟を覆うものとして機能している。ここで指し示されているものとは、〝血〟を何かで代行して語ることの危うさだろう。つまり〝血〟の代行として捉えられたものが、実のところは全く異なる意味を持つかもしれないという危うさ。このことを踏まえるならば、〝血〟となる指紋、つまり〝血〟の代行としての指紋という、当時の状況においても同様のことが生じる可能性があったのではないだろうか。戦前において、指紋は〝血〟と同様に語られることで、そのイデオロギーを補強していた。可視的な〝徴〟となることで、一方では〝血〟のイデオロギーを補強し、一方ではその綻びを明らかにしてしまうという二重の機能、そうしたことにもつながる危うさをも「赦罪」は提示している。

〝血〟が〝徴〟となることで呼び込まれる二重性。それはその意味を単一にしない〝徴〟の機能の二重性として、〝徴〟のある種の過剰として浮上する。もちろんここまで見たことは、博士側から見た〝徴〟の二重性である。しかしこの〝徴〟を、夫人側から考えたときも同様に、異なる機能が同時に存在していることが見えてくるのだ。自然に考えたとき、その〝徴〟は夫人の浮気という罪を、博士に対して覆い隠す機能を持っている。その意味で〝徴〟は夫人にとって、姦通罪を免れるために不可欠のものだ。しかし同時にそれは、夫人が犯した罪をこの先、つねに告発するものとしてあり続けるだろう。自らの子供に刻み込まれた、消えることのない痣という形で。いわばこの「赦罪」において、夫人の「罪」は〝徴〟によって「赦」されると同時に「赦」されていないともいえるのだ。

このように、「赦罪」における〝徴〟は、つねに二重性を孕んだ決定不可能なものとして読むことができるが、そのような〝徴〟の二重性は冒頭から、実はすでに予告されていた。蔵書の余白に隙間なくびっしりと捺されているという「真赤な」「所蔵印」は、つまり幾度となく反復されることで文字列を囲う枠を形作っていることとなる。言い換えるならば、この枠の成立によって書物は博士の所有物となるのだ。ここで「所蔵印」は、文字の書かれていない余白に捺されているが、それはもちろん、文字の上に「所蔵印」が無数に捺されたならば、文字を読むことができなくなり、そもそも書物としての意味をなくしてしまうからだろう。その意味で余白に捺されなければならない「所蔵印」による枠は、つねに付属的なものとしてある。しかし同時に、書物が博士の所有物となるためには、この「所蔵印」によって作られた枠が必要不可欠でもあるのだ。ここには、付属的なものが必要不可欠であるという代補があるが、その「所蔵印」による枠組みは、執拗という言葉では済まされないような、博士による「所蔵印」の反復によって生じている。「所蔵印」とは反復によって初めて機能するものだが、博士による過剰なまでの押捺の反復は、そうした反復の必要性を前景化させてしまうばかりか、夫人による攪乱のような全く異なる文脈を呼び寄せてしまいもする。つまり、「所蔵印」の反復とは、反復によって別の文脈に置換、接続され、その意味を変質させてしまう可能性を、つねにすでに孕んでいるということでもあるのだ。夫人は、枠と化した「所蔵印」の一つを「所有‐被所有」という文脈から抜き取り、夫を欺くための〝徴〟として利用する。だが同時にそれによって、「所蔵印」は夫人を苦しめ続ける〝徴〟としても機能することになるだろう。「赦罪」における「所蔵印」という〝徴〟は、決してその落ち着く先を決めず、つねにその機能が変容する可能性を帯びている。胎児に記された「所蔵印」は、反復可能性とともにある意味の揺れを示しているのである。

六　おわりに

「赦罪」が書かれた一九二〇年代は、疑似科学的なものも含めた様々な「科学的」とされる言説が、西欧から日本にもたらされた時期であり、それらは日本において様々な文脈とも結びつきながら紹介、生産されていった。その中でも代表的なものとして犯罪科学や遺伝にまつわるものがあり、それらは同時代のフィクションに、やはり様々な形で導入されていく。その際にいかなる事態が生じるのか。本章で論じたことはその一例である。

「赦罪」を当時の指紋や〝血〟をめぐる文脈に接続してみたとき、それは優生思想と家族国家観との間の隔たり、〝徴〟＝指紋によるその強調および、〝血〟の代行にある危険性などいくつかの問題系を鋭く描き出した作品として読むことができる。それは逆にいうならば、作品という〈場〉において同時代の複数の文脈が接続されることで、それらに潜んでいたもの、あるいはその綻びや危うさを浮上させてしまう作品という言説の面白さでもある。「赦罪」の分析において見えてくるのは、結末における〝徴〟の機能の二重性だった。つまり「赦罪」において〝徴〟は、一方では〝血〟をめぐる言説やその編成内部にある亀裂を浮上させるが、一方では同時に、ある種のイデオロギーを強化するような機能を見せている。それらは〝徴〟において同時に存在しているものだった。

「赦罪」の〝徴〟に読み取ったような、そのような意味の揺れ。それは、〝徴〟をその寓意としていた指紋においても同様のことが考えられるはずである。指紋は確かに個人の表象として、また国家に捺された「所蔵印」として機能する。しかし「赦罪」の〝徴〟と同様、それは反復されることによってしか働かない。その意味で、指紋それのみはつねに主体＝従属化以前の状態にとどまっているといえる。その反復の間隙には、個人の表象以外の何ものかがつねにすでに憑き纏っているはずだ。夫人にとって、〝徴〟がやはり二重性を帯びるものとしてあったように。

戦前の日本において、指紋は、現在のように単なる個人識別に用いられるだけではなく、「マージナル」な存在および「国民」の管理を可能にするもの、あるいは〝血〟に関する言説と結びつくなど、今とは異なる様々な文脈と接続され、語られていた。そのような様々な欲望を含みつつ、探偵小説に代表されるような様々な作品に流用されることで、そうした側面はさらに一般へも浸透していったと思われる。しかし同時に、フィクションへの流用や導入は、そうした言説内部にある亀裂や可能性を浮上させてしまうこともあっただろう。「赦罪」における、〝徴〟の機能の揺れから見えてくるものとは、そういった可能性なのではないか。そのような作業は、探偵小説において特に重要視されるであろう、個人識別という問題系を通時的に眺める必要性を喚起するものであり、そしてまた、指紋とは異なる同時代の様々な文脈——例えば写真や映画などのような——が探偵小説を含めたモダニズム期の小説とどのように切り結ぶのかという、共時的な問題系にも通じるものである。本章はそれら二つの問題系の交叉でもあるのだ。

※　引用に際し、旧字は適宜新字に改め、ルビは省略した。

注

（1）なお本章は、拙稿「〝指紋〟と〝血〟――甲賀三郎「亡霊の指紋」を端緒に」（『層　映像と表現』第二号、二〇〇八年八月）および「可視化の暴力――戦前期日本における指紋」（『層　映像と表現』第三号、二〇一〇年一月）、「〝徴〟としての指紋――小酒井不木「赦罪」を中心に」（北海道大学大学院文学研究科編『研究論集』第八号、二〇〇八年一月）をごく簡単にまとめたものである。

（2）その他に、大川武司「宮沢賢治と断種」（北海道大学大学院文学研究科編『研究論集』第七号、二〇〇七年一二月）、中山昭彦「断種と玉体――国民優生法と齟齬の〈帝国〉」（飯田祐子・島村輝・高橋修・中山昭彦編著『少女少年のポリティクス』青弓社、二〇〇九年）でも同様のことが指摘されている。

ブックリスト

▼小酒井不木『殺人論』（国書刊行会、一九九一年）
▼日下三蔵編『怪奇探偵小説名作選』全一〇巻（ちくま文庫、二〇〇二～二〇〇三年）
▼松山巖『乱歩と東京　1920都市の貌』（双葉文庫、一九九九年）
▼橋本一径『指紋論――心霊主義から生体認証まで』（青土社、二〇一〇年）
▼長谷正人・中村秀之編訳『アンチ・スペクタクル――沸騰する映像文化の考古学《アルケオロジー》』（東京大学出版会、二〇〇三年）

戦後編 Ⅰ

坂口安吾ミステリの射程
——『荒地』派詩人たちとの交錯

押野武志

一　はじめに

安吾は、小説家であり、詩人ではない。むしろ、安吾は、意識的に詩人から小説家へと転身しようとした。「私は詩人から小説家になつた。すくなくとも、ならうとしてゐた」(「牧野さんの死」『作品』一九三六年五月号)と自殺した牧野信一との文学の立場の違いを安吾は、このように説明した。「日本文化私観」(『現代文学』一九四二年三月号)の中では、「美しく見せるための一行があつてもならぬ。美は特に意識して成された所からは生れてこない」といい、「美的とか詩的という立場」に対して、「やむべからざる実質」に裏づけられた「散文の精神」「小説」を擁護する。

確かに、一見すると安吾と『荒地』派の詩人たちというミスマッチともいえる組み合わせではあるが、世代もジャンルも異なる戦後の『荒地』派のとりわけ、鮎川信夫や田村隆一と安吾を出会わせることによって、思いがけない地平が開かれるのではないか。

『荒地』は、一九四七年九月から一九四八年六月まで同人誌として刊行された詩誌で、『荒地詩集』(一九五一～五八年)も刊行された。同人には、鮎川や田村のほか、北村太郎、黒田三郎、吉本隆明らがいた。同人の多くは、一九二〇年代前後の生まれで、戦時中は徴兵され、皇国のために戦地で死を覚悟した世代である。戦後、その戦争体験を詩的出発点にしている。

一九〇六年生まれの安吾は、徴兵されることはなかったが、空襲体験をした。「わが戦争に対処せる工夫の数々」(『文学季刊』一九四七年四月号)に述べられているように、死に直面した安吾は、「なるべく死なゝい工夫」を行った。日本海で猛特訓し、水風呂に潜り、十五貫の大谷石を担いで走る訓練を始める。一方で疎開をすすめられても断るという矛盾も安吾は自覚していた。「決して死に就て悟りをひらいてゐるわけではない私が、否、人一倍死を怖れてゐる私が、それを押しても東京にふみとどまり、戦禍の中心に最後まで逃げのこり、敵が上陸して包囲され、重砲でドカ〳〵やられ、飛行機にピューく機銃をばらまかれて、最後に白旗があがるまで息を殺してどこかにひそんでゐてやらうとゐるふのは、大いに矛盾してゐる」。空襲に「偉大な破壊、その驚くべき愛情」(「堕落論」『新潮』一九四六年四月号)を感じた安吾は、戦争に美と崇高を見てもいたのである。死を美学化しつつも、散文的に生きる努力を惜しまない安吾の矛盾と葛藤は、戦争に献身し、降伏によって裏切られ傷ついた『荒地』派の屈折した戦争体験とも交錯するのではないだろうか。

安吾は彼らと全く接点がなかったわけではない。真の犯行動機を隠すために、大量殺人を試みる

『不連続殺人事件』(『日本小説』一九四七年八月〜四八年八月号)は、アガサ・クリスティの『ABC殺人事件』(一九三六年)などが参照されていると思われるが、田村と鮎川の二人ともこのミステリを翻訳している。(1) もちろん、安吾がもっぱら読んだ翻訳ものは、二人が翻訳する以前のものではあったが、『荒地』派の詩人たちが、探偵小説に関心を示し、戦後多くの翻訳を行ったことは興味深い。

笠井潔『探偵小説論Ⅰ』『同Ⅱ』(東京創元社、一九九八年)は、密室トリック等を通して特権的な死を描く探偵小説のジャンルの形成には、そのネガとして戦争による大量死・匿名死の経験が深く関わっているという独特な探偵小説論を展開しているが、大量死を経験した『荒地』派の詩人たちも、「単独者」(鮎川信夫)としての個別的な他者の死をいかに記述するかという問題に直面し、日本的な語法、抒情を殺そうとした。

安吾もまた自らの探偵小説において、殺人事件を描くわけだが、『不連続殺人事件』は、探偵小説というジャンルそのものを殺しかねない、自己解体的な試みであった。『荒地』派の詩人たちと安吾をつなぐミッシングリンクは、『荒地』派詩人たちの詩的方法と、安吾のとりわけ『不連続殺人事件』におけるファルス的方法とを突き合わせ、具体的に検証することで見出せるのではないだろうか。

そのためには迂回であっても、まずは近・現代詩史における殺人事件の現場検証から始めることにしよう。

二　近・現代詩殺人事件

文語詩から口語詩へという近代詩の成立に多大な役割を果たした詩人が、萩原朔太郎であるということは間違いない。そしてこの文語詩から口語詩へという展開を、朔太郎は殺人事件として表象した。

朔太郎の最初の口語自由詩「殺人事件」(『地上巡礼』一九一四年九月号)がそれである。

とほい空でぴすとるが鳴る。
またぴすとるが鳴る、
ああ私の探偵は玻璃の衣裳をきて、
恋びとの窓からしのびこむ、
床《ゆか》は晶玉。
ゆびとゆびとのあひだから、
まつさをの血がながれて居る、
かなしい女の屍体のうへで、
つめたいきりぎりすが鳴いて居る、

九月上旬《はじめ》の殺人。

九月上旬《はじめ》のある朝、
探偵は玻璃の衣裳をきて、
街の十字巷路《よつつぢ》を曲つた、
十字巷路《よつつぢ》に秋のふんするゐ、
はやひとり、探偵はうれひを感ず。

みよ、遠い寂しい大理石の歩道を、
曲者《くせもの》はいつさんにすべつて行く。

河上徹太郎は、『日本のアウトサイダー』(中央公論社、一九五九年)の中で、この詩においては、探偵＝犯人という図式が成り立つと述べている。河上は、朔太郎が浅草で観たヴィクトラン・ジャッセ監督の連続活劇『プロテア』の影響を踏まえて、そのような解釈を行った。

絓秀実『詩的モダニティの舞台』(思潮社、一九九〇年)は、『プロテア』が、探偵＝犯人というストーリーではないにもかかわらず、河上の解釈の妥当性を別の角度から再評価している。つまり、「口語自由詩において、詩人と呼ばれる存在は、その謎＝犯人を捕らえようとする探偵の役割を負うことによって、初めて詩人となる。ところが、そのような詩においては、その探偵たる詩人＝「実行家」がそのまま犯人＝詩（ポエジー）という「実行家」でなければならないのは自明」であるというのだ。文語詩を殺し、口語詩を発見するという朔太郎の自己言及的な詩的実践が探偵＝犯人の図式と見事に重なっているわけである。

この出来事が近代詩史における第一の殺人事件だとすると、第二の殺人事件は、時代は下って田村隆一によって行われた。

ドイツの腐刻画でみた或る風景が　いま彼の眼前にある　それは黄昏から夜に入つてゆく古代都市の俯瞰図のようでもあり　あるいは深夜から未明に導かれてゆく近代の懸崖を模した写実画のごとくにも想われた

この男　つまり私が語りはじめた彼は　若年にして父を殺した　その秋　母親は美しく発狂した

この田村の「腐刻画」（『四千の日と夜』東京創元社、一九五六年）という詩は、近代詩から現代詩へ、あるいは戦後詩へと展開していく近・現代詩史において、一つのメルクマールになっているといえる。(2)自注を参照しながらこの詩を解釈すれば、第一連に登場するこの詩の中心的人称である「彼」と、第二連のナレーターの位置にある「私」との間には、断絶と空白がある。「彼」と「私」という人称の分裂がこの散文詩を成立させている。また、この詩における父殺しは、日本的な語法、抒情と論理を殺すことのメタファーになっている。

父とはこの場合、もう少し具体的にいえば、朔太郎や高村光太郎といったいわば口語自由詩の大成者たちを指す。大正期に彼らによって先導された口語自由詩の実践は、その後、民衆詩派のように、行分けの違いだけで、散文とほとんど変わらないまでに至り、口語化が進行する。こうした口語自由詩における、滑らかな表象／代行システムの成立に飽き足らないモダニズム系の詩人たちが様々な詩的実験を、大正末から昭和初期にかけて行うわけだが、田村の詩的体験もまずは西脇順三郎らのモダニズム詩の受容にあったわけだ。

そして田村は、戦後、鮎川らと『荒地』において本格的な詩作に入るわけだが、「腐刻画」は、その戦後詩の展開を殺人事件として隠喩化したものとみなしうる。この父殺しが、母の発狂という代償を払わなければならないこと、しかしそれは、「美しい」発狂であり、田村のその後の詩的源泉という富をもたらしてもいる。ここにおいても、朔太郎の「殺人事件」と同じ、日本的ポエジーに対する両義性、つまりは、探偵＝犯人の論理が作用しているということもできる。

田村の「四千の日と夜」（初出『詩と詩論』第二集、荒地出版社、一九五四年）にもポエジーの誕生と殺人の相即的な関係、つまりは、探偵＝犯人のもう一つのバージョンが示されている。

「一篇の詩が生れるためには、／われわれは殺さなければならない／多くのものを殺さなければならない／多くの愛するものを射殺し、暗殺し、毒殺するのだ」という表現は、安吾の「夜長姫と耳男」（『新潮』一九五二年六月号）の夜長姫の「好きなものは呪うか殺すか争うかしなければならないのよ。お前のミロクがダメなのもそのせいだし、お前のバケモノがすばらしいのもそのためなのよ。いつも天井に蛇を吊るして、いま私を殺したように立派な仕事をして……」というセリフと共鳴している。

「夜長姫と耳男」を芸術家小説とするならば、耳男という美の探究者＝探偵が、夜長姫というかけがえのないものを殺す犯人となり、しかし、その殺人において、かけがえのないものを生かすという逆説のうちに美が成立する。

三 『荒地』派と戦後ミステリ

詩人ではない、田村隆一のもう一つの側面は、ミステリの翻訳家である。一九五一年、最初の翻訳である「世界傑作探偵小説シリーズ」のアガサ・クリスティ『三幕の殺人』（早川書房）を刊行し、一九五三年七月、『荒地』同人の加島祥造の推薦で早川書房に入社する。加島の兄が創業者の早川清と小学校の同級生だった。責任編集長としてハヤカワ・ポケット・ミステリの企画・編集に携り、江戸川乱歩や植草甚一の自宅に足繁く通う。田村が編集長として手掛けたミステリは約百冊、自らもクリスティやエラリー・クイーン等の翻訳に従事し、戦後のミステリ普及に大きな足跡を残した。

早川書房編集長時代の田村は、『エラリー・クイーンズ・ミステリ・マガジン』(EQMM)の編集長として招かれた都筑道夫とともに同誌の編集に従事する。この雑誌は、アメリカの作家、フレデリック・ダネイと従兄弟のマンフレッド・リーによる合作ペンネーム、エラリー・クイーンの編集する探偵小説専門誌の日本版として一九五六年七月に早川書房から月刊誌として創刊され、現在『ハヤカワミステリマガジン』と名前を変えて今もなお読者に愛されているミステリ専門誌のことである(『田村隆一全詩集』年譜、思潮社、二〇〇〇年、参照)。

同じく鮎川もコナン・ドイルを中心にミステリの翻訳を多く手掛けた。安吾がエッセーの中で触れているお気に入りのクリスティの作品を、田村や鮎川は後に翻訳している。

安吾は「推理小説論」(『新潮』一九五〇年四月号)の中でクリスティの優れた作品として、『アクロイド殺し』(一九二六年)、『スタイルズ荘』(一九二〇年)、『三幕の悲劇』(一九三五年)、『吹雪の山荘』(一九三一年)を挙げているが、田村はそのすべてを訳している。鮎川も、安吾が意表をつくトリックと高く評価する『吹雪の山荘』を訳している。また、安吾がやや不満を述べている——ただし、「私の探偵小説」(『宝石』一九四八年一月号)では、「探偵小説史の最高峰」と高く評価している——エラリー・クイーンの『Yの悲劇』(一九三二年)も二人それぞれ翻訳している。

田村の詩的方法が、父親殺しを必要としたとすれば、鮎川のそれは、殺人とは逆に死者をどのようにして甦らせるのか、というモチーフに貫かれている。まずは鮎川の探偵小説観を一瞥してみよう。鮎川は、「そこでは、ただ一滴の血といえども、けっして無意味には流されていないのである。

殺人が高価なこと、推理小説に過ぎるものはない。と言っても、戦争や内乱で無意味な大流血が行なわれることを知っている人たちには、単なる逆説とはおもわれないだろう。戦争期には、推理小説が不振であるという事実が、何よりもこれをはっきり裏書きしている」(「推理小説小論」『世界推理小説全集』月報第三三、三五巻、東京創元社、一九五七年)と、戦時下の無意味で匿名の大量死の前では、特権的な殺人が描かれる探偵小説が流行するはずがないと述べている。

欧米では、第一次世界大戦後に、本格探偵小説が隆盛を見たが、日本においては、第二次世界大戦後に本格探偵小説が、横溝正史や安吾によって書かれるようになる。前述したように、笠井は、本格探偵小説の成立には大量死の経験が不可欠であるという探偵小説論を展開するわけだが、それは、鮎川ら『荒地』派の詩人たちの探偵小説観に合致している。

それでは鮎川は、詩的領域において、無意味ではない個別的な他者の死をいかに記述しようとしたのか。

「死んだ男」(『純粋詩』一九四七年一月号)は、鮎川の戦後の詩的出発を告げるものである。「遺言執行人が、ぼんやりと姿を現す」ところからすべては始まる。そして「ぼく」は、「埋葬の日は、言葉もなく、/立会う者もなかった」「地下に眠るM」「きみ」に呼びかけ続ける。「きみの胸の傷口は今でもまだ痛むか」と。

こうした「きみ」と「ぼく」という対話的な呼びかけ構造が、この詩に限らず鮎川の詩の特徴になっている。鮎川は、「「死んだ男」を、戦争で犠牲になった死者一般の象徴とはとらなかったし、あくまでも単独者として考えようとした」（「戦争責任論の去就」『現代批評』一九五九年五〜七月号）という。鮎川のいう「単独者」とは、M＝森川義信という実在のモデルを指すのではなく、詩的方法として導入されたものである。鮎川はさらに「戦後、私は「死んだ男」という詩で、森川の死に触れたが、ここには、彼にたいする個人的な感情といったものは全く含まれていない。本当は、誰でもいい、詩人の死が必要であったので、それを利用したまでである。彼の死を悼むものとしては、色も香りもない葬式の花輪のようなものだ」（「森川義信Ｉ」『日本国民文学全集』月報三二、河出書房、一九五八年）とまで述べている。

死者との二人称的な対話という詩法は、「あなたの死を超えて」（『荒地詩集一九五二』）では、夭折した架空の「死んだお姉さん」を登場させて、彼女に向かって語りかけるという仮構によって行われる。リルケの亡姉詩篇等を借用したもので、言葉のコラージュというモダニズム的方法を通じて実践されたものである。(3)

探偵小説家たちが、様々なトリックを駆使して、殺人を特権化していくとするならば、鮎川や田村は、詩の話法、行為主体の分裂的な記述・架空の他者への呼びかけを通して、死を表象していった。(4)

それでは、安吾の『不連続殺人事件』には、どのような死が表象され、そこにどのような散文的実践が試みられたのか。詩人と小説家はどこで交錯するのか。

四　探偵小説論とファルス論との接点

殺人の舞台となる歌川家は、現実の常識や規範が通用しない、一つの閉鎖空間＝ゲーム空間である。しかし、戦後的な空間と無縁であるかといえば、全くそうではなく、むしろ戦後の空間を前提としている。

笠井潔(前掲書)は、この小説における、戦前的なものと戦後的なものを、意味付けし、犯人たちの犯罪は、戦後にもなお曖昧に生き延びようとする戦前性(公職追放中の歌川多門と愛人との妾的な性関係、半封建的な家父長制度や占領軍による農地解放にも耐えて延命している山林地主としての歌川家)を否認すべく計画されたとする。そして、笠井は、疎開せず空襲を唯一経験した犯人たちの設定の重要性を指摘している。

主要な人物の中で、戦争下に歌川家に疎開していなかったことが明らかな犯人の二人、ピカ一とあやかは、安吾も遭遇した大空襲を経験した公算が高い。またピカ一という犯人のネーミングの中に、第二次世界大戦における大量死を象徴する、原爆投下の記憶が刻まれている。犯罪計画のために夫婦関係を解消したり、新しい婚姻関係を結んだりする犯人たちの計画と行動は伝統的な性規範からは逸脱する、戦後性を帯びているという。

しかし、歌川家の四人の死に無関係な二人の死を混ぜ合わせることで、「無意味な死」を「意味ある死」に回収できるはずであったのが、計画外の内海と千草の二つの真に「無意味な死」に直面し、「意味ある死」に回収することに失敗し、犯行が露呈する。その「意味ある死＝無意味な死」の等式が崩壊するさまを描いたこの小説を笠井は高く評価する。

しかし、このような笠井の評価は、安吾自身の知的ゲーム、娯楽としての探偵小説観とは、あまりにもかけ離れている。作品が作者自身の批評を裏切ってしまうという事態は、往々にしてあるわけだが、後述するように、安吾のファルス論を経由させることで、安吾の探偵小説と批評は接続することが可能となる。笠井は、自らの探偵小説論の図式に当てはめようと、あまりにも過剰にこの作品から意味＝無意味を読み取ろうとしている。

笠井のいうような戦後性は、むしろもう一つのファルス小説「肝臓先生」（『文学界』一九五〇年一月号）に、別の形で見出すことができる。安吾とおぼしき小説家「私」が書いた唯一の詩「肝臓の騎士」が、作中に引用される。これは宮沢賢治の「雨ニモマケズ」のパロディであり、戦争詩のパロディにもなっている。この小説の語り手は、愛国者である肝臓先生の歴史的美談を、「雨ニモマケズ」を過剰に反復、消費しつつ語ることで、戦時下における「雨ニモマケズ」のイデオロギー性を脱臼させてしまう。田村や鮎川が戦時下のポエジー殺し／批判を実践したとするなら、安吾もまた「肝臓先生」において、戦時下におけるポエジーをパロディ化することによってそれを行った（拙稿「「雨ニモマケズ」のパロディ――坂口安吾「肝臓先生」の戦略」『文学の権能――漱石・賢治・安吾の系譜』翰林書房、二〇〇九年、参照）。

再び、安吾の探偵小説論に戻ろう。安吾自身は、戦前・戦中に日本で謎解きを中心にした本格探偵小説が書かれなかった理由として、「推理小説について」(『東京新聞』一九四七年八月二五、二六日)の中で、物的証拠を重視せず、自白だけで起訴できる国家権力のあり方を挙げている。そして、新憲法が「探偵小説の革命的発展を約束」したという。新憲法の発布が戦後、探偵小説が、論理的で知的なゲームとして成立するための現実的な条件と考えていた。同じような見解として例えば、「探偵小説とは」(『明暗』一九四八年二月号)では、「日本古来の文化教養には論理性が不足していたから、推理小説も発達する地盤がなかったのかも知れない」と述べている。「探偵小説を截る」(『黒猫』一九四八年七月号)においては、人間の合理性を尊重するという。

このように「論理性」といい「合理性」といい、反ファルス的な探偵小説論を展開しているように見えるのだが、「推理小説論」(前掲)では、「すべてトリックには必然性がなければならぬ。いかに危険を犯しても、その仕掛けを怠っては、犯行を見ぬかれる、というギリギリの理由があって、仕掛けに工夫を弄するという性質でなければならぬ」という。ここでいう「必然性」という用法は、「日本文化私観」で主張する「必要」と非常に似ている。

このことを指摘したのは、法月綸太郎で、「フェアプレイの陥穽」(『坂口安吾全集』第六巻月報三、筑摩書房、一九九八年、のち『謎解きが終ったら――法月綸太郎ミステリー論集』講談社文庫、二〇〇二年)の中で、「安吾にとって、探偵小説とファルスの方法論は見かけ以上に微妙な関係にあって、「合理性」と「非合理性」の単純な対立図式には収まら」ず、「探偵小説とファルスが裏表のないメビウスの帯のようにつながっていた」と述べている。

こうした法月の指摘する探偵小説のファルス性を法月とはまた別の角度から、『不連続殺人事件』を例に捉え直してみよう。

五　叙述トリックとしてのファルス

江戸川乱歩は、この小説の三重のトリック(普通のトリック・雰囲気のトリック・作者の風格から来るトリック)を指摘している。そして「作者が読者に対してかけたトリック」(今日では「叙述トリック」と呼ばれるトリック)を高く評価している(「『不連続殺人事件』を評す」『宝石』一九四八年一二月号)。

松本清張も「『不連続殺人事件』は、日本の推理小説史上不朽の名作で、共犯者二人の隠し方など欧米にもないトリックの創造である。人物の設定、背景、会話が巧妙をきわめ、それに氏の特異な文体が加わって、その全体がひとつのトリックだと気づくのは全部を読み終ったときである」(「作家論」『定本坂口安吾全集』第八巻、冬樹社、一九六九年)と叙述トリックを評価している。

安吾の未完の『復員殺人事件』を書き継いだ高木彬光も、二人と同様の評価で「ストーリー全体が一つの大トリックとなっている」といい、それを「ストリック」(「解説」『不連続殺人事件』角川文庫、一九七四年)と呼んでいる。いずれも、この作品の叙述トリックを評価しているのであるが、彼らが指摘していない、もっと重要な叙述トリックが実は仕掛けられており、そこにこの作品の核心がある。

この叙述トリックの問題は、一九九〇年代以降に日本のミステリ界で議論になった「後期クイーン的問題」を先取りしている。これは、法月綸太郎(「初期クイーン論」『現代思想』一九九五年二月号、のち『複雑な殺人芸術』講談社、二〇〇九年)によって本格ミステリの形式化の問題として提起され、笠井潔が「後期クイーン的問題」(前掲書)と命名し、九〇年代以降の本格ミステリに多大な影響を与えた問題系である。後期のクイーンが、探偵の推理の誤謬性の問題に直面したことから、命名されたものである。

法月は、柄谷行人の理論を踏まえ、ゲーデルの不完全性定理を本格ミステリに応用する。ゲーデルの不完全性定理とは、①いかなる公理体系も、無矛盾である限りその中に決定不可能な命題を残さざるをえない、②いかなる公理体系も、自己の無矛盾性をその内部で証明することはできない、ということである。本格ミステリが作品上で真のフェアプレイを実現するためには、その作品世界が完結した公理系である必要があり、同時にそれを読者に証明する必要がある。そのためには、ロジカルタイピングの混同を禁止するようなメタ・メッセージが必要になる。

例えば、そのための装置が「読者への挑戦」である(クイーンの国名シリーズなど)。しかし、読者に対しては作品外に「挑戦」を置けばよいにせよ、作中の探偵にそれを見せることはできない。同様に、例えばある一つの手掛かりが真の手掛かりなのか、それとも犯人が置いた偽の手掛かりなのか、という問題に関して、作中人物である探偵には論理的に判断ができない。ゆえに、作品内世界にとどまる限り、論理的にたどり着くことのできる犯人という存在は論理的にありえないということになり、フェアプレイの謎解きという作品形式自体、大いなる矛盾を抱えてしまうのである。『不連続殺人事件』は、この「後期クイーン的問題」を先取りし、それを、パロディにさえしているかのようなミステリであって、今日的な意義があらためて見出せる作品なのではないか。『不連続殺人事件』においては、過剰なほど、作者が作品外から介入しているのが、大きな特徴である。安吾は、作品内の情報だけで理論的に犯人を探し出せると力説しているが、前述したようにこの小説の最大のトリックは叙述トリックであり、「読者への挑戦」が、作品内部の無矛盾性を保証している外部のように見せかけている、それ自体がトリックであった。

さらに本作品の最初のトリックは、偽の手掛かりトリック(王仁殺しの現場にわざとあやかの鈴を落としておく)であり、このトリックは最後の歌川一馬の殺害の前提になる重要なトリックである。

つまり、一馬は、あやかを犯人に仕立て上げようとする犯人がいて、あやかは無実だと信じてしまうわけだが、原理的には、実はあらゆる手掛かりがそうした、偽の手掛かりの可能性を内包している。物的な証拠が、犯人逮捕の本当の手掛かりになるのか、あるいは犯人が別の他人を犯人にするための、偽の手掛かりなのかは、作品内部では証明することはできない。安吾が「心理の足跡」を通して犯人を推理するというのは、そうした偽の手掛かり問題を解決する一つの方法だったのである。

そして、そのためには、叙述トリックが不可欠であったわけで、結局フェアプレイという自らの探偵小説論の意図を結果的に裏切っている。しかし、このような本格ミステリという閉じた空間を形式化する試みは、必然的にメタ・ミステリの自己言及的な構造に帰着するということでもある。

それでは、具体的に、作者の作品内部への介入の過剰さを見てみよう。

附記　愈々、今回をもって、皆さんの解答をいたゞく順となりました。

毎々申し述べました通り、皆さんの御承知ない事実から、巨勢博士が犯人を推定するということは、致しません。たゞ、彼が旅行先から見つけてきた確証は皆さまの御存知ないものですが、然し、これは、皆様御存知の事実から博士が推定しましたことで、犯人の推定の根拠については、巨勢博士の知識の全てを皆様も亦、持たれているわけです。

（二十二「八月九日　宿命の日」）

こうした附記が、クイーンが用いたような「読者への挑戦」（作者のメタレベルの保証――すべての証拠が出そろって、論理的に犯人が導き出せるという客観性の保証）の一般的用法なのではあるが、この小説においては、この附記だけにとどまらずに、ほぼ連載ごとに附記が付されている（六回）。こうした過剰な附記は、クイーンの「読者への挑戦」とは全く機能を異にしている。

第二回目の附記(「六　第二の犯罪」)において、「法医学上のことに就いては知友長畑一正先生を煩わすつもりでしたが、彼たるや実に探偵小説の犯人あてッこでは僕の年来の最も無能な敵手の一人で、したがって深く恨みを結んでおりますから、僕の質問にヒントを得て秘密を見破ってやろうという魂胆に相違なく、これには困りました。すると郡山千冬のはからいで、東京医大の浅田一博士から、いつでも教えてあげますから、いらっしゃい、という好意を受けましたから、そこで色々御教示にあずかることができました」と、謎解きの手掛かりとして、法医学の知識の必要性を示唆する。これはあたかも容疑者の一人である、海老塚医師犯人説への誘導ともとれる介入となっている。

それに続いて、「などと法医学の大権威のお名前を持ちだしておいて、実は読者をケムにまいておこうという深謀遠慮です。探偵小説ともなれば、色々策を施しますよ。あなた方を相手に、そうまでする必要はないのですがネ」と読者を挑発しつつ、読者を欺くためにはどのようなこともすると宣言する。つまり、「私の言うことに従うな」といった二重拘束を読者に仕掛けている。

もちろん、犯人当ての懸賞がかけられ、犯人を正当に言い当てた読者がいたように、作者が仕掛けた、メタ・メッセージを無視するという戦略も当然ありうる。だが、ここで読者として想定しているのは、この作品が志向している理想的な、そして手強い読者のことである。作者と読者との知恵比べを目指した安吾であるならば、このような読者を想定するのが、むしろ安吾に対するフェアな態度というものであろう。

「十　気違いぞろい」の章の附記においては、「不連続殺人事件という題名が色々問題となり、要するに不連続というのだから、事件ごとに犯人が違っているんだろう」、あるいは、「殺した犯人が次々に殺されて行くなんて、イヤなトリックね」などと、「不連続」という題名についての可能な解釈をいくつか提示し、それを否定していくという書き方で、あたかも、犯人複数説には否定的であり、共犯説を隠蔽するような言い方になっている。

タイトルが重要なヒントになっているにもかかわらず、「題名から犯人を推定するなんて、半七捕物帳の手口ですよ。カングリ警部は探偵小説の本の装釘の図案から犯人を推定する達人でしたから、まことにどうも、明治維新以後は、とても真犯人は捕まらない」と、それを否認する安吾の身振りは、精神分析において、患者が分析医の指摘した事柄を否定する身振りに似ている。こうした附記に見られる、ある事柄を隠すために様々な偽装を試みようとする安吾の「からくり」というのは、歴史を探偵する方法として、安吾自身が指摘していたことでもあった。

「歴史探偵方法論」(『新潮』一九五一年一〇月号)の中で安吾は、「記紀を読み、また他の史料を読むうちにだんだん証拠が現れてきて、そうか、さてはこの事実を隠すために記紀はこんな風に偽装したのか、ということが現れてくる」というが、これはまさに読者が読後にあらためてこの附記を読んだ場合の解説にもなっている。

附記　伊東の住人尾崎士郎先生、訪客に告げて曰く、坂口の探偵小説は、ありゃキミ、犯人は

「私」にきまってるじゃないか。坂口安吾の小説はいつも「私」が悪者にきまってらア。だから、ハ、犯人はアレだ、「私」だよ、ウン、もう、分った。オイ、酒をくれ。

三鷹の住人太宰治先生、雑誌記者に語って曰く、犯人はまだ出て来やしねえ。最後の回に出てくる。たった一度、なにくわぬ顔をだす、そいつだよ。きまってるんだ。最後の回にたった一度、何くわぬ顔のヤツ。オバサン、ビール。じゃんじゃん、たのむ。

この両探偵は作者の挑戦状を受けるだけの素質がない。一目リョウゼンだから、細説は略す。

（「十四　聖処女と最後の晩餐」）

ここでは、尾崎士郎の「私」という語り手＝犯人という叙述トリック説や太宰治の犯人最終登場説といった、いい加減な解釈を笑い飛ばす。実名を挙げ、安吾を取り巻く文学者たちの探偵の無能さをあげつらっているわけだが、これは、文学オンチという設定の名探偵巨勢博士とは対照的である。

磯貝英夫は、「不連続殺人事件」（『国文学　解釈と鑑賞』一九七三年七月号）の中で、「彼の人間観察は犯罪心理という低い線で停止して、その線から先の無限の進路へさまようことがないように、組み立てられているらしい。そういうところが天才なのである。／だから、奴は文学は書けない。文学には人間観察の一定の限界線はないから、奴は探偵の天才だが、全然文学のオンチなのである」と語り手が巨勢博士を評している箇所を引用し、そこに安吾の、文学と比較した場合の探偵小説に対する限界の認識があったと述べる。

だが、この附記は、実在の文学者たちを戯画化することで、このような文学擁護の言説をパロディにしてみせている。作品の外延にも、作中の「俗悪千万な」文学者たちと何ら変わらない、文学者像を提出している。

本文中（「十三　聖処女も嘘がお上手」）でも、作中人物の一人が「ヘソだしレビュウも論語先生も背中合せの萩と月かね。まったくだね。坂口安吾という先生の小説なぞも、ヘソレビュウと論語先生の抱き合せみたいなものじゃないか」と、「坂口安吾」に言及し、メタレベルの作者と、作品内部の作者というロジカルタイピングの混乱を示唆し、安吾という文学者を戯画化することで、文学／探偵小説というヒエラルキーを無効にしている。

六　おわりに

発表当時、クリスティの『アクロイド殺し』の語り手＝犯人というトリックが、フェアかアンフェアかをめぐって論争が起こった。安吾は、「推理小説論」の中で、この小説の叙述トリックには触れてはいないが、録音機を使ったトリックを高く評価し、邦訳を手掛けた田村隆一も解説（ハヤカワ・ミステリ文庫）の中で、アンフェアだという非難があったことを指摘した上で、しかしフェアな小説として高く評価する。安吾と田村らとのミステリに関する趣味の共通性は、両者の創作上の方法的共通性ともつながっている。

安吾は戦時中、邦訳された探偵小説のほとんどを読破している。そして、安吾も創作に手を染めることになるわけだが、探偵小説というジャンルは、先行する探偵小説のトリックを潜在的にも参照・引用せざるをえない。あらゆるテクストとは引用の織物であるといわれるわけだが、探偵小説というジャンルはとりわけその特性が顕在化する。

乱歩をはじめとして、『不連続殺人事件』のトリックの数々には実は、先例がいくつもあることが指摘されている。メイントリックともいえる、対立する人物が実は共犯であるというトリックは、すでにクリスティの『スタイルズ荘の怪事件』などにあることは、埴谷雄高「安吾と雄高警部」(『定本坂口安吾全集』月報三、冬樹社、一九六八年)が指摘している。クリスティの作品では、屋敷の女主人を殺した犯行は、犬猿の仲と思われていた、殺された夫人の夫と、その夫人の親友による共犯によるものであった。

『不連続殺人事件』の新しさは、乱歩のいうように「坂口安吾」という当時流布していたイメージを最大限に利用した記述主体に関わるトリック＝叙述トリックであることは間違いない。その一端が、安吾という記述主体の過剰なまでの作品介入にあったわけだが、この記述主体の過剰性というのは、『荒地』派の創作方法(前述したような人称の分裂)とも通底している。

そもそも、『荒地』派の詩人たちが手本とした、T・S・エリオットの「The Waste Land」(一九二二年)という作品が、「聖杯伝説」「金枝篇」「神曲」等々の神話や古典から多くの言葉を引用したり、それをもじって使用したりしながら、第一次世界大戦後の荒廃したヨーロッパの精神的風土を、死のテーマを通して象徴的にうたったものである（『荒地』自注、『エリオット全集』第一巻、深瀬基寛訳、中央公論社、一九六〇年、参照）。

エリオットのこのタイトルは、草稿段階では、「The Waste Land」ではなく「He Do the Police in Different Voices」という奇妙なタイトルであった。単一の声ではない、様々な他者の声を共鳴させることで、現在と過去を織りなそうとするポリフォニックな試みが明示されていた。

作者まで引用の織物の中に取り込んだ安吾の探偵小説のファルス的側面と分裂的語法や引用を駆使したモダニズム詩の流れを汲む『荒地』派の詩的実験との間には、メタ・フィクション的な自己言及の構造的な共通性が見出されるのである。確かに、朔太郎や田村のような、ポエジーの追求者＝探偵が、旧来のポエジー殺しの犯人であるような、探偵＝犯人の自己言及性は、「夜長姫と耳男」などを別として、安吾の探偵小説には見当たらない。

しかし、作者の附記によるロジカルタイピングの混乱によって、読者を決定不能に陥らせる、自己言及性を備えていた。これは、安吾の探偵小説観＝論理的ゲーム論の志向性とは矛盾するようだが、メタ的視点の志向性は、読者を論理的に支配したいという、本格ミステリの形式化の論理的必然の結果である。

何よりも、安吾は、日本的な叙情や美に対して、ファルスや散文精神を対置させることによって、日本的ポエジー殺しを敢行した小説家＝犯人であった。

注

（1）田村隆一訳（一九八七年、ハヤカワ・ミステリ文庫）、鮎川信夫訳（一九五七年、ハヤカワ・ポケット・ミステリ）がある。クリスティの詳細な翻訳リストについては、「アガサ・クリスティ著作リスト」（http://www.deliciousdeath.com/indexj.html）参照。

（2）「肉体は悲しい」（現代の詩人3『田村隆一』中央公論社、一九八三年）では、「腐刻画」は、「「詩」を書くというはげしい意識をもった最初の詩」であり、「この散文詩を成立させるためには、「私」以外の、異質の眼が必要だった」という。そして、「美しく発狂した」という詩句の重層化と拡大化に、その後の田村の詩集があったと述べる。「10から数えて」（現代詩文庫『田村隆一詩集』思潮社、一九六八年）においては、「ぼくは、『ル・バル』と『新領土』に、かなりたくさんの詩（？）を発表したが、いずれも習作の域を出なかったものだし、自分でも「詩」を書くという意識がきわめて稀薄だった。ただ、日本的な語法、日本的な抒情と論理を殺戮することが、知的な快感というよりも、もっと原初的な、いわばぼくの生理的な快感にうったえたのである。日本の、七・五調を基調とする伝統的な詩歌はもとより、朔太郎、光太郎といった前世代の詩人たちの作品にも、まったく興味をもたなかった」という。

（3）牟礼慶子『鮎川信夫――路上のたましい』（思潮社、一九九二年）は、鮎川の亡姉詩篇の典拠として、森川義信の愛読書であった『リルケ詩集』、マルセル・プルウスト『失われた時を求めて』、ジェイムス・ジョイス『ユリシーズ』、トーマス・マン『魔の山』などを挙げている。

（4）酒井直樹「戦後日本における死と詩的言語」（『日本思想という問題』岩波書店、一九九七年）は、『荒地』派の詩に見られる記述主体の複数化と分裂化の行為遂行的な実践を分析している。死者を言表主体として立てながら、あるいは死を表象／代行するかのように見えながら、その不可能性を示唆したり、人称代名詞の対立や分裂（われわれ―おれ、おれ―あなた、おれ―私）等を利用したりしながら、死者と生者との関係を分節化していくと指摘している。ただし、同じ『荒地』派といっても、田村と鮎川との間には、決して小さくはない方法的差異はあるのだが、ここでは触れない。

附記

坂口安吾作品の引用は、すべて『坂口安吾全集』全一七巻（筑摩書房、一九九八〜二〇〇〇年）に拠った。

ブックリスト

▼野崎六助『安吾探偵控』三部作（東京創元社、二〇〇三〜二〇〇六年）

▼坂口安吾『明治開化安吾捕物帖』『同・続』（角川文庫、二〇〇八年、二〇一二年）

「終戦直後の婦人」の創出
——松本清張『ゼロの焦点』

高橋啓太

一　はじめに

松本清張は探偵小説を書くにあたって、「今の推理小説が、あまりにも動機を軽視しているのを不満に思う。〔中略〕動機を主張することが、そのまま人間描写に通じるように私は思う」と述べていた（『黒い手帖』中央公論社、一九六一年、のち中公文庫）。そして、「動機を主張すること」を重視した清張のミステリは社会派推理小説と呼ばれ、一九六〇年前後からブームを巻き起こした。また、清張原作の映画やドラマが現在でも制作されていることから明らかなように、松本清張は死後二〇年が経とうとしている現在でも国民的な作家として位置づけられる存在である。清張は半世紀近い作家活動の中で極めて多くの作品を執筆しているが、その中でも、これから取り上げる『ゼロの焦点』（『太陽』一九五八年一・二月号、『宝石』一九五八年三月号〜一九六〇年一月号、のち新潮文庫）は同時期の

『点と線』(『旅』一九五七年二月号〜一九五八年一月号、のち新潮文庫)、『砂の器』(『読売新聞』一九六〇年五月一七日〜一九六一年四月二〇日夕刊、のち新潮文庫)などと並んで最も有名な長篇である。(1)

プロットを確認しておこう。二六歳の板根禎子は、広告代理店社員の鵜原憲一と結婚する。結婚を機に、鵜原は金沢の出張所から東京に異動することになっていたが、金沢で失踪する。禎子は鵜原を捜索するが、協力者であった義兄の宗太郎や鵜原の会社の後輩本多が相次いで金沢で毒殺される。こうした展開の中で禎子が明らかにしていくのは、敗戦直後という時代に起因する犯罪である。鵜原は占領下の立川で風紀係の巡査をしていた。そして退職後、広告代理店社員として赴任した金沢で、巡査時代に検挙したアメリカ兵相手の娼婦の一人である田沼久子と同棲していた。このとき曾根益三郎という偽名を使っていたことが、犯人探しの一つの手掛かりとなる。書類上、曾根は地元の室田煉瓦会社の工員となっており、鵜原の失踪と同時期に死亡したことになっていた。久子はその直後に同社の受付係として雇われていたが、その久子も後に殺害される。禎子は、室田夫人である佐知子も久子とともに立川で娼婦をしていたということを突き止める。佐知子は、仕事の関係で室田の会社や自宅に出入りするようになった鵜原や久子が自分の過去をさらけ出し、金沢の名流婦人としての地位が無に帰するのを恐れて鵜原を殺し、鵜原の死後の生活を保障するために久子を雇い、その後殺害したのであった。

さて、このようなプロットを持つ『ゼロの焦点』の評価は極めて高い。例えば、古い時期の評価としては、三好行雄が「『ゼロの焦点』は清張推理文学の初期におけるもっとも華麗な頂点であり、戦後の推理小説史を飾る不朽の名作であろう」と述べており、そう評価する理由を「謎を解く論理のあばく人間性の深淵、いわば人間であることの〈悲しさ〉が論理の非文学性を超えた感動を読者に伝える」からであるとしている(「松本清張における推理小説の構造」『国文学　解釈と教材の研究』一九七三年六月号)。「人間性」「人間であることの〈悲しさ〉」とは、犯行の動機が佐知子自身の過去に関わっていることを踏まえての表現であろう。近年でも、権田萬治が「現在の華やかで社会的地位の高い、地方の名士である自分を守るために殺人を起こす」という「自己保全の動機の設定に従来の探偵小説にはない新鮮さがあった」(『松本清張　時代の闇を見つめた作家』文藝春秋、二〇〇九年)として、やはり犯行の動機と犯人の過去とのつながりに意義を見出している。

本論で試みたいのは、作中で徐々に明らかになっていく「人間性」「自己保全の動機」そのものを対象化し、そこに孕まれている問題を明らかにすることである。先取りしておくと、本論は『ゼロの焦点』の中で前提となっている戦争観・戦後観を炙り出すことになる。それは、ノンフィクションの『日本の黒い霧』(『文藝春秋』一九六〇年一月号〜一二月号、のち文春文庫)に見出せる清張の占領史観などとは切り離して検討されるべきものである。

二　『ゼロの焦点』における「過去」と「現在」

周知のとおり、『点と線』『砂の器』『眼の壁』(『週刊読売』一九五七年四月一四日号〜一二月二九日号、のち新潮文庫)など『ゼロの焦点』と前後して発表された長篇でも、過去や出自の発覚を恐れた犯人の「自己保全」が動機となっていた。『ゼロの焦点』を単独で論じるには、同作における「人間性」「自己保全の動機」が独自に持つ特徴を見極めることが必要となる。その特徴とは、敗戦と占領の文脈が基底にあるということである。その点を重視して、『ゼロの焦点』を同時期の清張作品の中でも最も高く評価しているのが笠井潔である。

笠井によれば、第一次世界大戦による大量死の経験によって探偵小説は広く人口に膾炙した。その理由は、大量死によって人の死が無意味化した時代にあって、探偵小説が「ひとつの屍体に、ひとつの克明な論理」を見出して、「無意味な屍体の山から、名前のある、固有の、尊厳ある死を奪い返そうとする倒錯的な情熱の産物」であったからであるという(『探偵小説論I』東京創元社、一九九八年)。ただ、笠井は第一次世界大戦ではヨーロッパ諸国が経験したような大量死を日本は経験しなかったため、探偵小説が本格的に発達したのは第二次世界大戦後(戦後)であるという。

そのため、笠井は戦後の探偵小説の中でも、大量死のみならず戦争、敗戦の記憶が刻印されているものを高く評価することになる。デビュー当初の清張については、『探偵小説論I』の中で次のように評している。

時代小説にせよ現代小説にせよ、一九五〇年代前半までの清張作品には当然のことだろうが、「もはや戦後ではない」という時代認識は見られない。その時期、朝鮮半島の戦乱は、この国にも重苦しい影を落としていた。五〇年代半ばに到来した、平和と繁栄を謳歌する見なれない、どこかしら違和感を覚えざるをえない新時代が、清張に「過去―現在」という二重の時代把握をもたらした。しかも過ぎた戦争の過去と、訪れた平和な現在は、根本から対立的な性格をもつ。両者を接触させるためには非日常的な行為が、たとえば犯罪が設定されなければならない。

そして、「戦争の過去」と「平和な現在」の「対立」と「接触」を見事に描いたとして、笠井は『ゼロの焦点』を「清張の探偵小説作品の最高峰」「戦後探偵小説の最後の傑作」であると極めて高く評価する。『経済白書』が「もはや戦後ではない」と宣言したのは一九五六年であり、『ゼロの焦点』の発表はその後である。同作では時代設定も一九五七年となっており、笠井はその点にも着目する。

例えば、禎子が二六歳、鵜原が三六歳という一〇歳の年齢差は「一九四〇年代後半と五〇年代後半とを、ようするに戦争の「過去」と平和な「現在」を、決定的に隔てる時の断層」である（笠井、前掲書）。さらに、年齢差以外の点にも笠井は「過去」と「現在」の「断層」を見出す。失踪した鵜原には、占領下の立川で風紀係の巡査をしていたという「過去」があり、金沢で曾根益三郎という偽名を用いて田沼久子と同棲していたのはその「過去」の継続を意味していた。禎子との結婚は、鵜原にとって「過去」と決別することでもあったのである。また、室田佐知子には立川でアメリカ兵相手の娼婦をしていたという「過去」があり、金沢で社長夫人となった「現在」との間には深い

「断層」がある。なるほど、こうしてみると『ゼロの焦点』には重層的な「過去―現在」が横たわっているということになる。したがって、禎子による事件の追及は「それ自体として「過去」を見出そうとする「現在」の軌跡をなしている」(笠井、前掲書)。

「現在」から断絶した「過去」の中でも本論で注目したいのは、佐知子のそれである。これは前節で触れた「人間性の深淵」を指摘する三好や「自己保全の動機の設定」の「新鮮さ」を指摘する権田などに見られるように、社会派推理小説として『ゼロの焦点』を評価する際に不可欠な「過去」でもあり、また作中でも「佐知子夫人の気持を察すると、禎子は、かぎりない同情が起こるのである。夫人が、自分の名誉を防衛して殺人を犯したとしても、誰が彼女のその動機を憎みきることができるであろう」という憐憫が語られている。だが、禎子が佐知子の「過去」を突き止め、犯人であると推理するに至るまでの経緯に、敗戦直後の日本女性像が介在することになる。

三 「終戦直後の婦人」とは何か

まず問題にしたいのは、佐知子に対する禎子の眼差しである。実は、作中で禎子が佐知子と対面する場面は三度しかない。最初に会ったのは、禎子が室田の家を訪れたときである。このときは佐知子に対して、「それほど美人ではないが、皮膚が白く、感じのいい容貌であった」という印象を持っていた。次に会ったのは、金沢の駅のホームである。鵜原の兄が金沢で殺され、落ち込む兄嫁を駅まで見送りに来た禎子は、名流婦人グループの中にいた佐知子と偶然出くわすのである。名流婦人たちの中でも、佐知子は「すらりとした背の高い姿で、面長な、鼻筋の細くとおった横顔が、きれいな線をつくっていた。客に向けている笑い顔も美しい」。そして、三度目は駅のホームで約束をして、翌日に室田夫妻を訪れた際である。この場面では佐知子の美しさを強調するような表現はほとんど見当たらないものの、「君が落ち着かないと、話ができない」という室田に、佐知子が「はいはい」と「笑いながら、夫の横の椅子に掛けた」というやりとりがあり、禎子は「室田氏は満足そうだったし、傍にならんでいる夫人は仕合わせそうな表情だった」のを見て、「羨ましさを感じた」。以上三つの場面からわかるとおり、佐知子に対する禎子の眼差しは羨望に満ちており、もちろん夫殺しの犯人ではないかという疑いは全く持っていない。

しかし、テレビである座談会を見たことをきっかけにして、禎子は佐知子が犯人であると推理することになる。その座談会は評論家と小説家という「中年の婦人」二人と司会を担当する「ある新聞社の婦人問題の論説委員」の三人によるもので、テーマは「終戦直後の婦人の思い出」である。婦人二人はそれぞれ、「アメリカ兵が、紳士的、というよりも、非常に女の人に親切だということが、当時の婦人には、ちょっとした驚きではなかったでしょうか?」「アメリカの兵隊を見て、女の人たちの、男性にたいする見方が変わってきたんですね。いわば、それまで、男性の前に卑屈だった女性が、急に自信を取りもどした、とは言えないでしょうか」と、当時の女性が新しい価値観に目覚めたということについて語る。そして、話は女性の服装の変化にも及ぶ。

「当時、男性がだらしなくて、すっかり、敗戦によって自信を喪失していましたからね。その点では、女性のほうが、男性よりも溌剌としていましたよ」／「その点は」／と評論家がひきとった。／「終戦後の三四年間というものは、日本の男性の自信喪失期だと思うんです。それにかわって、日本の女性が、アメリカ占領軍の前面に押し出て、勇ましく太刀打ちしたと言えますわ」／「たしかに、女の方は、今までとは見違えるように、行動的だったようですね。それは、一つは男性が意気消沈していたことからも言えますが、一つは、あのモンペの憂鬱な時代が過ぎて、急にアメリカ的な、花やかな原色を身につけたことが、心理的に、活発な行動性を持たせたと思うんです」

しかし、戦後における女性の「溌剌」さ、「活発」さを示すものとして語られた服装の変化は、この直後に「一部の、GＩ相手の女たちがあやつった怪しげな米語と同じ」であるとされている。つまり、「原色」は「今までの女性観念」からの解放を指示すると同時に、いわば〈娼婦性〉をも指示する記号として認識されているのである。作中のこれより前の部分では、禎子が「赤い服装をした日本の若い女がアメリカ兵を連れて」いるところを目撃している。その箇所は「原色」の記号性を暗示していたといえる。

さて、座談会はこの後、女性が自由になったことには経済的な要因もあるという方向に話題が移り、「終戦直後の婦人」は「GＩ相手の女」と同一視されるようになる。

「戦時中は物資がなく、戦後は、ほとんどのお金持や、中産階級が売り食いだったでしょう。そういった急激な環境の変化から転落していった女性が、ずいぶんあります。でも、当時は、あんがい、転落という気持は、彼女たちにはなかったのじゃないでしょうか。少なくとも薄かったのではないかと思います。／一つは、親切なアメリカ兵が、女性の憧憬だったような気がします。今まで威張っていた日本の男性が、だらしなく、無気力になっていたので、その反発も、大いにあったと思います。ですから、のちに職業化した売春婦は別として、その頃は、そうした女の中に、良家の子女が多かったこともうなずけます」

この発言でも、まだアメリカ兵への「憧憬」と日本男性への「反発」は前提となっているが、女性の解放と「転落」が表裏一体の関係にあるものとして語られている。「良家の子女」たちに「転落」という意識がなかったとしても、座談会の出席者からいわせれば「転落」なのである。さらに、「転落」した女性たちは現在どうしているのかという司会者の問いに対して、評論家は「あんがい、立派な家庭におさまっている方が多いんじゃないかと思いますわ。それは、その転落の状態で、ずるずると暗い生活におちこんだ人もあるでしょうが、その半面、自分を取りもどして、今は立派にやっている人も多いと思うんです」と答えている。座談会におけるこうした「終戦直後の婦人」観を踏まえることで、禎子は室田佐知子が犯人であると推理することになる。

禎子の推理に触れる前に、この座談会で語られる女性像の問題点を指摘しておきたい。敗戦後、アメリカ占領軍を迎えることになった日本政府は、八月一八日に「進駐軍特殊慰安施設指令」を発表し、同月二八日にはRAA(特殊慰安施設協会)を設立している。新聞や街頭の看板には、ダンサー及び事務員募集の広告も出された。(2)国家として、敗戦後すぐにアメリカ兵相手の慰安婦を集めるプロジェクトを立ち上げたのである。だが、座談会では、アメリカが日本女性の解放(とその裏返しとしての「転落」)と「日本の男性の自信喪失」をもたらしたという、アメリカに対する日本の受動性のみが強調されている。国家として日本女性の挺身報国を求めていたという点が顧みられていないのである。そのような視点の欠如によって、「のちに職業化した売春婦」の存在は排除され、「転落」の後に「更生」したという女性像が「終戦直後の婦人」として語られることになる。

四 「終戦直後の婦人」としての佐知子

では、座談会を見た後の禎子の推理を追っていくことにしよう。「終戦直後の婦人」のイメージは、禎子の中の佐知子像をどのように変えることになったのであろうか。

座談会は、終戦直後、アメリカ兵相手の特殊な職業に堕ちた女たちの中にも、今は立派に更生して平和な家庭におさまっている者も少なくない、というような話をしていた。これが、禎子の目を開かせたといえる。今まで、彼女の前にふさがっていた厚い壁が、その話を聞いた瞬間、崩れ去った。

〔中略〕

禎子は、今まで、室田儀作氏を犯人だと考えていた。が、それは誤りだったのだ。室田氏のかわりに、夫人の佐知子を置きかえたのである。すると、すべてが、すらすらと解決できた。

ここでは、禎子の推理の帰結がすでに暗示されている。禎子は「かつての売春婦は、憲一の口から自分の前歴が暴露されることを、死よりも恐れていた。だからこそ、彼女は、夫の室田儀作氏を動かして、憲一の仕事に助力を与えたのである」「夫人としては、自分の前歴の洩れるのを防ぎたいばかりに、その好意で、憲一を防衛したつもりであった。憲一には、はじめから、その気持がない。にもかかわらず、佐知子としては、絶えず、不安感に蒼ざめていたことであろう」といったように、現在幸福であれば「転落」していた過去を蒸し返す必要はないとする座談会での話を踏襲する。つまり、「終戦直後の婦人」自身も「転落」していた過去を蒸し返されたくはないであろうという前提に立ち、佐知子の心理を想像しているのである。三度の対面時で見られた羨望は完全に消え去っている。

禎子の推理は、テレビの座談会において語られていた「終戦直後の婦人」の姿をそのまま佐知子に見出すことによって成り立っている。「佐知子夫人の気持を考えると、禎子も哀れでならなかった。夫人の生い立ちは、禎子には分かっていない。しかし、かなりの家庭に育ち、かなりの教育を受けた人に違いなかった」という予想もまた、「良家の婦女子」が「転落」したという認識に基づいて生み出されたといえる。末尾では、室田儀作によって佐知子が「房州勝浦の、ある網元の娘」であることも明かされる。

一方、曾根益三郎という偽名で鵜原が結婚していた田沼久子の境遇は、佐知子のような「終戦直後の婦人」とは異なっている。久子も佐知子同様に、鵜原が立川で風紀係の巡査をしていたときに接した娼婦の一人である。しかし、佐知子が「終戦直後の婦人」であるとすれば、久子は座談会の中では例外的な存在として語られていた「ずるずると暗い生活におちこんだ人」である。[3] 鵜原の失踪後に残された二枚の写真はそれぞれ家を撮ったもので、「一枚の家は立派であり、一枚の家はそれにくらべると、見すぼらしい民家であった」。後に、前者は室田夫妻の自宅、後者は久子の実家であることが判明する。鵜原が久子と暮らしていたのもこの「見すぼらしい民家」であった。禎子が近所の人たちに聞いたところ、久子は敗戦後に東京に飛び出して、五年ほど前に「ひどく派手な洋装で」帰ってきた。だが、「そのうち、本人もやはり、田舎の慣習に慣れてしまったのか、そんな派手なこともなくなり、兄さんが死んでからは、家を守って、わずかな田を耕していたようで」、「その暮らしは、あまり楽とは言え」なかった。

二枚の写真に示される佐知子と久子との境遇の違いは、禎子の推理にも影響を及ぼしている。禎子の義兄である宗太郎や本多が毒殺される前に一緒にいた女性は、「原色」の服を着ていた。最終的に、宗太郎に青酸カリ入りのウイスキーを飲ませたのは佐知子であり、本多と一緒にいたのは田沼久子であるとわかる(ただし、殺害を企てたのは佐知子であり、久子は何も知らずに佐知子の指示に従っただけである)のだが、禎子は当初この女性が久子ではないかと考えていた。なぜなら、久子が「アメリカの兵隊さんとつきあって自然に覚えたというような米語」を受付で使っているのを聞いていたため、「原色」の持つ〈娼婦性〉は久子を想起させたからである。その考えが誤りであったことについては、座談会を見た後に「佐知子は、禎子も見て知っているように、日ごろから洗練された服装をしていた。いつも趣味のいい和服だった。それだけに、あの原色の洋装をしていた女を、久子に錯覚したのであった」と振り返られている。

このように、禎子は久子犯人説を撤回し、佐知子が「転落」して現在は「更生」した「良家の婦女子」であり、「転落」していた過去を隠すために犯行に及んだと結論づける。もっとも、禎子自身が自覚しているように「彼女が、立川のGI相手の特殊な女性だったという裏づけは何もないのだが、おそらく、この推定には錯誤はないだろう」。佐知子の過去と犯行を明らかにする証拠はほぼ皆無といってよい。しかし、禎子の推理が誤りでなかったことは末尾において明らかになる。禎子は室田夫妻を追って能登半島の断崖に来るが、夫に全てを告白した佐知子は荒波の中、小船で沖へ出てすでにその姿は小さな「黒点」になっていた。室田は「もう私からお話しすることはないでしょう。ここに来られた以上、あなたには、もう、すべてがお分かりになったと思います」と禎子に言う。推理が正しかったことが証明されたわけである。

とはいえ、平野謙が「なぜ宗太郎や本多は殺されねばならなかったか、という疑問に十全な解決が与えられているとはいいがたい」(「解説」松本清張『ゼロの焦点』新潮文庫)と指摘しているように、禎子の推理がすべての犯行を説明しているわけではない。平野の指摘を誘発する要因は、座談会をきっかけにした禎子の推理にあるといえよう。佐知子の登場場面は禎子と会った三度だけであり、犯行について語る機会は全くない(4)。あえて言えば、佐知子は座談会の出席者や禎子などによって認識されたイメージ、「転落」してしまったが現在は「更生」した「終戦直後の婦人」という女性の表象そのものなのである。

五 『ゼロの焦点』と占領期表象の問題

『ゼロの焦点』は、「終戦直後の婦人」たちに憐憫を示して終わりを迎える。座談会の出席者たちは、過去に「転落」したが現在は「立派にやっている」女性たちに対して、「自分の努力で、あとの生活がつくられていたら、その幸福を、そっと守ってあげたい」と述べていた。だが、佐知子はその「幸福」を維持することができなかった。禎子は佐知子に「かぎりない同情」を寄せ、「いわば、これは、敗戦によって日本の女性が受けた被害が、十三年たった今日、少しもその傷痕が消えず、ふと、ある衝撃をうけて、ふたたび、その古い疵から、いまわしい血が新しく噴きだしたとは言えないだろうか」と、あくまでも「終戦直後の婦人」のイメージを佐知子に投影していく。そして、禎子が「終戦直後の婦人」として佐知子という女性を認識する一方、佐知子がそうしたイメージに抗する機会は与えられないままなのである。

ここで先行評価を振り返ってみるならば、例えば『ゼロの焦点』が社会派推理小説たる所以として付されてきた「人間性」なる言葉は、「終戦直後の婦人」の表象を抜きにしては出てこないであろう。また、笠井潔の評価も「現在」＝禎子が「過去」＝佐知子を見出すという構図を疑っていない点では、作中における「終戦直後の婦人」のイメージを再生産するものにしかならない。『ゼロの焦点』に高い評価を与える諸評家たちも、今なお作中で提示されている戦後婦人像を対象化してはいないのである。

最後に、「終戦直後の婦人」像について同時代的な観点から簡単に触れておきたい。先にも述べたように、『ゼロの焦点』には、国家レベルでアメリカ兵慰安プロジェクトが展開されたという事実の認識が欠落している。当時の女性はアメリカ兵に「憧憬」を抱いていたから「転落」の意識が希薄だったという座談会での発言も、アメリカへの徹底した受動性を前提にしているといえる。発言者の意図はともかく、アメリカに「憧憬」を抱いていた女性に皮肉を述べているようにも聞こえる。

江藤淳の『成熟と喪失――〝母〟の崩壊』(河出書房新社、一九六七年、のち講談社文芸文庫、一九九三年)では、日本の母性的な「自然」がアメリカによる「娼婦」＝「人工」の浸透によって崩壊していく過程を描いた小説として、小島信夫『抱擁家族』(『群像』一九六五年七月号)が論じられている。その議論について上野千鶴子は、江藤や小島に見られるアメリカへのこだわりは「「負けた男たち」に共通の世代体験かもしれないが、江藤も小島も共通の世代体験を女にも押し付ける」と指摘している(「解説 『成熟と喪失』から三十年」江藤、前掲書(講談社文芸文庫版))。江藤は占領者であるアメリカを男性化する一方、被占領者である日本を女性化(「娼婦」化)するという比喩によって、日本男性の屈辱を論じているというのである。無論、占領する側とされる側を男性・女性に分けるこのような比喩は生物学的な性差を前提にしたものではない。この比喩の前提になっているのは、社会的・文化的に構築された性差であるジェンダーである。鈴木直子が第三の新人を中心に検証しているように、占領者に犯される女性という「ジェンダー・メタファー」は、戦後日本をアメリカの植民地として位置づけるナラティヴとして機能していた(「一九五〇年代をジェンダー・メタファーで読みかえる」川村湊編『文学史を読みかえる⑤ 「戦後」という制度』インパクト出版会、二〇〇二年、所収)。

『ゼロの焦点』における「終戦直後の婦人」像も、敗戦及び被占領体験の語りと同様のジェンダーによってかたどられている。江藤が論じた小島やその他の第三の新人の登場は『ゼロの焦点』の発表時期と重なっており、他にも被占領体験を描く小説が多く見られる。被占領体験をジェンダー化して描いた探偵小説として『ゼロの焦点』を読み直すことで、この長篇が高く評価された理由や清張作品の受容のあり方を、占領期の諸問題と関わらせながら改めて議論の俎上に載せることができるはずである。

注

（1）『ゼロの焦点』は『太陽』（筑摩書房刊）に「虚線」という題名で掲載されたが同誌は次号で休刊となり、翌月から『宝石』（光文社刊）に「零の焦点」と改題して連載が続けられた。

（2）山田盟子『ニッポン国策慰安婦』（光人社、一九九六年）によれば、銀座の大看板には次のような文句が書かれていたという。

新日本女性に告ぐ。戦後処理の国家的緊急施設の一端として、進駐慰安の大事業に参加する新日本女性の率先協力を求む。ダンサー及び事務員募集、年齢十八歳以上二十五歳まで。宿舎、被服、食料全部支給。

（3）野村芳太郎監督の映画『ゼロの焦点』（一九六一年）では、佐知子による回想ではあるが、有馬稲子演じる田沼久子が登場する場面も多い。例えば、佐知子と久子が立川時代を振り返りながら涙する場面、久子が鵜原との生活は貧しいながらも幸福だったと語る場面がある。同じ「過去」を持つ二人の女性の悲哀が叙情的に描かれているといえる。

（4）映画『ゼロの焦点』（野村芳太郎監督）では原作と違い、能登半島の断崖で禎子と対峙した佐知子が犯行について長々と告白する。二時間ドラマで定番となった断崖での犯人の自供シーンの先駆けといわれている（千街晶之「ゼロの焦点　これぞ元祖〝断崖対決〟」『別冊宝島　松本清張の世界』二〇〇九年七月所収、参照）。

ブックリスト

▼大岡昇平『常識的文学論』（『群像』一九六一年一～一二月号、講談社、一九六二年一月初刊（上記連載のほか四編収録）、のち講談社文芸文庫、二〇一〇年）

▼「特集　松本清張の思想」（『現代思想』二〇〇五年三月号）

▼マイク・モラスキー『占領の記憶／記憶の占領――戦後沖縄・日本とアメリカ』（鈴木直子訳、青土社、二〇〇六年）

▼帝国書院編集部編『松本清張地図帖』(帝国書院、二〇一〇年)
▼勝又浩『「鐘の鳴る丘」世代とアメリカ——廃墟・占領・戦後文学』(白水社、二〇一二年)

帰郷不能者たちの悲歌
——水上勉『飢餓海峡』論

近藤周吾

一　はじめに

一九五四年九月二六日、台風一五号による被害は甚大であった。九州から日本海へ抜けた台風一五号は、いったん衰えるものの、再び勢力を強め、進路を北東にとり風速を増して、北海道に上陸する。津軽海峡を襲っては、連絡船洞爺丸の大遭難を引き起こし、岩内町を襲っては、失火のため町の三分の二を焼くという大惨事を引き起こした。岩内の大火については、今でも岩内町郷土館に足を運べば、当時の写真を見ることができるし、一一七二名の死者を出し、タイタニック号事件などと並び世界の五大海難に数えられる洞爺丸事件も、函館山の麓にある遭難碑を訪えば、そこに刻まれた死者の名前から旧時の惨状を偲ぶことができよう。

さて、これらの事件を物語の発端に据えてみせたのが、水上勉の代表作『飢餓海峡』（朝日新聞社、一九六三年、のち新潮文庫)であった。「海峡は荒れていた。」に始まり、「海峡に日が落ちたのだ。」で終わる、この一五三〇枚もの長篇は、上記のような現実の事件に取材しているという意味で、〈社会派推理小説〉にほかならない。

むろん、〈社会派推理〉が即、現実の反映と捉えるのは危険である。〈社会派推理〉の特質とは、一般的な定義に従えば、次のようであるからだ。まず、現実離れしたヒーローを排除し、登場人物を平凡な市民とする。次に、実地に旅行するなどの設定により、日常的なリアリティを保持する。さらに、人物や事件の背景、動機を重視する。最後に、社会批判の文脈を紙背に潜ませる。

ただ、水上勉の文業をいささかでも知る者であれば、彼の〈社会派推理〉のほとんどが、現実の事件に取材した社会性の色濃いものであったという、もう一方の事実を無視できない。宇野浩二が推薦した処女作『フライパンの歌』は変格私小説であるから別としても、それから一〇年のブランクを経た後に発表された小説群には、〈社会性〉の色が濃いのである。例えば、松本清張『点と線』に刺激されて書いたという『霧と影』は、大量の既製服が詐取され繊維業界が不況に陥る原因となった日共トラック部隊事件を描いていた。また、当初「不知火海沿岸」と題されていた『海の牙』においても、当時アクチュアルであった有機水銀中毒による公害・水俣病を取材し、社会的不正を摘発している。アメリカ進駐軍の特務機関キャノン機関を追求した『火の笛』や、主婦と生活社の争議を描く『耳』でも、やはり同様の傾向にあるといえよう。『霧と影』で直木賞候補、『海の牙』『耳』で再び直木賞候補、同じ『海の牙』で第一四回探偵作家クラブ賞を受賞するなど、〈社会派推理〉作家のいわば花形として活躍した水上勉の特質は、いうなれば、その現実・事件性に負うところが大きかった。実際、本論の冒頭で紹介したように、それらに続く『飢餓海峡』においても、洞爺丸事件と岩内の大火という現実の事件に材を求めていたのである。そのことを踏まえるならば、〈社会派推理〉の定義は、ヒーローを排した動機重視の推理小説という一般的な＝松本清張的な意味に加え、現実の事件に取材した推理小説という意味をも視野に入れておいた方がよかろう。

ところが、である。それだけでは片づかないところに『飢餓海峡』の厄介さがある。『飢餓海峡』には、むしろ現実の事件に取材しているという反映論的なレベルには回収しきれない何かがある。つまり、『飢餓海峡』の問題点は、それが〈社会派―推理〉なる所与のイメージから自発的に逸脱していこうとするところに認められるのではないか。行きすぎた倒叙法によってあらかじめ、《誰？　なぜ？　どうやって？》のすべてが明かされてしまうことで、謎解き＝犯人当てという読者の楽しみは萎えていくだろうし、虚構化の色が濃くなるにしたがって、現実に起きたという事件の衝撃も消えていかざるをえないだろう。つまり、『飢餓海峡』は、初発において、現実の事件に取材した推理小説という意味での〈社会派推理〉の結構を築いているにもかかわらず、しばらくすると、〈社会派〉でも〈推理〉でもない、〈ここではない、どこか〉へと迷走し始めてしまうのだ。ここには従来の水上的〈社会派―推理〉の面影はない。そのあたりの事情を、念のため、水上自身の言葉で確かめておけば、次のようになる。

大事なことをいっておくと、私はこの作品を書いたころから、推理小説への熱情を失っていた。つまり、約束ごとにしばられる小説の空しさについてであった。推理小説は、周知のように犯人当てが楽しみであり、事件の解明や、殺人動機について、奇抜な工夫が要求される。奇抜が奇抜であるほどに成果が高い。私はそういう小説の娯楽性を拒否するものではない。おもしろく読んできたし、また自分でも試作してきてもいる。けれども、それがいくらよくきまって、よく仕上がっても、どこかからふいてくる空しさ、それががまんならなかった。（中略）しずかに、人生を語るような小説もあっていい。そんなふうな思いが深まった。（新潮文庫版のあとがき）

新潮文庫版のあとがきには、「私は、犯人を出しておいたのだから、もう推理小説としては落第だと思っていた。（中略）しかし、この小説が、自分でいうと変なようだが、はなはだおもしろい小説になっていることに気づいていた。推理仕立てではあるが、どことなく、長篇らしい結構をもった人間小説になっていることへのひそかな自負である」という言もあるのだが、それを踏まえるならば『飢餓海峡』の魅力とは、要するに、〈社会派推理小説〉から〈人間小説〉へと脱線していくところにあるといえよう。このことは朝日新聞社版の第二版のあとがき（一九七八年）に記された「作者の得体の知れない鬼子」という作者自注によっても明らかである。

〈人間〉の不在は、ミステリ史の転回期において、しばしば問題化されるテーマである。いわゆる社会派推理の隆盛した一九六〇年代、および新本格派が出現した一九九〇年代。これらがその画期といえるわけだが、当時の水上もまた、そのような変転期において、〈人間〉の不在に懊悩していた。私小説的な推理小説として直木賞を受賞した『雁の寺』にまつわる挿話――中山義秀から「人間を書け」と助言された――からも、そのことは容易に想像できるのだけれども、ここで問題となってくるのは、やはり水上のいう〈人間〉の意味であろう。水上のいう〈人間〉とは、いったい何か。

二 〈社会派推理〉から〈人間〉へ

昭和二二年九月二〇日、北海道にやってきた大型の台風一〇号の残した爪痕は、あまりに鋭く、あまりに深かった。それは、次の二つの事件にとどまらない。すなわち、青函連絡船・層雲丸が沈没し、その結果、五三二名(実は、五三〇名)の死者を出したという函館の事件と、質屋のボヤから町の三分の二が焼失し、全焼三四五〇戸、死者三九、負傷一五〇という岩幌の悲惨な大火にとどまらない。

これらの大量死の陰には、実は二つの〈謎〉が残されていた。それは小さな謎だが、その小さな謎を解きほぐしていくと、台風の爪痕が意外なところにもう一つ残されていたということがわかりかけてくる。〈謎〉とは、何か。もったいぶらずにいえば、函館に打ち上げられた死体の数が乗員名簿よりも二つ多いということ。それから、「すりむけた肌が割れたザクロ口から桃色の肉腫をふきあがらせ」るように岩幌の質屋一家の頭蓋骨を叩き割った上、現金を盗み、証拠隠滅のために放火した凶悪犯がいるはずだということの二つであった。

しかし、『飢餓海峡』におけるこれら二つの謎を解くのは、それほど難しいことではない。なるほど、警察官たちの労苦は、並大抵のことではなかった。函館警察署捜査一課の弓坂吉太郎警部補、岩幌警察署の田島清之助巡査部長、網走刑務所の巣本虎次郎看守部長らの血の滲むような捜査努力――実際、これが『飢餓海峡』の一つの魅力となっていることは疑えない――がなければ、この謎解きは暗礁に乗り上げていただろう。だから、謎解きが楽だったとは決していえないのだが、多くの読者は〈謎〉自体が魅惑的であるだけに、もう少し引っぱってほしかったと思うに違いない。死体が多すぎるという秀抜な発想。離れた場所で起こった事件をどうつなげるかという難解さ。ミステリ愛好者には垂涎ともいうべき〈謎〉の提示がここではなされているのである。しかし、それがあっさりとバラされてしまう。序章と二五章から成る大長篇であるにもかかわらず、何と『飢餓海峡』の冒頭に近い第二章で、一方の謎である岩幌の犯人が、網走刑務所から仮釈放された沼田八郎、木島忠吉という刑余者、そして朝日温泉の宿帳に「犬飼多吉」と記名した関西訛りの大男の三名であるということをバラしてしまい、もう一方の謎である二つの死体も、犬飼に殺された沼田と木島であったとアッサリ明かされてしまうのだ。むろん、それが犯人当てというレベルだけならば問題はない。しかし、犯行の方法や動機といったものまでがほとんど明かされてしまうのであってみれば、やはりミステリとしては問題である。謎解きへの興味が著しく殺がれてしまい、読者としては思わず謎解きは難しくなかったなどと口走りたくもなるのである。

しかも、それと同時に、この小説の事実性、社会性までもが薄まっていく。洞爺丸の遭難や岩内の大火が事実であったにせよ、物語は遭難や大火をいわば枕に使ったに過ぎず、物語の中核がこれらの事件にあるというよりは、創作された事後談の方にある以上、そのことはあまりに明瞭である。しかも、実事件を生のまま使うのではなく、脚色していることからも、それは自明である。洞爺丸を層雲丸といい、岩内を岩幌という。一九五四年の事件を、一九四七年に置き換える。ある意味で瑣事ともいえる固有名と時代設定をわざわざ変更していることからも、この小説の虚構化への意志が見て取れるわけだが、これらが逆に事実性、社会性を弱めてしまうということはあるだろう。例えば、冒頭で出されている刑余者の更生保護の問題。『飢餓海峡』の書き手は、これを社会的な問題として拡大することもできたはずだが、樽見京一郎の三千万円の寄付として再現されはするものの、その問題が十全に機能しているとはいいがたい。「受刑者の更生に無関心な行政と、その犠牲者の悲劇を主題にした水上版『レ・ミゼラブル』ではない」という笠井潔（後掲書）の指摘のとおりである。

つまり、以上より、『飢餓海峡』が〈社会派―推理小説〉であることから逸脱することによって出発しようとしていることが、テクストの内部からも明らかとなるというわけだが、それでは、読者は、謎解き＝犯人当ての欲望を挫かれた後、この物語にいかなる推進力を見出すのだろうか。それが次に問題となってこよう。

ヒロイン・杉戸八重が登場するのは、第三章が最初である。第三章は、層雲丸事件のどさくさに紛れて、髭面の大男・犬飼多吉が、奇岩つらなる仏ヶ浦から下北半島へ上陸し彷徨する場面。ここで犬飼は、八重に出会う。軽便と呼ばれる森林軌道車に乗ると、安部城へ下る軌道車の乗口に二十二、三の和服姿の女がいた。八重の描写は、細かく肉感的だ。「都会風なのが目をひいた。大柄なひまわりを浮かした銘仙の単衣を着ていた。濃いエンジの名古屋帯がくびれた細い胴を強くしめつけていて、均斉のとれた体躯と色の白い目鼻立ちの小づくりな顔にどことなく色っぽい感じがする」。男は、当時貴重だったピースを、函ごと女にくれてやった。吸殻をバラして手巻きで作られたシケモクが通例であった敗戦直後という時代を考えれば、女の喜びようは想像に余りある。女は、その返礼に、狐色に焦げた大きな銀飯のムスビを、男につきだす。飢えた男の喰いっぷりからして、やはり並々ならぬ喜びがあったに違いない。

一度別れた二人の男女だったが、偶然すぐにも再会することとなる。大湊の歓楽街・喜楽町のあいまい宿「花家」で酌婦をしていた八重のところへ、犬飼は客として上がるのであった。淡いいとなみの後、八重は犬飼の大きな傷の手当をする。手当してもらった犬飼は「あんた親切な人だ」といい、おそらく五百枚はあろうかという百円札の束を八重に渡す。悪い金ではないといって……。

犬飼と別れ、思わぬ大金を手にした八重は、第四章で湯野川温泉へ行く。

杉戸八重は父親の前で、ぱらりと紅い腰巻を取り、白い裸を露出した。客の前では気恥ずかしさをつくろいながら着物を落す八重も父親の前では堅くなった。八重はもたもたと野良着のもんぺをぬいでいる父親をふりむかずに、湯垢のついた木の段を下りて湯に入っていった。

ここだけを抜くと窃視めくけれど、この場面の意味はそれにとどまるものでない。第一に、娼婦である八重が神経痛を病む木樵の父親・長左右衛門を湯治に連れてきた場面であるということ。第二に、大湊の女郎屋「花家」から足を洗い東京へ行きたいと父に告げる場面であること。第三に、この湯船に函館署の刑事である弓坂吉太郎が張り込んでいて、一部始終を盗聴していたということ。以上の三点を併せ読む読者は、ぴちぴちとはり切った胴や臀部のあたりがうす桃色に透けて見える若い女性の白い肌を耽美するだけでは済まず、娘の親孝行に涙し、東京へ出て堅気になり幸せになってほしいと希い、さらには刑事の目からも逃げてほしいと望んでいる自分自身に気づかざるをえまい。それも陳腐な俗情のうちといってしまえば、それまでではある。しかし、そう思う反面、ここには娘のあまりに一途な純情さが迸っていて、その魅力にたやすく抗しがたいとも思うのだ。

事実、登場人物である弓坂警部補も、犬飼多吉という男は知らないと白を切る八重を前に心が揺れている。〈まさか、おれは、あの女の湯気の中の美しい姿態にまどわされたのではあるまいな……〉と少しばかり懊悩したり、〈この女が嘘をいうはずはあるまい……〉と信じ込んでしまったりする。親思いの娘の真情。故郷の湯につかりながら、親や家族の幸せ、自分の幸せを夢見つつ、一方で警察の目をスリリングにかいくぐっていくこの場面にこそ、『飢餓海峡』のすべて——長短所を含めたすべて——が凝縮されて示されているとするのは安易にすぎようか。

今まで警察の側から記述されてきたにもかかわらず、第三章では例外的に犯罪者・犬飼側の視点が採用されている。序章の矢不来で復員服の三人組がほのめかし程度に寸描されたのを別とすれば、前篇で犬飼が正体を現すのは、ここが最初で最後である。犬飼の視点は第四章になると消え、第四章以後は杉戸八重というヒロインの視点がだんだんと中心化されてくる。つまり、二人の出会いを描いた第三章において、視点が巧みに切り替えられているのだともいいえよう。ここに杉戸八重という登場人物の重要性を指摘することができる。唯一、犬飼を目撃した証人としてはもちろんのこと、愛という心情をやりとりさせることで、この小説の〈人間〉性を展開していく存在でもあると目されるからだ。また、思わぬ大金を得た、親思いの娼婦・八重の行く末にも、読者は興味を覚えずにはいられない。つまり、謎の解決以後においては、ヒロイン・杉戸八重が通俗的な形であれ、物語の駆動源となり、そこへ読者の関心を移していくという語り手の手つきが見て取れる。ここに〈社会派推理〉から〈人間〉へと移行していく一つの変節点があることは間違いあるまい。

三　北海道と若狭をつなぐ

杉戸八重への焦点化は、『飢餓海峡』前篇（第一—三章まで）において、実に徹底している。「花家」

を辞め、旅行用のスーツケースとメリンスの紅い風呂敷包みを抱えて東京へ向かう第五章。新宿の闇市にある呑み屋「さいたまや」で働いたり、かつては「花家」の先輩で今は東京で黒人兵のオンリーをしている葛城時子と会う第八章。池袋西口、通称池袋ジャングルにある一杯呑み屋「富貴屋」でまめまめしく働きつつ、青森出身で運送会社に勤めているという客・小川真次と出会う第九章。ウドン粉を詐取した小川のせいで池袋署の勝見刑事に追い回される第一〇章。警察の眼から逃れるために亀戸遊郭に身を隠す第一一章。時子が死に、刑余者更正事業資金に三千万円を寄贈したという舞鶴市の樽見京一郎(＝犬飼多吉)の新聞記事を見つける第一二章。樽見京一郎(＝犬飼多吉)に会いに舞鶴へ行き、樽見に殺される第一三章。途中までは、杉戸八重の足跡を追って上京した弓坂吉太郎の視点も並行しているものの、結局は圧倒的な文量が八重の視点に費やされているのである。

ここに『飢餓海峡』謎解き以後の秘密があるだろう。一言でいえば、杉戸八重の生き方を追うことで、犯人検挙を宙づりにし引き延ばすということである。ところが、樽見邸で迎える杉戸八重の最期が、実に呆気ない。

八重の眼ははにかみと、したわしげなうるみをおびて相手をみつめた。

「でもね。樽見さん、あたしはあなたにお礼をいいたかっただけなんです。あなたの下さったお金で、畑の在所の父の病気もすっかりなおりましたし、弟たちも一人前になって働けるようになりました。それに、あの『花家』の借金も払って、あたし東京へ出ることもあの時出来たんです。あたしが、いま、こうして、ここへこられたのもみんなあなたの親切からなんです。あたしはひと目あって、あなたがご立派になられたお姿を見たかった……そうしてお礼をいいたかった……それだけで嬉しいのです。犬飼さん、……樽見さん……」

しかし、八重の真情は、樽見に通じない。「犬飼という人をわしは知らん」と白を切り続ける樽見は、八重に紅茶をすすめる。

八重は唇につけていっきに、こくりと咽喉の奥から鼻腔に通じるあたりにかすかなあんずの花を嗅いだように思った。それと殆ど同時であった。茶碗をもちあげていた指先にしびれをおぼえた。急に眼底が熱っぽくなり、さらさで目かくしされたように視界がぼやけた。息苦しくなった。八重は茶碗をもった手をテーブルにおき、反対の手を咽喉もとへもちあげようとした。と、う、う、う、うっ、うっと思わず口走った。眼がひきつり、後頭部が大きく圧迫をうけて意識が遠のく。眼前に大きな黒い顔のようなものが被いかぶさった。〔以下略〕

いわば第三章の出会いの再現部であるこの場面において、両者の心の通い合いは急転直下、断絶へと突き放されるのである。ただお礼がいいたい一心の八重の真情、それに向けて全精力を傾けて叙述してきたにもかかわらず、そのような八重の存在をまるごと奈落へ落とす樽見京一郎の暴挙が、ごく一瞬のうちに行われる。ここで樽見京一郎＝犬飼多吉への読者の憎悪は否応なく極大にまで膨れ上がる。そのような仕組みになっていよう。と同時に、今まで多くが割かれてきた杉戸八重についての視点叙述が、ここから再び犯人・犬飼＝樽見を追いかける警察側へと戻る。竹中誠一という樽見の書生との心中と見せかけ、小橋のアンジャ島の海に杉戸八重を突き落とした犯人検挙へと動き出すのであった。今度は、弓坂吉太郎と舞鶴東署の味村時雄警部補がタッグを組んで活躍することとなる。

杉戸八重の伏線は長すぎたともいえよう。しかし、北海道の函館と岩幌をつないでみせた冒頭同様、ここでは北海道と若狭をつなごうとしているのだ。若狭の犯人が非情な男として描出されることによって、北海道の事件の残虐性を再び思い出させるのである。一九四〇年代から五〇年代へかけての時間と、北海道から若狭までという空間を、いわばロングショットで捉えるために、杉戸八重という造形が必要とされたのだろう。しかし、ここで再び問題が生じる。すなわち、犯人は樽見京一郎だとわかりきっている上に、杉戸八重はもういない。後篇の叙述は、前篇を折り返すようにして同じ事実が繰り返されるだけではないのか、と。実際、『飢餓海峡』の叙述には繰り返しが多く、率直にいって退屈であるかもしれない。ただ、好意的に読めば、執念の鬼である味村と、一〇年経って年をとった弓坂のコンビの苦労の足跡でもあるわけで、その犯人検挙の情熱がやはり『飢餓海峡』を読ませる駆動源となっているとはいえよう。八重殺しの憎き犯人を挙げるためという目的がはっきりしているから、つねに犯行に後れて再現されざるをえない捜査にも読者は何とか付き合うことができる、と。いや、樽見京一郎のアリバイを崩すべく、八重が後生大事に持っていた古新聞と剃刀が出てくるとき、読者の喜びは決して小さくないだろう。結局、よしあしは別としても、八重の物語が挿入されたことで『飢餓海峡』の推進力が維持されていたということを、ここで強調しておきたい。なお、蛇足ながら、後にペンが持てず『電脳暮し』を余儀なくされる作者が、当時は同じ字句を書写して原稿用紙を埋めるしかなかっただろうということにも少し想像力を働かせておこう。例えば、第二三章で描かれる舞鶴東署で開かれる捜査会議での各刑事の報告などは、推理の論理を明確にするため、やむをえないのだとはいえ、たいへんな分量の書写が行われている。同じ字句を省筆せず、ただ書き写す作家の手の苦痛は、犯人の足跡をたどる刑事たちの足の苦痛と重なっていたのだろうということをも指摘しておこう。ここには何やら鬼気迫る執念が感じられる。

四　笠井潔への反論

ところで近年、笠井潔の『探偵小説論Ⅰ　氾濫の形式』(東京創元社、一九九八年)が、ミステリ史の観点から『飢餓海峡』に対する新しい視座を供しており注目されているようだ。徹底的に作者自注や旧説を斥けている笠井の態度は、やや乱暴なところがあるものの、なかなかスリリングである。小論の立場を明確にするためにも、煩を厭わずここで紹介しておきたい。

ミステリを戦後小説として捉え返すことを目論む同書は、『飢餓海峡』が洞爺丸事件に着想を得ていることにこだわる。豊かな高度経済成長の時代に、あえて洞爺丸事件という大量死の記憶を呼び戻したところにこだわるのである。というのも、期せずして同じ時代に同じ事件を扱い、同じくミステリの内破を志向することになった、中井英夫の『虚無への供物』と比較したいがためなのである。

笠井は徹底的に『飢餓海峡』の〈時間軸の漂流〉にこだわる。〈時間軸の漂流〉とは、簡単にいえば、実際の洞爺丸事件が起こった一九五四年を、『飢餓海峡』の層雲丸事件において、敗戦直後の一九四七年へ移しかえるという時間軸の操作のことを指している。笠井によれば、それはさらに三つの疑問点に分割される。「第一に『飢餓海峡』の現在部分は、なぜ一九五八年として設定されたのか」「第二に一九五〇年代後半に書かれ、おなじ時期を作品の背景としている『黒い白鳥』および『ゼロの焦点』と酷似した設定が、なぜ一九六〇年代前半の『飢餓海峡』にも見出されるのか」「第三に、この作品で洞爺丸事件が、敗戦直後の一九四〇年代後半に再設定されたのはなぜか」の三つである。しかも、それは笠井によれば「決して些末な疑問点ではない」のだという。

笠井にとって、『飢餓海峡』の〈時間軸の漂流〉は、およそ次の三つのことを意味していた。第一は、「二〇世紀的な大量死の文学である探偵小説を戦争の記憶も薄れはじめた時代に、いかにして可能ならしめるかという難問に応える作品として書かれた」鮎川哲也『黒い白鳥』や松本清張『ゼロの焦点』といった社会派と問題意識を同じくしつつも、「探偵小説的方法の露骨な活用に活路を求めようとした」。第二は、戦災による大量死と洞爺丸事件の大量死を二重化しようとしたということ。「一九五四年の洞爺丸事件を中間のジャンプ台として利用すれば、「豊かな社会」を謳歌する六〇年代の読者にも、世界戦争の悲惨な記憶はリアルに甦ることが期待できる」。第三は、混乱期(敗戦と四〇年代後半)―狭義の戦後の終焉(五〇年代後半)―高度経済成長期(六〇年代)の三期区分を何とか探偵小説に取り込もうとしたということである。「水上勉は作中で、洞爺丸事件=大量死=第二次大戦の等式を前提に、日本最大の海難事故を敗戦直後の一九四七年に再設定した。戦災による大量死と、海難事故による大量死を時間的に二重化することで、一九六〇年代の読者にも現実性のある設定を確保したともいえる」「最初の事件を敗戦直後の混乱期とすれば、時代が一回転した十年後は『黒い白鳥』や『ゼロの焦点』の時代、ようするに一九五〇年代後半になる。この時代なら、平和な現在を戦争の過去が脅かすという物語も、それほど不自然ではない」「作品が完成された一九六三年では、犬飼多吉の犯罪も既に時効を迎えている。安定と繁栄の六〇年代は、犬飼が文江や佐知子とおなじ動機で、殺人事件を惹きおこすのにふさわしい時代ではない」「洞爺丸事件を七年前に移動させ、作中の「現在」を一九五七年という、五四年の洞爺丸事件とおなじ時代意識的な地層に属する時期に設定することで、五〇年代後半に鮎川哲也や松本清張が追求した方法は、六〇年代の読者にも説得力を確保しうるのではないか」。

以上が笠井にとっての〈時間軸の漂流〉の意味であった。しかも、それは「周到ともいえる作家的計算の結果に違いない」といいきる。その上で、笠井はいう。「しかし水上勉は計算を間違えたのだ」、と。「二重の時間的なずれを方法的に設定してなお、『飢餓海峡』は戦後探偵小説の規範から逸脱してしまう」「戦後探偵小説論の観点から『飢餓海峡』を評価するなら、それは鮎川哲也や松本清張が戦後本格の最後の活路として模索した方向さえ、高度成長を謳歌する六〇年代には不可能であるという事実を、一箇の作品として自己証明した点にある」。このような皮肉を述べた上で、笠井は次のようにいいきり、中井英夫論に入っていく。「『飢餓海峡』の挫折を転機として、古典的な純文学作家に転向した水上が「人間を描いた」と自賛する私小説的な作品は、その社会派作品ほどに生き延びることがないだろう」。

長々と笠井を引用してきた。しかし、もうこれ以上は必要あるまい。一九六〇年代がいわゆる社会派推理の危機的な時期であり、『飢餓海峡』がそれを意識していたという指摘は確かに首肯できる。また、『飢餓海峡』が一九四〇年代から六〇年代までの長い時代を射程に収めているということも鋭い指摘である。だが、笠井は大量死＝戦争という自説を安易に持ち込みすぎているし、笠井の邪推のすべてを〈作者の意図〉化する牽強付会な論法はいかがなものか。

生身の作者が意図していたとはっきりわかるのは、すでに触れておいたように、〈人間小説〉という、よくわからない「あとがき」の一語だけのはずである。にもかかわらず、笠井はそのような作者自注を前時代的だと決めつけ、自ら『飢餓海峡』の作者の意図を捏造していく。また笠井は、「たとえば『飢餓海峡』の冒頭では、「函館警察署に置かれた対策本部は、遭難者の収容と、死体を引受人に手渡すことであけくれていた。沈没船を桟橋にひきよせて、中からさらに死体をひきあげたときは、市内の仮収容所では狭くなり、七重浜に特別の死体収容所が設置されるに至った」と溺死者数の想像を絶する大量性が強調されている」と、大量死の強調を強調するが、これも都合のよい切り貼りである。なぜなら、大量死を強調する言説は、『飢餓海峡』においては後にも先にも、笠井が引用した、このただ一箇所のみであるからだ。局所を引いて、あたかもそれが一例であるかのように誇張している。確かに、洞爺丸事件自体が大量死を招いた事件であったため、大量死の記載がなかったとまではいいきれない。しかし、大量死を〈強調〉したという風には、どこからどう読んでも捉えることができない。もし大量死を〈強調〉したいのであれば、岩幌の大火のところでも、もっと強調されていいはずである。にもかかわらず、岩幌の大火では撲殺された佐々田質店一家の惨状に筆は費やされるばかりで、罹災者のことには全焼三四五〇戸、死者三九、負傷一五〇という数字以外では触れるところがない。その後の虚構の事件、例えば敗戦後の東京の描写などにおいても、いくらでも大量死を書くことは可能であったにもかかわらず、そうなってはいない。

確かに、一度大量死をほのめかしておけば、大量死から個人の死の重みへという笠井理論は成立するのであろう。そして、大量死を忘れていく一九六〇年代において顕在化する一〇年の〈忘却時間〉を衝いているのだといえば、確かにそのとおりである。しかし、そうだとしたら、笠井の次の結論には同意しがたいのではないか。安定と繁栄の六〇年代に相応しい社会派推理を書こうとし、あえて〈時間軸の漂流〉を企図したものの、作者は計算を間違えた。その結果、戦後探偵小説の規範から逸脱してしまい、推理小説として構想された作品が、犯罪社会小説、犯罪風俗小説に堕してしまう。だから、中井英夫の『虚無への供物』の方が優れている。これが要するに笠井の結論なのだが、六〇年代においては失われた〈何か〉を求めて犯罪社会小説、犯罪風俗小説の中にあえて手探りしていったと解すべきではないのか。作者の計算などではなく、笠井自身が誤った計算式を立て、誤った解を出して得々としているに過ぎない。

笠井理論の最大の問題点は、推理小説という枠組みに対する神経症的なこだわりのため、推理小説から逸脱していく先への目配りを欠くところにある。言い換えれば、本格推理という枠に自閉しすぎるあまり、推理小説の大衆性への自覚のなさや、犯罪社会小説、犯罪風俗小説への偏見が露わだということだ。だから、大量死を当てはめようとすることに急で、『飢餓海峡』の読みが図式的かつ素材主義的になってしまっている。いや、これはこれで確信犯的な倒錯のつもりなのだろう。『飢餓海峡』の杉戸八重登場以前の場面は捉えている。とはいえ、『飢餓海峡』が探偵小説の内破であるというとき、なぜ内破が起こるのか、どのように内破されるのかについては結局、十分に理解できないままである。

五　故郷というテーマ

いわゆる作者の意図を無視し、作者の意図を捏造してみせる笠井理論はスリリングであり、否定はしない。ただ、少し偏っており、危険なところがある。われわれはいわゆる作家論者ではないものの、ここで作者の思想をも踏まえておいた方がよくはないか。管見のところ『飢餓海峡』についての優れた評言は少なく、今のところは作者の書いたものが一番参考になるという現状がある。また、水上勉を論ずるときには、吉行淳之介が評した「粘稠度の高い、底からの光りのある液体」（『水上勉全集』内容見本）を見逃すわけにもいかない。確かに、理論的にいえば、作者の言説は一読者の言説と等価なものであり、作者の言説だからといって特権化されるべきではない。しかし、優れた批評がない以上、作者の言説を一批評家のものとして、取り上げても差し支えあるまい。ミステリ内破の様態を探る糸口くらいは見つけられるかもしれぬ。

笠井の恣意的な論理操作と、いわゆる作者の意図なるものとを摺り合わせるために、さしあたりわれわれが参照しておきたいのが、『思想の科学』（一九八一年一一月臨時増刊号）に掲載された水上勉「なぜふるさとをめざすのか」というインタビューである。ここでは、聞き手・鶴見俊輔の最初の切り口を引いておく。

> 水上さんの文学には、最初の作品『フライパンの歌』にはそれほどはっきりしていないようですが、それから十年休筆されてからの御仕事には、ふるさとの方角から今いる場所を照らすという方法が一貫して在るように思われます。たとえば『雁の寺』『五番町夕霧楼』では若狭との関係で京都をとらえておられます。『金閣寺炎上』ではそれに加えて、仏教を本山と末寺との関係でとらえておられる。「父と子」では現代の東京の教育をやはりふるさとの関係でと

らえて、ふるさとの根にむかって追いかけていく作品です。

文明の先端である原子力発電についても、ふるさとの側からとらえるという同じ方法でお考えではないでしょうか。

水上勉が一貫して一つの道を歩いてきたとすれば、それは〈ふるさと〉という問題を絶えず書き続けてきたというところに見出すことができよう。そのことはすでに多くの評家の指摘がある。

例えば、小松伸六は、「水上勉の文学には「生活する歌ごころ」といったものがある。／それは、在所(若狭)の悲しい子守唄だったり、放浪生活者の歌だったり、人生遍路の諷詠だったり、失われた日本へのエレジーだったりする。もちろんその基調には、作者の生れた裏日本的な哀調がある」(「水上勉の文学」『現代日本文學大系89　深沢七郎　有吉佐和子　三浦朱門　水上勉集』筑摩書房、一九七二年)と指摘した。小松伸六は別のところでは「故郷と日本」という項を立て、「もしかすると水上さんは代表的日本人のひとりではないかと思う。政治家、知識人、学者というエリート・コースの人ではなく、いわゆる庶民的日本人の代表という意味においてだ」(「水上勉・人と作品」『昭和文学全集第二五巻』小学館、一九八八年)とも述べていた。また、木股知史は、平野謙、伊藤整、大岡昇平らによって繰り広げられた純文学論争とメディアの問題を扱いつつ、「若狭という風土に固執した作品によって、高度成長によって都市化する日本の社会の表層の明るさの裏側にある陰の部分を描こうとした」(「メディア環境と文学」『岩波講座日本文学史第一四巻　二〇世紀の文学3』岩波書店、一九九七年)と指摘している。

ここでは原発の話題が出ているが、それは『思想の科学』が、〈そんな安全といいはるなら、東京に原発を作ってみろ〉といわれていた時代に合わせ、「原子力の帝国と辺境」という特集を組んだからであった。後に水上勉は、『京都新聞』ほか各紙にズバリ『故郷』という題の小説を連載し、原発の問題に取り組んでいる。『故郷』の単行本(集英社、一九九七年)のオビには、次のような文言が見られる。「人間は大自然につつまれて、／平穏に死ぬことさえゆるされぬ時がきたのでしょうか／変る世の中、日本人はどこへ行くのか／安息の家を探し求める一家の物語」「「故郷」などというても、いまは早々と姿を消したものの一つだが、遠い山村へ帰ってみても昔の建物が残っていたり、山や川が昔のまま在ったりはしない。道もかわり磯もかわった。変れば変る世の中である。この国はやがて浮沈空母だといった宰相がいたけれど空母では樹が生えない。花も育てられぬ。若い子らが命を捨ててもいいと思える誇りのある国につくり直さねばならぬ。花も実もある国に……」。

このオビの文言が、後の水上勉の着地点を明確に示しているのではないだろうか。水上勉のいう〈ふるさと〉は、つまり、家―村―国家という垂直に連続するもの、いってよければ、前時代的な国家観によって支えられた故郷像である。「若い子らが命を捨ててもいいと思える誇りのある国につくり直さねばならぬ」という一文などに、それははっきりと表れていよう。もっとも、このような故郷観を直ちに悪だというのではない。戦前のマルクス主義的ユートピア思想のように高みから大衆を見下ろし置き去りにすることなく、庶民の目線から見上げていくことの良さというものは間違いなくあるだろうからだ。しかし、例えば、大江健三郎の描く四国の谷間の村などと比べてみると、あまりに露骨な故郷―国家の志向が強すぎるともいえる。その世代がしばしばそうであるように、水上文学では故郷と国家の微分化が十分になされていない。もっとも、いま水上勉と故郷という大きなテーマを新たに設定するには紙数が不足であるから、これだけをいうにとどめる。そのような問題点を孕みながらも、水上勉という作家の歩みは〈ふるさと〉を思考することと同義であったことは間違いない、と。それは殊更に作者の意図などというまでもなく、テクスト内においてすでに読み取れるようになっている。『飢餓海峡』の場合も例外ではない。

越智治雄はかつて、水上文学における都市と農村を分析する文章の中で『飢餓海峡』に触れ、「精神の在所への問は、この作品の中にも明らかな底流として存在しているのであって、ただ、人が、推理小説と思い込んで、気づかないだけのことなのだ」(「都市文明と自然　水上勉の場合」『國文學』一九七三年六月)と述べていた。一方に帰る家を持たぬ人々の獣のような欲望を孕んだ東京があり、もう一方に地獄田のある貧しい在所が置かれることで、なるほど『飢餓海峡』は見事なまでに典型的な〈都市と農村〉小説となりえているのだ。そのことは、他のテクストを参照するまでもなく明らかである。また、『飢餓海峡』の物語内容を時間軸に沿って整理すれば、まず出発点として網走刑務所を設定することができよう。刑余者である沼田八郎と木島忠吉が仮釈放されて富山の故郷へ帰っていないところから事件は始まる。さらに、これと合流した犬飼多吉(樽見京一郎)もいずれ舞鶴へ戻り、故郷のために食品会社の社長となり、教育委員まで務めることとなる。杉戸八重は逆に、先にも述べたとおり、父や家族のために故郷の下北半島を離れ、東京で出稼ぎするが、帰郷する段になって悲劇に巻き込まれる。杉戸八重とともに殺された竹中誠一の故郷・兵庫県も省略されずに登場するのであってみれば、この小説がいかに〈故郷〉という物語＝枠組みに収斂しようとしているかがわかるというものである。結局は、無事に故郷で成り上がっていたかに見える樽見京一郎もまた、飢餓海峡の荒波に呑まれて消えるのであり、北海道から若狭までの、そして一九四〇年代から六〇年代までを覆う巨きなスケールを背景にした『飢餓海峡』という物語は、帰郷不能者たちのエレジーであったということができはしまいか。津軽弁や関西訛りなどの方言が随所に取り入れられていることからも、そのことは傍証されよう。

六　おわりに

以上、駆け足ながら『飢餓海峡』の世界を眺めてきた。そして、『飢餓海峡』の根底に〈故郷〉なる地下水脈が伏流していることがわかりかけてきた。故郷のために故郷を去り、故郷を想いながら生活する貧しい人々。故郷へ帰るために犯罪が起き、犯罪のために故郷へ帰ることが拒まれるという逆説が描かれているようにも見えるけれども、そこにはむしろ故郷に対する絶対的なる信頼と愛着に裏打ちされている。そこには故郷喪失というよりは、郷愁の強さと哀切とが感じられる。これは現代の小説が切り捨ててきた側面であろう。

一九九〇年代の本格ミステリに対して人間不在がいわれて久しいが、そこへ今回の問題を接続してみると面白いことがわかってくる。すなわち、人間＝動機を描くという意味では極大点である故郷を描くと、ミステリの臨界点を優に越えてしまうということである。しかも、このような六〇年代的パラドックスは、単に古くさく見えるというそれだけの地点で解消されるべき問題でもない。モダン都市の成立に起源を持つ江戸川乱歩以降の日本のミステリというジャンルが、ついには〈故郷〉を描くに足る形式を持たなかったということがまず反省されるべきだろうし、ミステリが地方を描くと、西村京太郎や内田康夫のような旅情ミステリの形をとらざるをえず、そうすると、大衆性を帯びてしまい、本格性や芸術性がないかのように扱われてしまうというヒエラルキーの問題を再考せねばならなくなるだろう。〈故郷〉を描くということは、俗情と結託し大衆性を獲得するということにもなるわけだが、その意義を小さく見積もってはならない。ミステリが〈故郷〉を描くことは可能なのか。これは二一世紀のミステリに突きつけられる課題となるような気がしてならない。つまり、別のいいかたをするならば、ミステリが動機を重視するとき、究極的には被害者や加害者の出自や在所、故郷というものにまで筆が及ばざるをえないのではないかということになる。だから、ミステリが〈故郷〉を描くことは可能かという問いは、ミステリにおいて動機をどこまで重視するかという問題とも等しい。

水上勉の『飢餓海峡』は、エロスと郷愁を体現する杉戸八重という哀しいヒロインを造形することによって俗情と結託し、多くの読者に受け入れられた。

セシル・サカイ『日本の大衆文学』(朝比奈弘治訳、平凡社、一九九七年)は、推理小説的な筋立てと風俗小説的な要素の結託によって、多領域性を獲得し、中間小説の代表作家となったという風に水上勉を位置づけ、黒岩重吾、梶山季之、西村京太郎、赤川次郎、森村誠一など、文学ジャンルの相互浸透と、それに伴う各ジャンルの必然的な均質化の傾向を帯びた後続世代の先駆として広く状況を整理していた。

そのような俗情との結託は一見、ミステリの書法から逸脱したかのように映りもするのだが、被害者と加害者の動機を極大まで重視した結果であるということを忘れてはならない。いわゆる社会派は人間回復を目指し、動機を重視した。水上はそれをさらに押し進めたのである。その結果、社会派推理というジャンル自体を逸脱したのが『飢餓海峡』一篇にほかならない。『飢餓海峡』が捉えようとした動機とは、登場人物の個々の心理というのみならず、それを支える出自や風土、すなわち〈故郷〉という巨大な魔物であったのだ。北海道、青森、そして若狭という異なる土地を一つの郷愁でつなぐ方法には、地方主義が国家主義と結託する契機ないし〈一つの日本〉が前提となっているという意味で危険でもあるというラディカルな批判はいちおう必要ではあるけれども、ミステリと故郷という問題に取り組んだ先駆作という意味でさしあたり高く評価したい。

最後に、笠井の問うた〈時間軸の漂流〉について推量をめぐらせてペンを擱きたい。一九五四年を一九四七年に移しかえたことの意味は、意外に単純なことではなかったろうか。つまり、一九五四年では、ノスタルジーが不足なのである。ノスタルジーとは距離の問題ということもできるが、一九五四年では、執筆当時の一九六三年から近すぎるのである。さらに遠く一九四七年へ遡ることで、〈飢餓〉と〈ノスタルジー〉を充塡することができたのではなかろうか。

これを文学史的に整理しておけば、かつて坂口安吾や太宰治、織田作之助、石川淳ら無頼派と呼ばれた作家たちが対象化し、そして戦後の混乱期に精神形成を行い、一九六〇年代に活躍し始めた野坂昭如、開高健、小松左京ら焼跡・闇市派によって再び対象化された敗戦直後のどさくさ——焼跡、闇市、娼婦など——を背景化することで、ある種の懐かしさを再現可能にしたということになる。

逆にいえば、六〇年代と四〇年代の距離は、すでにそのくらい離れていたということでもあるのだろう。

そういえば、三國連太郎、左幸子、伴淳三郎らが出演した内田吐夢の映画『飢餓海峡』(一九六五年、東映東京)は、白黒16ミリで撮って35ミリに拡大し、粒子を適度に荒らすW106方式によって、記録・ニュース映画的なフィルム効果を上げていた。ちなみに映画の脚本を書いた鈴木尚之の『私説 内田吐夢伝』(岩波現代文庫、二〇〇〇年)によると、「時代状況を昭和二十二(一九四七)年から三十二年の十年間においているのは、物心両面で荒廃と飢餓の極みにあった日本社会の縮図を描くことをテーマとしているからである。/また細かくいえば、昭和三十三年に施行された「売春防止法」がドラマを成立させるうえで深くかかわる必要があったからといえよう」と述べている。オーソドックスではあろうが、首肯できる見解である。

『飢餓海峡』という人間小説＝故郷小説は、そのような飢餓と荒廃へのノスタルジーをも喚起すべく時代設定を繰り上げたのでなかったろうか。むろん、憶測にすぎない。が、ふと、そんな思いがしてならない。

付記

本稿は編者の求めに応え、注記や書誌の類を削ったり約したりしたが、基本的には初出の形にとどめてある。三・一一以後にあって、また水上勉の故郷にある大飯原発の拙速なる再稼働が取り沙汰されている今日にあって、本稿ほど全面的な書き直し、書き継ぎが要請される稿は他にないわけであるが、今は当初の注に予告していた水上勉『故郷』についての別稿その他に先送りしておくほか仕方がない。

ブックリスト

▼藤井淑禎『望郷歌謡曲考――高度成長の谷間で』(NTT出版、一九九七年)
▼成田龍一『「故郷」という物語――都市空間の歴史学』(吉川弘文館、一九九八年)
▼成田龍一他『故郷の喪失と再生』(青弓社、二〇〇〇年)
▼毎日新聞学芸部『ミステリーの現場』(毎日新聞社、二〇〇〇年)
▼郷土研究会『郷土――表象と実践』(嵯峨野書院、二〇〇三年)

戦後編 II

もうひとつのクローズドサークル
――『八つ墓村』と『屍鬼』

横濱雄二・諸岡卓真

一　開かれた閉鎖空間

クローズドサークルという単語から、どういった様子を思い描くだろうか。台風や大雪でそこから逃げ出すこともかなわぬまま、次々と殺人が起こる。犯人は必ず中にいるはずだが、いったい誰なのか。仲間は互いに反目し、ある者は部屋に引きこもったあげくに殺され、ある者は脱出を試みて命を落とす――閉ざされた山荘の恐怖。

笠井潔は『探偵小説と二〇世紀精神』(東京創元社、二〇〇五年)で、ミステリにおけるクローズドサークルを「さまざまな自然条件のため外界と遮断された場所に複数の人物が閉じこめられ、閉鎖空間で連続殺人事件が起きるという探偵小説的な設定」と定義し、例としてクリスティ『そして誰もいなくなった』(一九三九年)、クイーン『シャム双子の謎』(一九三三年)、綾辻行人『霧越邸殺人事件』(一九九〇年)を挙げた。笠井は密室による閉鎖空間とクローズドサークルにおけるそれを比較し、(一)閉鎖空間に閉じこめられる人物が複数であること、(二)閉鎖空間内の人物は、物語の起点では複数の生者であること、(三)自然条件のため、内側の人間が外側に出られない(外部から閉じられている)こと、(四)被害者と犯人と探偵が容疑者として閉鎖空間の内部に属すること、という四点を、クローズドサークルの特徴としている。物理的な障害の有無に着目したこの定義は極めて明確であり、これを用いて、過去から現在に至るクローズドサークルものの系譜を描くこともできるだろう。

しかしながら、この明快さの背後には曖昧な領域が潜んでいる。例えば本章で取り上げる横溝正史『八つ墓村』(一九四九〜五一年)を見ると、磯川警部は連続殺人の途中まで隣町から村へ通って来ているが、これは明らかにクローズドサークルの定義をはずれている。同様に、脱出不可能な孤島に見えつつ実は自由に出入りする人物がいるというトリックを用いた、綾辻行人の『十角館の殺人』(一九八七年)も当てはまらない。このような「開かれた閉鎖空間」を描いた作品は意外に多く、他にも横溝正史『獄門島』(一九四七〜四八年)や東野圭吾『ある閉ざされた雪の山荘で』(一九九二年)、西澤保彦『神のロジック　人間のマジック』(二〇〇三年)などが思い浮かぶ。

つまり、笠井の定義した物理的なクローズドサークルの背後に捨象された曖昧な領域とは、脱出可能な閉鎖空間、ないしは物理的な制限がないにもかかわらず何らかの形で「閉ざされた」空間である。こうした空間について論じられたことは、これまでほとんど見られないが、その数少ない例外の一つが、金田一耕助シリーズを分析した内田順文による以下の指摘だろう。

つまり、犯罪の舞台となる「ムラ」が閉鎖的な社会空間を形成しているところに事件の起きる原因が内包されているのであって、山間の盆地や離れ島といった地理的な閉鎖空間としての条件は、むしろそのことの比喩として用いられている側面が強いと思われる。（「推理小説の舞台としての場所――金田一耕助が活躍する作品世界」『文学　人　地域――越境する地理学』古今書院、一九九五年）

ここには一つの発想の転換がある。非物理的な閉鎖空間は、他との交通の隔絶それ自体よりも、社会空間の閉鎖性を比喩的に表しているかどうかが重要なのだ。この点を踏まえ、今注目している非物理的なクローズドサークルを、社会的閉鎖空間と呼ぼう。

本章の課題は、この社会的閉鎖空間の構造を定式化することにあるが、物理的閉鎖空間とは異なり、その条件を明瞭に示すことは難しい。例えば、従来の横溝研究では「家」や「血」に言及があったが（『別冊幻影城　横溝正史II』幻影城、一九七六年、など）、それらの目につく要素をすぐさま閉鎖性やそれに伴う恐怖の原因だと短絡するとき、社会や空間の閉鎖性それ自体の分析は脇に追いやられてしまう。こうした危険を避け、もう一つのクローズドサークルを語る土台を提供するためには、閉鎖空間の構成とそれが生み出す緊迫感を、具体的な作品に即して読み解いてゆく必要があるだろう。そのため、本章ではまず横溝正史『八つ墓村』を取り上げ、次いで二〇世紀末の大作である小野不由美『屍鬼』(一九九八年)を分析する。結論めいたことをいえば、両者はともに山村を舞台としつつも、一読した印象ほどには物理的に隔絶していない。社会的閉鎖空間における閉鎖性は物理的なそれとは異なるため、必然的に閉鎖性のみならず開放性、すなわち内外の人や物の出入りに注目することとなる。そうした開放の中に閉鎖を見出すことが、読解の基調をなすだろう。

二 物語と反復

さて、『八つ墓村』の分析には、内田隆三「八つ墓村／犬神家——非対称性の社会学」(『i feel』第一五巻二号、紀伊國屋書店、二〇〇五年)が参考となる。この山村を舞台とする連続殺人は森美也子という女性による田治見家一族の皆殺しであり、それは彼女の愛する里村慎太郎に家財を継がせるためであった。結果的にこれは成功し、「家」のレベルでは田治見要蔵の血筋は断絶することとなるのだが、内田によれば、一連の美也子の犯行には「家を相対化し抹殺もする習俗の共同体の意志」が反映しており、彼女の行動は「特定の家を排除する共同体の意志と共振している」という。また、『八つ墓村』では比較的明瞭に異人殺しの伝説との対応が見て取れ、「こうした語りを好む習俗の意識に身を置けば、田治見家の不幸はまさに起こりうべきものと見なされるだろう」とも指摘されている。

この異人殺しを検討することによって、八つ墓村の閉鎖性を取り出すことができる。まず、作品冒頭に略述される永禄九年の異人殺しを確認しよう(表参照)。武者八人が黄金三千両を伴って山村に落ちのび、村はずれの山で平穏に過ごすが、落人の財宝に目のくらんだ村人たちは彼らを襲う(A1)。その後、隠された財宝の探索中に数名の村人が命を落とし、さらに首謀者の名主田治見庄左衛門も発狂、家人数名を斬殺し自刃する(A2)。次いで、大正年間に起きたのが田治見要蔵による無差別殺人であった。妾の鶴子が要蔵による虐待に耐えかね子の辰弥と出奔、二人が帰らぬことに逆上した要蔵は村人を無差別に襲い、山中に失踪する(B1)。

さて、小松和彦は『異人論——民族社会の心性』(筑摩書房、一九九五年)で、異人殺しの伝説を家の盛衰あるいは子孫に生じた肉体的・精神的「異常」の説明原理と見ているが、『八つ墓村』では、その原理は半ばしか機能していない。確かに、庄左衛門と要蔵の二人の田治見家当主に反復される村人殺しの説明としては、この語りは意味を持つ。しかし、田治見家は異人殺しの以前も以降も近代まで一貫して村一番の富豪の地位を保っており、異人殺しは必ずしも家の盛衰と一致するものではない。

一方、『八つ墓村』の中心をなす森美也子による連続殺人、すなわち名主田治見家の血筋の交代は、異人殺しそのものであり、テクストが寺田辰弥の手記の体裁をとっていることもここから説明できる。『八つ墓村』という手記全体が田治見家の没落を説明する異人殺しの語りであり、辰弥はその語り部なのである。内田隆三の見解は、この意味で正しい。田治見の血筋を語る伝説は、落人

『八つ墓村』の時間軸による整理

時間区分		時間の差	事件	語り手	犯人	被害者	場所	概略
A	永禄九年	380年以上前	1	作者	田治見庄左衛門 その他の村人	落人8名	山の炭焼き小屋	落人の財宝に目をつけた庄左衛門を中心とする村人が、彼らを襲撃する。
			2	作者	田治見庄左衛門	村人7名 犯人自殺	村内	庄左衛門は発狂して村人を無差別に襲い、自殺する。
B	大正X年	26年前	1	作者	田治見要蔵	村人32人	村内	要蔵は妾鶴子の子辰弥を陽一の子だとの疑念から、村人を無差別に襲い、失踪する。
			2	寺田辰弥	田治見小梅 田治見小竹	田治見要蔵	猿の腰掛(発見)	鍾乳洞に逃げ込んだ要蔵を、小梅・小竹姉妹が殺害する。
C	昭和二十X年	(現在)	1	寺田辰弥	森美也子	井川丑松	神戸	常備薬に毒を盛る。
			2			田治見久弥	自宅	常備薬に毒を盛る。
			3			洪禅	田治見邸内	葬式の膳に毒を盛る。
			4			梅幸尼	自宅	自宅に届けた葬式の膳に毒を盛る。
			5			妙蓮	自宅	手ぬぐいで絞殺。
			6			久野恒実	狐の穴(発見)	握り飯に毒。発見は7の死体発見後。
			7			田治見小梅	鬼火が淵(発見)	絞殺。
			8			田治見春代	木霊の辻	外傷死。犯人に傷を負わせる。
			9		吉蔵・周	寺田辰弥	竜の顎・宝の山	落盤で犯人死亡、未遂。辰弥は財宝を発見。
			10		田治見春代	森美也子	自宅(死亡)	8の事件の外傷による感染死。
				語り手	探偵		場所	概略
D	第一章	8カ月後		寺田辰弥	金田一耕助		神戸	金田一は辰弥に事件の記録をすすめ、辰弥はそれに応じる。
E	発端	(手記の入手後)		私(作者)			不明(物語の外側)	区分AおよびB1のできごとを略述。

殺しと森美也子の連続殺人とをつなぎ、田治見家を中心とした村を「八つ墓村」の伝承をめぐる空間として閉鎖している。しかしながら、戦国時代から続く田治見一族直系の血筋は絶えたにせよ、財産を失って没落したものではない。この点をどう捉えるとよいのだろうか。

ここでもう一度『異人論』を参照しよう。小松は説明原理としての異人殺しの伝説とは別に、異人殺しの昔話があると指摘している。この昔話は、異人への潜在的な恐怖と、彼らへの虐待に対しては神秘的制裁が行われるという民俗社会の「異人観」を描出するものである。また小松はこのような異人殺しから考察を深め、社会の生命を維持するために異人を吸収し、その後外にはき出すという象徴的・思弁的なレベルでの暴力と排除の機能を民俗社会の中に見出している(小松、前掲書)。

内田隆三が八つ墓村に見た習俗の共同体の意志とは、小松のいう異人の排除の徹底といえるであろう。作品を分析すると、八つ墓村における排除は、人的なものと経済的なものという、二つの位相で行われていることが見て取れる。その第一が八つ墓村伝説における落人への襲撃であることはいうまでもないが、ここで彼らの財宝は発見されずに終わり、その意味で排除されていると捉えることができる。第二は亀井陽一の失踪である。要蔵の妾鶴子と密通していた小学校の訓導亀井陽一は要蔵事件の前後に姿を消したのであるが、これは村外の人間が村外に排除されるというばかりでなく、田治見の家にとって外部の人間がやはり外に逃げ出すということでもある(また、英泉と名を変え村に戻ってきた陽一は、村の内部ではなく、村はずれの寺に留まっている)。第三は事件終結後の寺田辰弥の転居である。里村慎太郎が田治見家を継いだのは要蔵の甥だからであり、辰弥が辞退したのは自らが陽一と鶴子の子であって、田治見家と血縁にないことを知ったからである。田治見家の財産は慎太郎の相続によって村内に留まるのに対して、落人の財宝は辰弥のものとなり、四百年近い間隔を置いて外部へ持ち去られることとなる。外のものは外へ、内のものは内へという排除あるいは交換の原理が、八つ墓村には機能している。

この原理が破られるとき、習俗の共同体の意志は途絶え、共同体の開放すなわち『八つ墓村』という物語《フォークロア》の終わりが訪れる。経済的位相では近代化への流れがこれにあたり、物語の最後、石灰工場建設に奔走する慎太郎は「この村に新しい事業が起こり、近代的技術を身につけた人間が、おぜいいりこんでくるようになったら、村の人たちのものの考えかたも、いくらか変わってくるだろう」(『八つ墓村』四九二頁)とその意図を述べる。一方、人的位相では、辰弥と里村典子の結婚がある。これは村から外へと同時に、田治見家から外への移動でもある。さらにいえばこの移動には、要蔵が妾として鶴子を強引に田治見家に迎え入れたこと(B1)を含んで考えることができる。陽一＝英泉と辰弥はそれぞれで、また鶴子と典子は二人一組で、家の外から中を通って外へという双曲線を描いて移動しているのである。

ここで異人殺しの機能に戻ろう。『八つ墓村』には、田治見家の血筋の説明原理としての伝説が存在し、内田のいうように特定の家を排除するという民俗社会の原理が働くと同時に、八つ墓村の民俗社会の外縁を構築している。村内部では、財宝の移動の原理と、寺田辰弥の血縁をめぐって生じる田治見家への人的な交換の原理が存在し、双方ともに排除の原理として働いている。つまり田治見家に起こる異常の説明原理が有効に機能する八つ墓村という民俗社会は、その内部で経済的・人的両面で内外の交換を規制する原理が共有される共同体でもあるのである。このように八つ墓村は、単なる地理的な印象によってではなく、民俗社会の構造的原理によって二重に閉ざされた空間なのである。

三　遡行と緊迫

次いで、『八つ墓村』の緊迫感に目を移そう。この作品の金田一耕助は、中盤までほとんど推理を開陳せず、最後に関係者を集めて説明を与えるのみであるが、一方で語り手の寺田辰弥は、自分で証拠・証言を集めて真相を悟る(例えば『八つ墓村』四一四〜四一七頁)。このことも含め、『八つ墓村』でミステリとサスペンスの双方を満たすのは語り手の寺田辰弥による推理と冒険なのであるが、これは事件の発端をめぐって過去へと遡行することにほかならない。連続殺人が現在を不断に更新しながら被害者を増やして進むほどに、推理は過去へ戻り、辰弥自身の出生の秘密を暴き、さらに黄金三千両の謎を明らかにしてゆく。時間軸に沿って物語を整理すると明確となるが(一四八頁の表参照)、発端の時間Eをいちばんの外側として、謎は過去へといくつもの層を成している。

この謎解きの鍵を握るのは、A〜Eの層を貫いて存在する鍾乳洞である。辰弥の眠る田治見家の離れにある秘密の出入り口は鍾乳洞へ続く。鍾乳洞は外への経路であり、村の各所への近道でもあるのだが、そうした外から洞窟の内部にもたらされるものが、ストーリーの過去への遡行を促しているのである。例えばC5で辰弥は洞窟探検中にただならぬ形相の里村慎太郎を目撃するが、これは読者を欺くミス・ディレクションであると同時に、慎太郎と相思相愛の森美也子が犯人であることを示唆している。また、辰弥が二六年前の要蔵の死蝋化した死体を発見したこと(C6とC7の間)はB2の真相への、満州帰りの僧英泉が洞窟ばかりか田治見家の離れにも来ていたことへの疑問(C7とC8の間)は、実の父(B1)への手掛かりとなっている。こうして、鍾乳洞は空間的に村の各所をつなぐばかりか、現在の事件を過去へ導く入り口としても機能しているのである。

C9の辰弥の危機は『シャム双子の謎』でクイーン父子が直面した山火事と同様の性質を備えており、八つ墓村という閉鎖空間の中で鍾乳洞に入り、襲撃者に怯えつつ洞窟の最奥部へと逃げ込んでゆくが、結局のところ行き止まってしまう。こうした逃れようのない危機は、否応なくサスペンスを生むが、『八つ墓村』では単にそれにとどまらない。最奥部の閉鎖空間こそが過去の極点＝財宝の在処であるという遡行がここにも見られるのである。

層Cの殺人1〜8を見ると明らかなように、殺人の場所は神戸から村内の家屋を経て鍾乳洞の内部へと至るが、これは時間の経過に伴って、鍾乳洞の奥へと辰弥が入り込んでゆくことでもある。また、先に述べたように、洞窟での手掛かりは彼を過去へ誘っており、財宝探しは層D・Eという事件の外部から層Aへ、すなわち神戸から鍾乳洞へと、やはり彼を導いてゆく。このように層Cの連続殺人と層E〜Aに至る財宝探しの二つは、生命の危機という極点で一致する。そして、危機を脱した瞬間に謎もまたすべて解けるのである。

つまり八つ墓村の鍾乳洞は、外部からの財宝の隠蔽と外部との通路という二つの機能を通じて、過去への遡行をなすと同時に空間の極限を生んでいる。これはあたかも共同体の内部に二つの原理が働いていることと対をなすかのようである。あるいは、村の外からやって来た民俗学者が伝説に注目して村の原理を解き明かすかのように、辰弥は洞窟に注目して村の過去を暴く。このことを、探偵金田一耕助はすでに最後の殺人（C8）の起きる前に言い当てている。

「それにしても妙ですな。この村のひとたちが、鍾乳洞なんててんで問題にしていないのに、外から来たひとびとが妙に心をひかれるというのは……英泉さんといい、あなたといい……」

（三五一頁）

習俗、民俗の原理で閉じられた社会空間で、まさにその閉鎖の出発点の探索が行われるが、それは同時に現在の殺人を解き明かす行為でもある。こうして、時間とともに進展する連続殺人をめぐる推理はそのまま、過去の二つの大量殺人を経由して、そもそもの異人殺しまで遡行し、それを現前化してしまう。閉鎖空間の恐怖を脱した瞬間、黄金の到来とともに、落人殺しの伝説は紛れもない事実となって、民俗の原理を転倒させるのである。

『八つ墓村』の閉鎖空間では、現在の事件の謎解きが過去のフォークロアの謎解きと並行し、しかもそれらは地下へと閉塞してゆくほどにその謎解きの進展を示す構造になっている。したがって最深部は真相開示の場であり、同時にすべてのサスペンスが集約される極点である。その上で空間の変容(岩盤の崩落と財宝の発見)、過去のフォークロアの変容(象徴的な語りではなく、事実の語りへ)、殺人事件の謎解きが起き、閉塞の極点が開放へと移行するというカタルシスが生じるのである。『八つ墓村』における閉鎖空間が作り出すサスペンスとカタルシスは、このように生み出されている。

四 閉鎖の反復

「村は死によって包囲されている」。

『屍鬼』の通奏低音となるこの一文は、舞台となる外場村の閉鎖性を端的に表す。この文章から始まる、主人公のひとり室井静信が書いたと思しきエッセイでは、村に残る土葬の風習が述べられている。また続く第一部では、一年ほど前に村外から転入してきた結城が、虫送りに参加する場面が描かれるが、重労働であるその神事が終わった後で、結城は村の住人から次のように声をかけられる。

「なに、ユゲ衆を経験したら、もう村の者ですよ。これから大変ですよ、村には色々とね、割り当てられた役割というものがあって、男衆と若衆は力仕事を一手に引き受けないといけないから」(『屍鬼』第一巻、四七~四八頁)

このセリフのとおり、外場村には地縁や血縁に基づく弔組や祝組などといった組織があり、それに加わらない者は村の者として認められない風潮があった。そもそも住民の大部分は村内に血縁を持ち、村外とのつながりは希薄だ。彼らは外部からやって来る者に排他的な視線を送り、そのことによって村を孤立させている。要するに外場村は、地理的な閉鎖性とは別のレベルで閉じているのだ。言葉を換えていえば外場村は、まず特異な慣習を共有する共同体として閉じている。

しかしその閉鎖性は、結果的に屍鬼という侵入者を呼び込んでしまう。外場村は、死体の「起き上がり」である屍鬼にとって都合のよい場所だった。火葬されないのであれば屍鬼となる者の数は増えるし、外部から孤立しているのであれば屍鬼の存在を隠しておくことができる。これら格好の条件を備えた村に、屍鬼は目をつけたのだ。

外場村に侵入した屍鬼は密かに人間を襲い始める。このことは、一面では食糧の確保という即物的な意味合いを持っているのだが、こと村の閉鎖性という点に注目すると、別の側面も浮かび上がる。屍鬼は、手当たり次第に人間を襲っているわけではない。例えば、外場村から外部へ通勤している者や、警察官や役場の職員など業務上外部との連絡を頻繁にとる者は早い段階で襲われている。これは屍鬼の支配者である霧敷沙子の戦略と密接に関わっており、彼女は、屍鬼の存在が村外に漏れないよう、周到に計画を練っている。その計画を実行する際に活用されたのが、血液を吸った人間を操ることができるという屍鬼の特殊能力だ。屍鬼はこの能力を活用して村の外部と接触を持つ者を操り、情報を村外に漏らさないようにする。その結果、もともと希薄な外部とのつながりはさらに薄くなっていくことになる。

内部の人間が侵入者に気づくのは、事態がかなり進行してからである。正確には、静信や村内唯一の医師である尾崎敏夫など、早くから屍鬼の存在に気づいている者もいたが、彼らの推理が事実として村人に受け入れられるのは、物語の最終盤を待たなければならない。その時点では、村人が外部へ連絡するための方策のほとんどが屍鬼によって絶たれており、外場村の危機を伝えることは困難となっている。いわば、村は屍鬼によって包囲されることになってしまうのだ。

ただ、ここで気をつけるべきは、この包囲が物理的なものではないということである。というより、本作では村が物理的に閉鎖されることは一度もない。屍鬼の襲撃が本格化する以前はもちろん、彼らが村の中を跋扈し始めても、外場村は全く出入り自由な空間であり続ける。依然として村外へ通勤する人間はいるし、屍鬼も食糧を求めて夜ごと都会へと繰り出す。両者の最終闘争が始まってからも、例えば竹村タツや田代留美が村から脱出しているように、村から出ていくことは不可能ではない。村の境界は、破ろうと思えばいくらでも破れてしまうものなのだ。したがって、ここで問うべきは、物理的に出入りが可能であるにもかかわらず、なぜそこから出て行かないのか、ということだろう。

人間と屍鬼は「同じ価値観を共有できず、同じ秩序を共有はできない。それほど隔たった存在」であるが、だからといって、それがそのまま全面対決に結びつくわけではない。村に留まる理由は人間側からも屍鬼側からも語られるが、興味深いのは両者の主張がある一点において奇妙に一致してしまうことだ。人間側のリーダーである敏夫は、「行政に直訴しに行くか？ 屍鬼を引っぱっていくのか。データを取り揃えて、外部に救いを求めるか？ それを連中〔屍鬼─引用者注〕が、黙って見守っていてくれるとでも思うのか」（第五巻、一三八頁）と啖呵を切り、外部に問題を知らせても信用してもらえない公算が高いことと屍鬼の妨害が予想されることを論拠に、村の内部で屍鬼狩りをすることを主張する。一方、沙子は、「屍鬼なんているはずがない、という常識が、わたしたちをまもってくれる最大の武器」であると考えていたにもかかわらず、その常識が通用する村外への撤退を選ばずに、もはや通用しなくなった村に留まることを決意する。

つまり、双方とも何かしらの外在的な理由によって村に閉じこめられているのではなく、むしろ自ら村に閉じこもっている。慣習を守る集団と、その慣習を利用する集団の利益がここで一致してしまうのだ。それを象徴するように、敏夫が「警察に連絡なんかはさせないように注意しろ。外部の人間が入ってくると厄介だ」（第五巻、一四三頁）と語れば、沙子は「電話を遮断して。そして無線ね。外部に連絡できないようにしてちょうだい」（第五巻、一五七頁）と語る。このようにして、〈最終闘争の舞台は外場村に限定する〉というルールが共有される。

ここには、人間集団と屍鬼集団を内に含んだ外場共同体とでもいうべきものが出現している。見逃してならないのは、その外場共同体の外縁は、この節の冒頭で述べた特異な慣習が存在する領域の外縁と一致するということだ。言い換えれば、外場村はまず慣習の共同体として、次に同じ戦闘空間を共有する共同体として、二重に閉じられる。『屍鬼』の閉鎖性はこのようにして演出されている。

五　閉塞の緊迫

このような『屍鬼』の閉鎖性が生み出す緊迫感を分析する際には、作品を大まかに二つのパートに分ける必要がある。というのは、文庫本五冊にも及ぶこの作品は、人間が屍鬼の存在に気づくまでの過程と、両者の闘争との二つの部分からなっているからだ。つまり、第一のパート(主に第一〜四巻)では謎解きの要素があり、多少錯綜しつつも、謎解きの後に第二のパート(主に第五巻)へと移行するようになっている。

パートの移行に伴って、視点人物の選ばれ方も変化してくる。第一のパートは、屍鬼の謎を解く側である人間が視点人物となることが多く(特に第三巻の中盤までは人間のみが視点人物となっている)、それ以降第二のパートまでは、人間と屍鬼双方の視点から物語が描かれるようになっている。『八つ墓村』が危機に瀕する辰弥に寄り添って語られることと比較すれば、『屍鬼』ではより複雑な緊迫感の描き方がなされているといえるだろう。

ただ、第一のパートに関しては、ある程度『八つ墓村』を補助線にすることができる。なぜなら、このパートでは謎解きと緊迫感が連動しているからだ。ただし、その連動の仕方は、『八つ墓村』とは正反対のものとなっている。

第一のパートでは、主に室井静信と尾崎敏夫が謎解きを担う。二人は、虫送りが行われた七月二三日の前後から、村に不可解な現象が多発していることに注目する。具体的には、破壊された道祖神や山入地区での腐乱死体の発見、転出者の増加(屍鬼は情報を外部に漏らさないための手段として、村外と接触のある人物を操り、村から転出させていた)、原因不明の病気の多発、死者の異様な増加などだが、二人はそれぞれに情報を集め、最終的に屍鬼の実在という真実に到達する。

注目すべきは、彼らが謎を解いていっても事態は全く改善されないことだ。二人は屍鬼がすでに村に侵入していることや、屍鬼がその存在が外部に漏れないように画策していることを推理によって正確に把握するが、それはつねに、すでに起こってしまったことの追認でしかない。言い換えれば、二人の推理が進展すればするほど、村が屍鬼によって包囲されていることが判明していくようになっているのだ。ここでは、『八つ墓村』とは逆の形で謎解きとサスペンスが結びついている。『八つ墓村』では、推理の完了と閉鎖空間の開放が一致していたが、『屍鬼』では推理の完了は閉鎖空間の完成と一致する。第一パートでの緊迫感は、迫り来る屍鬼の動きによってもたらされているといえる。

さて、第二パートへの移行は、二人が屍鬼の目論見に気づき、その事実を村人の多くが共有した時点(第五巻、第四部三章)で起こる。そこではまず、前節で触れた人間と屍鬼による戦場の限定が行われ、その後局限された領域(外場村)の内部で最終闘争が開始される。「村は死によって包囲されている」という一文は、この段階で人間だけでなく、屍鬼にも通用する言葉となる。人間も屍鬼も、村の中で生存闘争を繰り広げなければならない。そして外部に逃げ出すことを禁止した両者の戦いは、必然的に内部へと進んでいくことになる。

第一パートではほとんど先手をとることができなかった人間側は、第二パートに入ってようやく先手をとる。屍鬼の弱点を知っている人間側は、彼らが隠れていそうな場所をしらみつぶしにあたり、彼らを虐殺し始めるのだ。この様子は、しばしば屍鬼側の視点から語られる。人間に襲われた屍鬼がとる行動は、徹底的に閉鎖空間へ閉じこもるというものだ。床下へ、天井裏へ、地下室へ、安全を求めて彼らは隠れる。しかし、外部への通路を断って奥へ逃げ込むということは、逃げ道を断つことを意味してしまう。安全な閉鎖空間へ閉じこもることが、逃れようのない危機を招き寄せてしまうという逆転。第二パートでは、このオーソドックスともいえる逆転がサスペンスの源泉になっているといえるだろう。

人間と屍鬼との闘争は、そもそも人間側が圧倒的に有利だった。絶対的な数が少ない上に、昼間には前後不覚に陥ってしまうという屍鬼のハンデはあまりにも大きい。村のあちこちに閉じこもった屍鬼たちは次々と引きずり出され殺害されていく。そのため、外場村の屍鬼は絶滅寸前にまで追いやられるが、最後に不測の事態が起こる。山入から激しい火事が発生するのだ。

人間も屍鬼も等しく襲う炎が出現したとき、皮肉なことに、それまで外場共同体が共有していたルールが足かせとなってしまう。電話線などの連絡網の切断や車両の破壊によって、外部への連絡や脱出が難しくなってしまうのだ。閉じこもることが危機へと反転するという事態がこのレベルでも生じている。

結局、外場村での闘争は、火事をきっかけにして、人間と屍鬼が村から脱出することによって終結する。その後の様子を描いたエピローグで語られるのは、村の元住民たちが、こぞって口をつぐんでしまっているために、実際に何があったのかは外部には全く漏らされていないということだ。屍鬼が存在したということも、陰惨なサバイバルゲームがあったということも、村の外には広まっていかない。身体や物といった物理的なモノは外場村の境界を越えることができても、情報はその境界を越えることができない。外場村は焼失によってその実体をなくしても、開かれつつも閉じているという社会的閉鎖空間のルールを守り続けるのだ。

六　なぞりかえすこと

最後に、『八つ墓村』と『屍鬼』の分析を通して、社会的閉鎖空間の定式化を試みれば次のようになるだろう。社会的閉鎖空間は、前提として、①ある領域が何らかの形で「閉じている」という共同幻想が提示され、②物語が進行していく中で、その共同幻想が構造的に反復されることによって成立する。『八つ墓村』では異人殺《フォークロア》しの共同体が人と財の交換の原理によって反復され、『屍鬼』では慣習の外縁を人間と屍鬼とのそれぞれがなぞっている。しかもこの反復は、単に意味論的な閉鎖空間を成立させるだけにとどまらない。①—②というなぞりかえしによって、社会的閉鎖空間の緊迫感が演出されるのである。

ここでいう共同幻想にあたるものは、『八つ墓村』や『屍鬼』で描かれていたような、孤立した山村の内部にある家や血縁、慣習といった習俗的なものでなくてもかまわない。というよりむしろ、そのようなフィルターを外した方が、社会的閉鎖空間の定式が適用できる範囲が広がるだろう。

例えば中山湖畔の山荘を舞台とした夏樹静子『Wの悲劇』(一九八二年)は倒叙ミステリの一つだが、これにも和辻家関係者の共同体が殺人事件の隠蔽を通して反復されるという閉鎖性を見出すことができる。同様に過去の殺人事件の被害者が霊の共同体を形成し、ホラー映画の撮影として反復される映画『輪廻』(二〇〇六年)も、閉鎖と反復によって成立する社会的閉鎖空間の系譜にある。従来のクローズドサークルはその物理的な制限に注目し、もっぱらミステリの文脈で語られてきたが、こうした社会的閉鎖空間という概念を導入することで、ミステリとホラーをまたぐもう一つのクローズドサークルを描くことができるのではないだろうか。

※ 引用は横溝正史『八つ墓村』(角川文庫、二〇〇五年、初出、一九四九～五一年)および小野不由美『屍鬼』(新潮文庫、全五巻、二〇〇二年、初出、上下巻、一九九八年)に依った。

ブックリスト

▼アガサ・クリスティ『オリエント急行の殺人』(中村能三訳、ハヤカワ文庫、二〇〇三年、原著一九三四年)
▼横溝正史『獄門島』(角川文庫、一九四九年)
▼栗本薫『鬼面の研究』(講談社文庫、一九八四年)
▼ゲーム『かまいたちの夜』(チュンソフト、一九九四年)
▼綾辻行人『Another』上・下(角川文庫、二〇一一年)

〈わたしのハコはどこでしょう？〉
――赤川次郎「徒歩十五分」をめぐって

小松太一郎

一　はじめに

六畳一間の木賃アパート／スラム街より念願の脱出を果たした新参団地居住者が、引越し早々に受ける、ニュータウンからの手荒い洗礼。〈謎〉めいた団地居住者たちとの度重なる遭遇と、そこで目にする〈灯〉の向こう側。歩けば歩くほど、遠くなっていくコンクリートの〈ハコ〉の中の我が家……。

〈三毛猫〉〈三姉妹〉〈マザコン〉などと並んで、赤川次郎のミステリにおいてなじみ深いキーワードをいくつか挙げていくとしたら、その一つとして、〈団地〉が浮かんでくることだろう。『ホームタウンの事件簿』(新潮社、一九八二年、のち角川文庫)、『こちら、団地探偵局』(潮出版社、一九八三年、のち角川文庫)、『駆け込み団地の黄昏』(新潮社、一九九三年、のち集英社文庫)など、具体的なシリーズ名を挙げるまでもなく、コンクリート製の四角い〈ハコ〉の群れと、そこに住まう人々の横顔とは、赤川が自身のミステリに好んで設営し続けてきた風景の一つなのである。

それは、なにも赤川自身が、一〇年近いサラリーマン生活を経て、一九七八年、三〇歳のときに本格的な作家生活をスタートさせた以後も、東京郊外のマンモス団地に長く住まい続けたからだけではないはずだ。むしろ、赤川ミステリの持ち味そのものを際立たせる上で、効果的な舞台装置でもあったからであろう。どこにでもある平凡で日常的な出来事の只中に、さりげない謎を布置し、それを洒脱なユーモアとともに次々と氷解させていくこと。そうした赤川ミステリの持つ輪郭を、無理なく自然に浮き上がらせる装置の一つとして、戦後の近代化とともに全国に普及した、何気ない日常＝団地という舞台は、好んで設営され続けたともいえるはずだ。

赤川の紡ぎ出した以上のごとき風景は、売れに売れた。一九七八年における『三毛猫ホームズの推理』のヒット以来、八〇年一七冊、八一年一二冊、八二年一九冊、八三、八四年ともに二〇冊という超人的な執筆、刊行ペースからもありありと窺えるとおり、七〇年代後半から八〇年代前半にかけて、赤川次郎という名は、まさにベストセラーの代名詞であったのだ。特に、以上の常軌を逸した執筆スピードと量産体制に対しては、「週刊赤川」という揶揄までが、当時の出版・取次関係者の間で飛び交うに至っていたという（塩澤実信『昭和ベストセラー世相史』第三文明社、一九八八年）。

またそうした揶揄は、同時に戦後ミステリ批評史における赤川の位置をもアイロニカルに指し示しているといえよう。その時々の売り上げに関わる数字への夥しい注目に対し、作品の質そのものに対する批評は、現在に至ってもなお乏しいままなのである。確かに、そのような評価には肯ける部分も多い。赤川ミステリの多くは、質よりも、量に比重を置いて生産され続けた「軽薄短小」志向の一過性的な商品であったとする定説には、抗いがたいものがある。

しかし、その定説を完全に転覆させるまではいかずとも、そのまま本棚の奥に永眠させてしまう前に、せめてもう一度だけ、そのユーモラスな仕掛けを味わい直しておきたい短編も少なからずあるように思われる。そのうちの一篇が、赤川ミステリの骨格を端的に体現しうる団地空間という仕掛けを巧みに利用した、一九七九年の短編「徒歩十五分」(『上役のいない月曜日』文藝春秋、一九八三年、のち文春文庫。初出は『週刊文春』一九七九年六月号)なのである。確かにこの短編には、『ホームタウンの事件簿』における「京子」や、『こちら、団地探偵局』における「並子」などといった、おなじみの主婦探偵が登場する代わりに、ただ団地空間の中で迷子になり、孤独なパニック状況に陥る情けない三十男が登場するばかりである。そのような点から見直せば地味な一篇ではあるかもしれない。だが見方を変えると、この迷子男の足取りは、いくつかの滑稽な〈謎〉を引き寄せ、かつ氷解させるといった、無意識の〈探偵〉としての軌跡を刻み込んでもいくのである。そして、さらにこの〈探偵〉の足取りは、ニュータウンにおける、ある〈真実〉さえも炙り出しにしてしまうのだ。その〈謎〉の行方と〈真実〉とは何か……。これ以上結論を先走る前に、まずは早速、男の千鳥足を追いかけてみることとしよう。

二　新参団地居住者の「視線」

都心の「広告会社」に「営業マン」として勤務する三〇歳の岡田と、二七歳の妻・美知子の間には、結婚して三年経つにもかかわらず、まだ子供はいない。しかし作らない確固たる意思があったわけではなかった。むしろ「作れなかった」のである。その理由は、単に「共稼ぎ」で育児に十分な時間が割けないためだけではなかった。もう一つの理由とは、団地に引越してくるまで住まっていた、六畳一間のアパートにあったのだ。つまり岡田夫婦は、六畳一間という極小な住空間に、もう一人の人間が増殖することを、暗に回避し続けてきたのである。「最初の子供は二十八歳までに生んだ方がいい」という友人の医者の言葉に内心焦りを覚えながらも……。

ゆえに岡田夫婦は、第一子をもうけるためにも、何としてでも住空間を拡張させる必要があった。だが、「勤続年数が不足で会社の住宅資金を借りられ」ず、なけなしの貯金に頼って資金繰りをしなくてはならなかった夫婦にとって、手頃な物件とは、公団による分譲住宅以外にありえなかったのである。しかし、その公団の2DKも、おいそれと手に入るものではなかった。「二十倍近い」募集倍率に端的に窺える排除の力学が、公団団地を覆っていたのである。そんななか、岡田夫婦は、運よくこの競争に打ち勝ち、相対的に安い価格で分譲住宅を手にするとともに、念願の第一子をもうける重要な舞台を獲得するに至ったのだった。

岡田は引越しの翌朝、妻にせかされ出勤しながらも、あらためて団地に暮らすことのできる喜びを噛み締める。

岡田の部屋は五階建の二階である。足早に階段を駆け降りながら、前のアパートでは、足音がうるさくて閉口したことを思い出した。もうそんな心配はない。隣の音が筒抜けになることもないし、ガス風呂の火が点かなくて苛々する事もあるまい。

岡田は、自他の生活音の相互浸透を遮断し、居住者のプライバシーを保証し、かつ、ダイニングキッチンやガス風呂など、「六畳一間」の木賃アパートには十分備え付けられてはいなかった住設備も整えられた団地の分譲住宅の機能性、近代性に、胸を高鳴らせる。

ちなみに、戦後住宅史において、一九五五年に設立された日本住宅公団が大量生産し始めた、公団団地住宅が果たしたインパクトは計り知れないものがある。西山卯三「生活革新のビジョン」(『展望』一九六七年一一月号)を参照すると、高度経済成長下において日本住宅公団は、零細木賃アパートや公営住宅などとの差異化を図るべく、公団団地住宅の各住戸の内側に必ずバスルーム、ダイニングキッチン、ステンレスの流し台などを取り付け、外側に児童遊び場、公園、学校、集会場、ショッピングセンターなどの施設を配することで、理想のモダンライフを演出しようとしていたことがわかる。こうしたイメージは、家庭電化ブーム、私的モータリゼイション化などを軸とする消費革命・生活革命などの同時代の文脈とも関わらせられる形で、盛んにメディアを通じて商品化され、憧憬の的とされた。また実際に公団団地へ入居できたのは、公団側が設定した基準年収額をクリアしうる中流以上の都市勤労者家庭に限られてもいたため、公団団地のモダンライフは、その枠から漏れてしまう多くの低所得の都市勤労者家庭の嫉妬の眼差しにさらされることともなったのである。

しかし公団団地をめぐるこうしたイメージは、あくまで一九六〇年代から七〇年代前半にかけて強く時代に共有されたものであった。ゆえに、「徒歩十五分」が発表された七〇年代後半においては、公団団地で営まれる暮らしそのものが、真新しいものとして脚光を浴びていたとは考えにくい。むしろ、物価の上昇にさほど左右されず、相対的に手頃な資金で入手できる物件として、高い関心を集めていたはずだが、それまで木賃アパートのような不便な住空間で暮らしていた岡田のような都市勤労者の眼差しには、やはり依然として眩しくモダンな空間たりえてはいたはずである。

「徒歩十五分」に話を戻せば、ニュータウンに移住できた岡田の喜びは、かつて目にした「都会の中の団地」の密集した状況と対比されながら噛み締められていく。つまり、「古い板塀や、曲がりくねった路地や、道へ張り出した柿の木の枝」という都心の木賃アパート／スラム街の光景を、引越し前に嫌というほど目にし続けてきた岡田の眼差しは、それとは対照的な、都心からある程度スプロールしたがゆえに可能化される、「棟と棟とがかなり広い間隔を置いて建てられ」、その合間に「芝生」「植込」「街路樹」「公園」が配置された計画的でゆとりある「ニュータウン」の景観を、

〈別天地〉のように見出してしまうのである。「何もなく、ただ山と雑木林だった一帯を切り拓いて造られたニュータウン」の「緑と澄んだ空気」は、岡田に「コンクリートの直方体が行列した町もなかなか悪くない」と束の間思わせてしまうのだ。

しかし、都心から離れたニュータウンに建つ団地に住まうことで受け入れなくてはならない現実は、岡田の前から消えてなくなったりはしない。ニュータウンに越して来てまだ日も浅い岡田には、その現実が見えていないだけなのである。言い換えれば岡田には、毎日「朝の六時半」に、「子供の積み木を並べたよう」に「高く、低く、どこまでも重なり合い、連なっている」「色とりどりの長方形」の「整然と秩序正しく並んだ窓」から都心へ通勤する「不便な暮らし」を反復する重圧が、具体的なものとしてまだ想像できないだけなのだ。あくまで岡田の眼差しにおいて、そのような重圧を無言で体現する、駅へ向かう団地居住者＝都市勤労者たちの途切れることなく続く足取りとは、どこかコミカルな姿にしか映らないのである。

そして岡田における盲点は、以上にとどまらなかった。思いもよらぬ団地の洗礼が、初出勤を終えた夜、岡田を待ち構えていたのである。それはいかなるものであったのか。

三　戦略としての「迷子」

引越しの疲れを残したままの初出勤を終え、再び団地のある駅に戻り、夜のニュータウンへ足を

〈わたしのハコはどこでしょう？〉

踏み入れた岡田は、「街灯に照らされた」人気ない「いくつにも分れ、さらに分れ」た道を前に躊躇してしまう。なぜなら、岡田はまだ自力で駅と団地を往復したことがなかったからなのだ。そして「ともかく団地の中へ入れば思い出すだろう」と、「適当な道」をたどり始めた岡田は、さらに戸惑ってしまう。というのも、自分の住まいのある区画が、「何丁目の何番の何号か」忘れてしまっただけでなく、「街灯が灯って、明るくはあ」るにもかかわらず、建物が「見る方向全て」「どこも全く同じように見え」てしまったからなのだった。つまり岡田の眼差しは、「いくつかの棟ごとに高さもデザインも変えてはあるのだが、夜になると色の違いも判然としない」団地＝コンクリートの箱の行列の画一性、均質性をあらためて発見するとともに、その光景によって方向感覚を麻痺させられてしまうのである。こうして岡田は、団地が無機質的に建ち並ぶニュータウンのまさに手荒な洗礼を受けるに至るのだった。朝の出勤前に妻から、「迷子にならないでね」と釘をさされていたにもかかわらず……。

そして以上のごとき洗礼の只中に巻き込まれた岡田には、朝の出勤時に感じ取られた、閑静でのどかなニュータウンの環境も、印象が塗り替わってしまうのだ。

ここは何も聞こえない。いくら耳に神経を集中してみても、完全な静寂があるだけなのだ。無人の荒野に取り残されたような気がした。

つい数日前までは、「車の音」、「パトカーのサイレン」、「二十四時間営業の喫茶店から」の「音楽や話し声」などがひっきりなしに飛び込んでくる、都市のスラム化した木賃アパート街に暮らしていた岡田にとって、「棟と棟とがかなり広い間隔を置いて建てられ」た夜の団地の静寂は、朝の出勤時に感じた、これからの生活への希望と自由に見合うものとしてではなく、「迷子」になってしまった不安をより一層際立たせるための格好の要素として滑稽に反転してしまうのである。つまり、一向に帰り道のかすかな記憶が甦らず、「思いつくままに右へ、左へ、と曲がって」ニュータウンをさまよう岡田は、朝の出勤時には露とも感じられなかった、「団地という言葉から連想していた非人間的な冷たさ」を、まさに団地の商品価値の一つである、閑静な環境の中に、ありありと見出してしまうのである。

この「徒歩十五分」という一篇において、団地という戦後の高度経済成長期以降の近代化を端的に体現する装置は、単に居住者に快適性をもたらすものとして表象されるだけでなく、その居住者を時として錯乱させるほどの画一性、均質性を持ちえたものとして批判的に描き出されてもいるのである。岡田という新参の居住者は、団地空間を複眼的に描き出す上で、まさに格好の視座として機能しているといえよう。

そして岡田の前には、判別困難な建物と道だけではなく、深夜の団地をさまよう、謎の少女までもが、新たに出現する。「病気」で「死にそう」になった母親の異変を誰かに知らせるため、あてもなくさまよう少女を前にした岡田は、「お医者さんを呼んであげるから」とひとまず少女をなだめた上で、その家へと向かうこととなる。深夜の団地で出会った少女の身元を証しだてるものは、親の名前でも、本人の名前でもなく、その少女が住まう部屋番号にほかならなかった。つまり、団地居住者をめぐっては、どのような名前や顔を持ち、かつどんな階層や職業に属するのかということ以上に、「八一〇号」という無機質的な三つの数字の配列こそが意味ある情報たりうるのである。居住者一人一人の個別性が、画一的な数字に還元されて一元管理されてしまう団地という空間。個別性が剝ぎ取られたまま、集住させられる空間。そうした空間の構図とは、迷子の過程で岡田が高台から目にした次のような光景に端的に描き出されているといえよう。

この辺は少し高台になっているらしい。まるでどこかの山頂から、遠い街の灯を見下ろしているようだった。見渡す限りに広がる、その灯が、すべて団地なのだ。全く気が遠くなりそうだった。

岡田は、「見渡す限りに広がる」、団地の窓々の「灯」の一つに、少女との出会いを契機に入り込んでいく。つまり、岡田は、私鉄沿線と半ばセットにされる形で売り出された公団分譲住宅の「灯」を外側から、画一的なものとして傍観するだけではなく、その内側に巧みに潜り込み、「灯」をめぐる揺らぎを照らし出す役割までも担っていくのである。では、岡田の眼差しに捉えられるいくつかの「灯」とはいかなるものであったのか。

岡田が女の子を送り届けるために訪ね、そして招き入れられた「八一〇」号の玄関に勢いよく現れたのは、「えらく派手なネグリジェ」を纏った、重病人とはどう見ても思えない女だった。この室津夫人は、岡田の迷子の事情を聞くやいなや、「酔って帰ると、他のよく似た建物へ入ってしまう」団地居住者の一人に彼を早合点し、いかにも面白そうに「くすくす」笑い出す。

一方岡田は、先に聞いた女の子の言葉と、目の前にいるその母親の状態とのズレに戸惑うだけではなく、「立派な応接セット」など「余裕のある」生活振りを窺わせる調度品や、3LDKという間取りの贅沢さにも戸惑いを覚えることとなる。つまり岡田は、住戸の外見の均質性とは裏腹に、自分たちの暮らし振りより数段上の光景を前にして、しばし言葉を失うのである。換言すれば、均質的な鉄筋コンクリートとシリンダー錠で囲まれた箱の内側に、外側からは判然としない経済格差、非均質性があることにあらためて虚をつかれるのである(1)。

しかし岡田は、目の前の歴然とした経済格差に嫉妬を抱き始める前に、その「余裕」と幸せの象徴ともいえる「立派」な「ソファ」そのものから、室津家の内部崩壊の糸口を手にしてしまうのであった。

岡田はソファの背もたれに腕をのせた。――手に何かが触れる。見れば、ネクタイがソファの背の端に引っかかっているのだ。手に取って見ると、どうにも派手な若向きのもの。しかも、まだ外したばかりのようで、締めた跡のしわがはっきり残っている。岡田は思わずお茶を注いでいる、その人妻の後姿へ目をやった。「そういう事か……」女は三十二、三歳という所だろうが、確かになかなか魅力的な女性だ。夫の出張中に、若い恋人を連れ込んで……。隣の部屋で目を覚ました女の子が、母親の上げる声を聞いて、「ママが病気なんだわ」と思っても不思議はない。

岡田は、余裕のある間取りや調度品では隠し切れない、室津家の決定的な綻びを、「ソファ」の「背もたれ」から偶然にも見出してしまうのだ。つまり岡田は、期せずして室津夫人の不倫の場に関与してしまうのである。そしてここまで読み進めてきたとき、母親の容態の急変を訴える娘の狼狽振りと、一方の室津夫人の元気な第一印象との違和感が、ようやく解消される運びともなるはずである。室津家の娘は、隣室で夫の出張中に若い恋人を連れ込んで、不倫行為に興じる母親の上げる声を聞き、それが、「死にそう」なほど切迫したものであったがゆえに、病気であると勘違いし、団地の外へとにもかくにも助けを求めに走ったというわけなのだ。

こうした滑稽な謎解き劇を可能化させているのは、六畳一間などという表も裏もない極小的な間取りに対する、団地のnLDKという複数の間取りと、夫婦と子供の寝室を分ける就寝分離の習慣といった枠組みであるはずだ。

西山卯三『これからのすまい――住様式の話』(相模書房、一九四七年)や、浜口ミホ『日本住宅の封建性』(相模書房、一九五四年)などを参照すると、終戦当時、庶民の住生活における中心的課題は、

〈食寝分離〉と〈就寝分離〉の二つであったことがわかる。つまり、食事の場を明確にして食と寝の空間的分離を図り、さらに就寝については夫婦と子供を分離し、各部屋の独立性を確保することが、近代的な生活としてあらためて目標とされたのである。以上の課題を克服するために〈発明〉され、戦後住宅の間取りの規範とされたのが、公団団地におけるnLDKモデルであった。つまり、ダイニングキッチン＝DKに、食べ物を作る機能と食べる場所としての性格を集約させ、残りのn個の独立した部屋で、夫婦と子供の別々の就寝を可能にさせようとしたのである。特に、戦前、あるいは戦後に至っても根強かった、狭い一室に家族が混在して就寝する〈集中就寝〉という型に対し、〈就寝分離〉という型が与えたインパクトは大きかった。宮脇壇（『男と女の家』新潮選書、一九九八年）は、「夜中に子供や姑たちが寝静まってから」「布団の襟をかみしめてそっとする暗い」営みから、「おおらかな」営みへと性行為を解放してくれる「感激」の型であったに違いないと述べている。以上のような点については、「徒歩十五分」の結末に生じる事件においても反復されるゆえ、後述することとしたい。

さて一方で、さらに岡田の前には謎の人物が立ち現れることとなる。不意に帰宅した室津家の主と妻の痴話喧嘩に巻き込まれ、団地の地図を貰い損ねた岡田は、再び当てもなく歩き出した深夜の団地の中で、「会社の中間管理職」風の、とある中年男性に突然声をかけられるのである。そして、偶然にもこの男は、岡田と同様なかなか自分の住戸までたどり着けず、「深夜二時」の緑地をさまよう団地居住者であった。しかし、この男の帰宅が引き延ばされるに至っている理由とは、岡田の

ような団地への不慣れに起因するのではなく、ある眼差しを過剰に先取りして内面化しているゆえだったのである。(2)

つまり、板谷という名のこの男は、会社で起こしたトラブルが原因で、課長から課長待遇＝閑職＝窓際族へと格下げされ、帰宅時間が以前より早まってしまった自分の惨めさを、家族の眼差しにさらすことを何より恐れ、毎晩、深夜の緑地で時間を潰しつつ、残業を装って帰宅していたのであった。そして岡田は、こうした板谷の演技に付き合わされる形で、全くの無関係であるにもかかわらず、板谷の部下として、3LDKのゆとりある間取りを持つ、目新しい調度品にあふれかえった板谷家に上がり込むこととなるのである。

しかし、当の板谷夫人は、夫の毎晩に及ぶ演技としての残業をすべて見抜いていた。つまり、家族の眼差しに自己の惨めさが露呈することを恐れてばかりいる夫とは対照的に、夫の格下げに伴う収入減によって圧迫される分譲住宅のローン返済のことを思い、3LDKの〈城〉が、やがて崩れていくかもしれないことを、静かに予感していたのである。こうした板谷家の明暗をひっそりと物語るのは、リビングの片隅に置かれた「黒光りするピアノ」であった。数ある調度品の中でも、とりわけ「ピアノ」を盛んに岡田に自慢する板谷に対し、家計を切り詰めるために「娘にピアノは諦めさせ、売ってしまうつもり」であり、「狭いアパート」に逆戻りする意思さえあることを後に静かに岡田に打ち明ける夫人の姿は極めて対照的といえるのである。

岡田の眼差しは、室津家の場合と同様に偶然上がり込むこととなった板谷家の3LDKから、私鉄沿線に立地する公団分譲住宅のミクロユートピアの背後にある、ローンという桎梏に絡め取られ、その返済に一喜一憂し揺らぐ戦後家族の一面を読み取ってしまうのであった。換言すれば、岡田の眼差しは、私鉄沿線に群棲する分譲住宅一つ一つの「灯」が、決して軽くはないローンという重圧の上に何とか成立する、砂上の楼閣としてのユートピアであることを捉え出すに至ったのである。

結局岡田は、二軒もの家に上がり込んだにもかかわらず、自分の住戸へたどり着く有益な手掛かりを一切摑めないまま、一方で外側からは窺い知ることはできない、各々の「灯」／ミクロユートピアの内側の揺らぎばかりを垣間見させられることとなったのだった。つまり岡田の足取りは、私鉄沿線に群居する、戦後家族のミクロユートピアの集住体ともいえる公団分譲住宅の整然とした光景を、マクロな視点で捉え出すだけにとどまらず、さらに、その光景を構成する最小単位における非均質的な揺らぎさえも照らし出し、団地／郊外という空間に群棲する戦後家族像を懐疑的に表象する役割を果たしているともいえるのである。

四　意外なる「真犯人」

さて、自力で帰路を探すため板谷家を出た岡田の足取りは、また止まってしまう。というのも、室津たちの住む棟の前に停まった救急車をめぐる騒ぎでできた雑踏の中に、「パジャマ」に「血痕らしい赤いしみ」を点々と付けた、室津家の一人娘の姿を不意に見つけたからなのだった。そしてさらに、「ユミがパパをやっつけた」「ナイフでね」と朗らかに話す娘の「柔らかい、小さな手」に、「少し血らしいものがこびりついて」いることを発見した岡田は、「背筋に寒気」が走るのを覚えるとともに、新たな謎を受け取ることともなるのである。なぜユミがパパを「やっつけ」なくてはならなかったのか。

「――あの後、私たちはよく話し合ったんです。妻も二度と浮気はしないと詫びて、久しぶりに夫婦の交わりを持ったんですが、そこへユミが起きて来たのです。」

室津は苦々しく笑って、「どうもあれの時は父親が母親をいじめているように子供には見えるようですな。気付いたときはユミが包丁を持って……。止めようとした家内のわき腹へ包丁で切りつけたんです。驚いて払いのけた拍子に私も手にけがをしました。」

思わぬ勘違いが悲劇を生んだのだった。つまり、事件はあくまで、娘が、母親を父親の「いじめ」から守ろうとしたがゆえに生じてしまったのだ。そしてさらに注目しておきたいのは、この悲劇を招かせた〈真犯人〉である。それは、団地のnLDKという複数の間取りと、就寝分離という習慣にほかならない。つまり、先の室津夫人の不倫騒動の際に見出された枠組みが、この一篇の結末でも滑稽に反復させられているのだ。

岡田夫婦が以前住んでいたような「六畳一間」の木賃アパートなどでは、夫婦と子供の寝室など分離できるはずはない。食事と就寝でさえも同じ一つの部屋でなされなくてはならないからだ。しかし、3LDKなどの複数間取りともなれば、当然のことながら余裕が生じることとなる。室津家のように子供が一人の場合、娘に個室を与え、その上で夫婦の寝室＝密室を確保することなど、わけはないのだ。それゆえ、nLDKでの諸々の情事は、より大胆になってしまう。つまり、就寝分離によって子供の眼差しの遮断が実現されたことで、親たちは自身の欲望を思うがままに解放することが可能となるのである。しかし、子供の〈目〉は塞げても、〈耳〉までは塞ぎようもない。〈声〉は、鉄筋コンクリート製の壁の外側までは拡散せずとも、住戸内部の複数の間取りを隔てる壁は自在に越境してしまうのだ。複数の間取りと就寝分離という習慣があらためて惹起させ、肥大化させてしまった親たちの欲望と、〈音〉をありのままに察知してしまう子供の純真さが、アイロニカルに出会うことで生じてしまった小事件。この「徒歩十五分」という一篇には、私鉄沿線に群棲する戦後家族のミクロユートピアの〈器〉であるところのnLDKモデルにおける〈快適性〉と、その一方の思わぬ〈制約〉までもが、実にアイロニカルに謎解き劇の枠組みとして取り込まれているのである。

偶然出会った団地居住者をめぐるいくつかの謎と、その滑稽な氷解の道行きに付き合わされているうちに、岡田は朝を迎えてしまったのだった。分譲住宅の募集広告の売り文句の一つが、自宅から駅まで「徒歩十五分」であったにもかかわらず。そして、室津家の騒動で集まっていたパトカーの助けを借りて、なんとか妻のもとへ戻ることができた岡田は、一晩の慌しい出来事を回想しつつ、ある戦慄を覚えるに至る。

岡田はふっと、バットを持って追い回していた、室津の哀れな姿、妻の前で精一杯の演技をしてみせた板谷の姿を思い浮かべた。そしてあのユミの血の飛んだパジャマ姿を……。〔中略〕岡田は、自分がバットを持って、妻の恋人を追い回し、時間潰しに公園をうろついている様を想像して、ぞっとした。それが少しも不自然ではなかったからだ。

岡田は、室津や板谷ではなく、「自分がバットを持って、妻の恋人を追い回し、時間潰しに公園をうろついている」さまを「少しも不自然ではな」く想像してしまう。つまり岡田は、室津や板谷という他者と自己との差異を、一方では彼らの住戸の内部から窺えた経済格差などによって明確に感受しながらも、他方では溶融させてしまいもするのである。

岡田が室津や板谷の身に生じた出来事を、簡単には忘却できないでいるのも無理はない。なぜなら岡田も、彼らと同様に、都市の企業に勤めるサラリーマンであり、妻を持つ身であるからだ。つまり岡田も、降格人事や、妻の不倫などの歓迎できない出来事に不意に見まわれる可能性を、少なからず持つ身なのである。それゆえ、すでに迷子の過程で目にした経済格差などに端的な差異はさて置く形で、彼らに感情移入してしまい、自らにも起こりうるかもしれない出来事に戦慄を覚えるのである。

しかし岡田が、自身の想像に「ぞっと」してしまった理由は、はたしてそれだけであったろうか。岡田は、自身の感性が、まさにある感性に変容せんとしていることにも気づき、戦慄を感じもしたのではなかったろうか。その、ある感性とは、決して消すことなどできないはずの自己と他者の差異が、あやふやなものに思えてしまう感性にほかならないはずだが、一方でそれはすなわち、団地という装置が、そこに住まう者たちに知らず知らずのうちに強いる感性とも、暗に輪郭を有してしまうといってはいいすぎだろうか。つまり、自己と他者の差異が溶融し、互いの位相が入れ替わっても不自然に思わない感性とは、多くの他の居住者と同型の住戸に住まい、毎朝、他の居住者と同様の時刻に勤めに出掛け帰宅するといった日常のサイクルを、飽くことなく反復することで図らずも養われる、団地居住者としての感性とも、暗に輪郭を共有してしまうとはいえないだろうか。

以上のことを踏まえもしたとき、結末部において、岡田が妻に告げる言葉は、見過ごせない意味を孕んでしまうはずである。「もう四時になるわ。早く寝ないと明日が大変よ」「寝る時間がなくなるわよ」と、岡田の翌朝の出勤のことを再三にわたって心配し続ける妻に対して、岡田は、次のように述べるのである。

「いいさ、明日は休む」

引越しの翌日であるにもかかわらず、「自分が一日でも休んだら、会社が潰れる」とでもいうように律儀に出社し、同僚の女性に「休んで奥さんを手伝ってあげなさい」とたしなめられるほどだった岡田の口から告げられる、「明日は休む」という一言。聞いていた妻をすっかり「呆気に」とらせてしまうこの一言からは、同時に新参団地居住者としての岡田の、ささやかな抵抗戦略＝自己差異化の欲望も読み取ることができるはずだ。つまり、自身の感性が、一夜の団地めぐりによって、団地居住者としての感性に塗り替えられつつあることに「ぞっと」した戦慄を覚えもした岡田は、まさにその感覚を振り払おうとするかのように、駅まで「十五分」の道を無言で急ぐ朝の団地居住者＝都市勤労者たちの波に紛れることを、一日だけ回避するのである。

そして、ここにおいてこそ、新参団地居住者を視点人物に選択した赤川の戦略＝悪意は際立つといえよう。つまり、画一的かつ均質的な団地に住まい、判で押したような通勤を続けることで、いつしか自他をめぐる差異の感覚が溶融させられてしまう団地居住者＝都市勤労者像は、まだその位相に完全に属しきってはいない境界者＝岡田の戦慄の感覚と、ささやかな回避の表明によって、アイロニカルに相対化されるといえるのである。

新参団地居住者・岡田に与えられた、戦略としての迷子の足取り。まとめてみるならばこの足取りは、二つのレベルで、無意識の〈探偵〉役を演じてしまっていたとはいえまいか。つまり、偶然出会った団地居住者たちの不可解な出来事を謎としてキャッチし、その滑稽な氷解の過程を行きずりの形で見届けてゆく位相を第一のレベルとすれば、続く第二のレベルにおいては、住戸一つ一つの内側を見れば決して消せないはずの居住者それぞれの個別性や経済格差などの差異を、均質的な生へと暗に統合せんとする団地空間の力学さえをも、戦後の近代化を端的に体現する装置の〈真実〉として、あらためて暴き出すに至っていたはずなのだ。そして、単に岡田＝〈探偵〉は〈真実〉を暴き出すにとどまらず、それに対し、ささやかな抵抗を企てるにも至ったのであった。その抵抗がどこまで持続されるかは、あくまで〈最後の謎〉として残されたままではあるにせよ……。

以上のように、この「徒歩十五分」という一篇からは、団地という空間が舞台とされることでより際立たせられる、赤川のユーモアミステリの面白さの一端があらためて窺えるだけにとどまらず、同じく団地空間を舞台とした他作品においては後景化されている、揺らぎを孕んだ戦後家族像や、団地という装置の〈真実〉と、そこに帰属する団地居住者との相関関係が、迷子の新参団地居住者＝無意識の〈探偵〉の眼差しによりアイロニカルに前景化されていることが窺えよう。そして同時にその眼差しとは、高度経済成長から大衆消費社会化にかけてさらに進行した、戦後の近代化の一端を批判的に照らし出すベクトルをも有しているはずなのである。ゆえにこの一篇は、少なくとも〈十五分〉以上かけて読み直されてもよい、数少ない赤川ミステリの一つといえるのではないだろうか。

注

（1）外側からは判然としない、団地居住者間の経済格差。しかし、それは思わぬところで残酷に露呈されもする。『ホームタウンの事件簿』において登場する〈団地ッ子〉たちはみな、「A-三〇四のユカリちゃん」とか

「E-四二二のミホちゃん」などという形で、間取りの種類と対応したアルファベットと、部屋番号を表す数字が組み合わさった、残酷な「背番号」によって識別されているのである。
（２）赤川の団地ミステリにおいて〈他者の眼差し〉、あるいは〈噂〉というテーマは、実に効果的な枠組みとして組み込まれている。例えば『ホームタウンの事件簿』収録の短編「ひとりぼっちの誕生日」や「副業あります」などでは、他の団地居住者の眼差しを過剰に先取りし内面化するあまり、思わぬ事件を引き起こしてしまう主婦が繰り返し描き出されているのである。団地空間に張りめぐらされた、規範としての〈他者の眼差し〉や〈噂〉。赤川の団地ミステリを語る上で見逃せない、このような側面に関しては、別稿で詳しく扱ってみたい。

ブックリスト

▼前田愛『都市空間のなかの文学』（ちくま学芸文庫、一九八二年）
▼小田光雄『〈郊外〉の誕生と死』（青弓社、一九九七年）
▼五十嵐太郎編著『READINGS〈1〉建築の書物・都市の書物』（ＩＮＡＸ出版、一九九九年）
▼田口律男『都市テクスト論序説』（松籟社、二〇〇六年）
▼若林幹夫『郊外の社会学──現代を生きる形』（ちくま新書、二〇〇七年）

現代編

憑物落し、あるいは二つの物語世界の相克
——京極夏彦『姑獲鳥の夏』

横濱雄二

一　はじめに——姑獲鳥の位置

京極夏彦の第一作『姑獲鳥の夏』は一九九四年に講談社から上梓された。彼の登場について武田信明は、自己意識性・自己言及性を追求した現代本格ミステリにおいて試みられたパロディや現代科学・思想の導入などの試みを統合した点で、ミステリにおける新しい段階への飛躍だと捉えている（武田「京極夏彦論」笠井潔編『本格ミステリの現在』国書刊行会、一九九七年）。また、石堂藍は『姑獲鳥の夏』を幻想的な道具立てに満ちた作品だとし、現実を見失った男の存在そのものがトリックになっている点で本格ミステリとしては問題があるものの、幻想文学としては高く評価している（石堂「ブックガイド　幻想ミステリ」『幻想文学』第五五号）。このように『姑獲鳥の夏』はミステリとして位置づけられる一方で、トリックが推理可能かどうか、つまり「本格」に属しう

るか否かに問題を孕む作品である（笠井潔『探偵小説論II』東京創元社、一九九八年、第一〇章）。

ここで「叙述トリック」についてあらかじめ説明しよう。これはテクストの叙述によって読者を欺こうとするトリックを指す。犯人が探偵を欺かんとするのではなく、テクストの語り手が読み手を欺くことといってもよい。例えば犯人の性別を故意に曖昧に記述して読者を錯誤させたり、名前で記述することで動物と人間を取り違えさせたりするものである。さて、森村進は『姑獲鳥の夏』を新たな叙述トリックと捉えている。森村は一人称の叙述トリックを、三人称の叙述トリックや複数の一人称の記述を同一人物によるものと錯誤させる叙述トリックより優れたものと位置づけているのだが、その上で、『姑獲鳥の夏』を叙述者（すなわち視点人物）自身も意識していない叙述トリックであるとして、その独自性を極めて高く評価する（森村「京極ミステリの展開一九九四―九八」『幻想文学』第五五号）。

だが、『姑獲鳥の夏』の読後に石堂や森村の要約と評価を見ると、そこにある種の不自然さを感じる。それは石堂が「現実」をそのまま認識しえるものとして信じている、あるいは素朴に理解しているためである。この姿勢は森村にも通じており、彼は作中に真相として提示される「現実」をそのまま「実在」のレベルとして受け入れることから、『姑獲鳥の夏』を視点人物（関口巽）の叙述におけるトリックであると定義してしまう。つまり、京極堂による「憑物落し」とその後の言説がすべて「謎解き」＝実在の指摘として機能していることについて、疑問を持っていないのである。もちろ別の言い方をすれば、京極堂の観測結果の報告はすべて正しいと思い込んでしまっている。

ん、死体消失や乳児失踪、さらには見習い医師内藤や使用人時蔵の久遠寺家における位置づけに至るまで様々なことを指摘した京極堂の推理は間違っていない。しかしながら、石堂が「現実は幻想であるかも知れない、などと吹き込まれて」とまとめたのとは逆に、京極堂の推理が「幻想」でないことを担保するものは物語中に存在しない。京極堂の「憑物落し」を一般的なミステリにおける「推理」と同じものと捉える視線は、ミステリのコードをそのまま受け入れて適用するだけのものに過ぎず、そこにコード自身を俎上に載せる批評性はない。

ところで、姑獲鳥について京極堂はこう語る。

つまりね、男が見るウブメは〈女〉、女が見るウブメは〈赤ん坊〉、そして音だけのウブメは〈鳥〉なんだよ。そしてこれらは皆〈同じもの〉として認識されていたのだ。(『姑獲鳥の夏』講談社ノベルス、一九九四年、二二五頁。以下、本文の引用はこれに基づく。以下、頁数のみを記した場合は『姑獲鳥の夏』からの引用)

ウブメは同じものとして認識されるものの、見る者によって認識する像としての表象を変える。そうすると、名探偵の見方は数あるもののうちの一つに過ぎない。憑物落しの言説の中で様々に形を変えて出てくるもの、それは表象されない。久遠寺の家において、「オショボ」＝無頭児は、名前を持つ前に殺される。久遠寺の男(夫＝父)から見たウブメは女(妻＝母)の表象をとって現れ、

〈久遠寺の母〉は〈久遠寺の娘〉が産んだ子を殺す。久遠寺の女から見たウブメは、赤子＝無頭児として現れる。そして音だけのウブメは〈鳥〉、すなわち空を飛ぶので目の前に現れないものとして捉えられる。このことについて、武田信明は『姑獲鳥の夏』の右と同じ箇所を引きつつ、以下のように論じている。

女でもあり、赤ん坊であり、鳥でもあるウブメとは、もはや「意味」ではなく「名」なのだと言えよう。想像力によって限りなく多様化していく意味を、かろうじてひとつに繋ぎとめているのは「ウブメ」という名前でしかない。「ウブメ」と名指されることで、初めてそれはウブメなのである。（武田「京極夏彦論」）

とはいえ、姑獲鳥と名づけたのは京極堂自身である。京極堂は「憑物」に名を与え、言説によってそれを「落とす」。表象を与え、意味づけを変更する。つまり、叙述はトリックとして問題にされるのではなく、叙述によって出現する表象空間、すなわち名指しされ記述されるかどうかという認識と表象そのものとして問題にされる。『姑獲鳥の夏』における憑物落しおよびその背後にある認識と表象の問題は、物語世界における存在の有無に関わり、さらに物語世界そのものの有り様に疑問を付すことになるのである。

二　二つの世界の構造化

笠井潔は『姑獲鳥の夏』の世界を「目の前にあるものが「見えない」世界」と指摘した上で、その恣意性は探偵の推理を根底から破壊するものであり、本作はその意味で探偵小説のパラドックスに正面から取り組んだ作品であるとしている。さらに視点人物たる関口巽の認識が恣意的であることから、本作は本格ミステリに位置づけることが難しいと判断している（笠井『探偵小説論II』）。

だが、叙述トリックの本質はむしろ笠井が指摘した恣意性にあるのではないだろうか。見えないものを無いものなどと決めつけたのは、単に表象の経済性《エコノミー》に過ぎない。書かれないことは「常識」で埋め合わされる、例えば死人は蘇らない。これは単に現実世界を表象空間に反映させただけに過ぎない。論理性が担保されている世界ならば、どのような世界であっても推論規則は成立するのだから、見える／見えないが恣意性に基づくという規則が明示されていれば、公正な推理空間は成立するはずである。しかし視点人物には見えない事物が叙述されないという点で一貫性を持っていることは確かに論理的と称しうるが、叙述されなければ推理も不可能であるため、実際には公正な推理空間が保証された「本格ミステリ」とはいえない。叙述が恣意的であることがあらかじめ提示されている場合、その叙述に基づくあらゆる推論は論理的にすべて恣意的なものとなってしまい、したがって推論は論理的必然性を持つことはありえず、推論として真偽の判断は不可能になってしまう。これは作中の探偵役においても同じである。叙述トリックの本質がここで明らかになるだろう。探偵役が正しい推論を得るためには、正しい叙述＝正しい見方＝恣意的でない見方が必要になる。しかし叙述トリックにおける叙述は、恣意的たることを免れえない。つまり叙述トリックとは、叙述＝テクストに表象された世界と、探偵役が認識している世界との間に存在する齟齬によって成立する。別の言い方をすれば、叙述トリックとは、表象世界の「内部」の観測者（＝叙述者）と「外部」の観測者（＝探偵）という構造を作った上で、内部において表象されえないものが外部においては表象されるという落差を利用したトリックといえる。

その意味で『姑獲鳥の夏』の京極堂には「不思議なことなど何もない」。彼には姑獲鳥が「あらゆる角度から」見えるからだ。逆に関口の世界は謎に満ちている。様々なものが彼には見えず、表象されないからである。久遠寺牧朗の死体は見えない。彼を誘ったはずの久遠寺涼子の人格の一つ〈京子〉も見えない。同じく人格の一つ〈母〉も見えない。そもそも〈京子〉をめぐる記憶すら、最初の彼には見えないのである。何が見えないかの選択は恣意的であるが、関口自身がそれを選択することはできない。

ここに二つの「世界」の構造化が起きている。第一に関口の世界であり、これは終始一貫しているように見えるが、実は謎解きにおいて第二の京極堂の世界に移行している。その移行点は衝立として示されている。

衝立《ついたて》――。衝立が邪魔をしていた。衝立が倒れて初めてあれは見えたのだ。衝立にさえぎられることなく全貌を見渡せたのは、

――京極堂。そして、

――涼子。

不意に扉が開いた。

「君達はまだそんなつまらないことを議論しているのか?」(三二七頁)

衝立で遮られた関口の世界では「あの死体は生まれて来たんだ」(三二二頁)と認識されているが、遮られていない京極堂は「藤牧はずうっとあそこで死んでいた」(三二八頁)と認識する。関口はこの第一の世界から第二の世界に移行するとき、認識の変化を眩暈として知覚する。

「そんな……僕が最初に入ったときは衝立などなかったぞ! しかし死体もなかった!」

「あったじゃないか」

榎木津がいった。木場が訊き返す。

「あったのか?」

「あったとも」

私は強い眩暈《めまい》を感じた。

「関口君、君は確かに死骸を見ているんだよ。知覚しなかっただけだ」

何だって？

部屋がゆっくり回り出した。世界が歪む。（三三〇頁）

この場面で京極堂は極めて明示的に二つの世界が存在することを指摘している。先ほど述べたように、叙述トリックは二つの世界に落差があることによって初めて成立するのであり、京極堂はここで、この作品が叙述トリックによるものであることを明らかにしている。そして謎は言い当てられ表象された瞬間に、謎ではなくなってしまう。


ああ！

私の中で私が砕けた。麻酔が解けて行くように、眼球の裏側の濁りが音を立てて崩れ落ちて行く。そう……。

藤牧は最初からあそこで死んでいたじゃないか！

何のことはない。生まれたのは死体だと、私は最初から知っていたのだ！

「エ、エノさん、じゃああのとき……」

「ふん。扉を開けたら死骸がある。探すも蜂の頭もあったもんじゃない。よもや君に見えないなぞと思わないからね」(三三一頁)

死体は第一の世界では表象されなかった。表象されないものは「不在」であり、したがって死体消失の謎が生じる。第二の世界においては死体は表象され、謎は最初から存在しない。死体消失のトリックは、死体の表象が不可能な世界において「謎」として定置され、表象可能な世界へ移行することで「謎解き」されるものとして捉えることができる。このように捉えた場合、叙述トリック一般も表象の不可能／可能性を利用していると見ることができる。

ところで、推理する役である京極堂が第一の世界に対して外部であることはどのようにして担保されるのか。ここでその目で直接「人の記憶を再構成して見てしまう」(一一八頁)能力を持った探偵榎木津が登場する。彼は言説という表象を経ずに、記憶を直接見てしまうという点で、関口／京極堂の二項対立を超越した外部の位置にある。[1] ただし、京極堂／榎木津の二項対立ではない。あくまでも京極堂は言説を用いており、その限りにおいて言説空間という内部から抜け出ることはできない。京極堂は関口の世界を脱構築しながら内部に留まり続けるがゆえに、一種のゲーデル的問題を孕む。つまり京極堂自身が存在する第二の世界に、第一の世界の関口と同質の認識上の錯誤がないことを、京極堂自身は証明できず、京極堂は自らの言説によって自らの正しさを立証できないことになる。しかし、他人の記憶を直接見る榎木津は本質的に証明できる位置にある。さらに巧妙なことに、彼はこの点を理解しようとしないし、不用意な性格の人物であるように見えつつも、彼自身の「見た記憶」を表象することをできるだけ避けようとする。彼自身の「見た記憶」は関口の叙述すなわち言説空間に表象されえず、表象されるのは「「見た記憶」を語った榎木津の言説」でしかない。一度榎木津の見たものが言説の形をとれば、それは関口の世界の「式」すなわち「妖怪」に取り込まれてしまう。「蛙の頭をした赤ん坊」という榎木津の言葉が、言葉として表象されるために、関口の世界の中で一人歩きするのである。このように、榎木津が全面的に正しいのは、榎木津が言説空間に参入しない外部に留まる限りにおいてである。だから榎木津は語ることができない。語らないうちは榎木津は究極的な外部としてふるまえるが、語らなければ謎を解くことはできず、しかも語ってしまえば彼の言説は関口／京極堂の双方から搾取を受けることになる。

世界	人物	言説空間	特徴
第一	関口	内部	認識の錯誤を「謎」として「表象」する
第二	京極堂	外部 内部	「謎」を解く＝説くことで、「表象」を変更する
第三	榎木津	外部	「実在」を「表象」を経ずに把握する

今までの議論を表にまとめてみよう。『姑獲鳥の夏』では、第一の世界と第二の世界の落差を利用して「謎」を提出し解く一方で、第二の世界の第一の世界に対する「外部／内部性」を担保するために、「実在」を超越的に把握する第三の世界を設定している。この三層構造の中で二項対立を形成するのは、表象空間にとどまる【第一の世界／第二の世界】であり、【第三の世界】は二つの世界の外側に立つことになる。

三　二つの物語世界の位置づけ

では、『姑獲鳥の夏』における第一の世界および第二の世界、言い換えれば関口の世界と京極堂の世界は、どのようなものとして描かれているのだろうか。まず関口の世界から考察していこう。

斎藤環は京極夏彦の描く昭和二七年の世界が必ずしも昭和二七年の日本そのものを表すものではなく、むしろ「タナトス耽美派」の系譜に属する美的幻想、すなわち「過去のふりをする現在」に没入するための世界だと捉え、「ナムコのナンジャタウンみたいなもの」だと指摘している(斎藤『「文学」の精神分析』河出書房新社、二〇〇九年、初出「「精神分析」の呪縛――『狂骨の夢』批判的読解」永瀬唯他『京極夏彦の世界』青弓社、一九九八年)。ナンジャタウンは池袋サンシャインシティに造られているテーマパークで、斎藤の文脈では、その造作が昭和三〇年代の日本を中心とした町並みをノスタルジックに再構築していることを指すと思われる。つまりパビリオンが観客に見せるために構築された世界であるのと同様に、『姑獲鳥の夏』の世界は京極堂の「憑物落し」が有効になるように、また最も幻想的になるように構築されている。

屍蠟の成立条件に合わせた部屋の状態が、例として有効だろう。監察医の里村は「日本の気候風土から考えて、室内で放置されていて屍蠟になるなんてことははっきりいって非常識」と断った上で、死体の放置されていた部屋の密閉性が高いこと、部屋の下方が酸欠状態を保っていた可能性があること、さらに部屋全体が異常に低温だったことを指摘する（三六三頁）。この部屋に久遠寺梗子は二〇カ月にわたって、ベッドに横になって籠もり続けた。寒くなかったのか、息苦しくなかったのかなどと考えるのは幻想性（斎藤の言う「パビリオン」的性格）を著しく損なう。梗子から「死体が生まれて来た」というためには、藤牧の死体は乾燥したミイラではなく、瑞々しい屍蠟の状態でなければならない。里村に続いて京極堂は、久遠寺医院全体が「屍蠟を生成するのに持って来いの造り」であり、保温性と密閉性が極めて高いと補足する（同頁）。この久遠寺の家屋をめぐるやりとりは、久遠寺の家族の物語と関連を持っていない。だが探偵役の京極堂が語るとき、それはすべて真実となる。屍蠟の脇に横たわる美女という幻想性の前に、自然科学的リアリティは席を譲らざるをえない。

関口の記憶の忘却と想起も幻想性を高めている。関口は久遠寺の病院までの道を尋ねた学生時代の記憶を想起する。近辺の大きな病院に行きたいと関口から尋ねられた二人連れの紳士たちは彼に「そんなものはない」と断言し、次いで彼を「巣鴨の癲狂院からでも逃げてきた」と揶揄する（一四二頁）。つまり紳士たちは関口に「狂い」という表象を与えたのだ。関口は「私は狂ってはいない」と内心で激しく反発し、直後に会った妖しく誘う少女に「狂い」という表象を譲渡する。


　狂っている――。

　狂っているのは私ではない。ここにいるのは可憐な少女なんかじゃない。

　――何を驚いているの？　学生さん。

　少女は私に近づいて、耳元で囁いた。

　――あそびましょう。

　そして私の耳を、嚙んだ。

　私は一目散に駆け出した。

　耳鳴りがする。顔が火照《ほて》る。これはいったい何なのだ。私は狂ってなどいない。狂っているのは私以外の凡てだ。狂っているのはあの少女だ――。後を見てはいけない。あの少女が笑っている。白い脛。赤い血。

　――狂いだよ。

　――うふふ。（一四五〜一四六頁）

この不意に想起される狂気の記憶は二つの世界に深く関わりを持っている。第一の世界においては、現前された記憶が涼子の行動と重なってさらなる幻想性を高め、第二の世界においては、少女が梗子ではなく〈京子〉だったとして謎に対して論理的な説明が付与される。また榎木津は「蛙の顔をした赤ん坊」の記憶を見る（二七九頁）が、これも同様に二つの世界に利用されている。第一の世界では「蛙の顔」が幻想性あるいは怪奇性を高め、第二の世界では榎木津が見たこの記憶が「実在」の水頭症の乳児であったと推理される。先の例で、幻想性を伴う第一の世界に属する関口は、涼子の行動に対し眩暈を覚える。

涼子は私の弁解とも自慢ともつかない話の途中でふらりとよろめいた。
私は慌てて抱き抱えるように彼女の体に手を回した。
「関口様……」
私は彼女の顔を間近で見ることができなかった。顔を逸らすと、白い、大きなダチュラが目の前にあった。

心臓の鼓動が聞こえる。

目の前が真っ白になる。

頭の芯が熱くなる。
涼子の吐息が耳元にかかる。
涼子は消え入りそうな声でいった。
「私を……たすけてください……」
私は返事ができなかった。
そして私は、強い眩暈を感じた。（二〇七〜二〇八頁）

ここで眩暈は幻想性を示している。また、坂の往復運動に伴って反復される眩暈も、二つの世界を往復している。最初に坂道が描かれる場面（八〜九頁）では、坂にはまだ名前が与えられていない。関口にとっては「途中にあるあらゆるものの様相《ようそう》の記憶も私には曖昧《あいまい》」であり、歩いている途中「七分目あたりで私は息を吐《つ》」く。次に坂を歩く場面（六三〜六五頁）では、京極堂は「あの坂は絶対転ぶから、といって執拗《しつよう》に提灯を勧め」、関口はそれを断った帰路に、「坂のたぶん七分目あたりで、強い眩暈《めまい》を覚え」る。第三の場面（一二四〜一二五頁）では、京極堂の妻が提灯をすすめる。関口は受け取った提灯に描かれた星印から魔除けの星印を連想するが、結局「その夜私は、何ごともなく坂を下」る。また関口が全力疾走で駆け上がる第四の場面(二八三～二八四頁)において、初めて「眩暈坂」という名前が示される。京極堂が憑物落しに乗り出す第五の場面(二九六頁)では、刑事木場は京極堂を山から下りてきた鬼になぞらえる。そしてその後、テクストの終わり近くに描かれる坂の謎解きを引用しよう。

眩暈坂には陽炎《かげろう》が立っていた。

坂の途中に樹木など日除けになる類《たぐい》の物は何ひとつとしてない。ただただ白茶けた油土塀らしきものが延々と続いている。この無愛想な油土塀の中は墓場なのだと、今の私は知っている。だから、この中は墓場なのだ。

そして私は、炎天下の熱気に当てられて、坂の七分目あたりで軽い眩暈を起こした。ゆらり、と揺れて前のめりに倒れかける。目を前方に転じると、そこに見覚えのある柄の着物の裾が見えた。

〔中略〕

「ここは危ないんですよ。ほら、この坂は何もないから、一瞬真っ直ぐ下っているように見えるでしょう。でもその実、右に傾き左に傾きして、ちょうどそのあたりは逆勾配になっているんです。でもたったひとつの目印の塀は、そんなことお構いなしに真っ直ぐに続いているでしょう。道幅も狭いからどうしても目は塀の瓦の方に行くんです。すると、丁度船酔いしたような具合になって、そのあたりで眩暈がするらしいんです」

中禅寺千鶴子はそう説明してから軽く会釈をして、涼しげににっこりと笑った。

何だ、理由を聞けば何てことはない。不思議でも何でもないじゃないか。（四二八〜四二九頁）

最初の場面から第五の場面まで、坂は第一の世界の幻想性に寄与しており、特に第四の場面では「眩暈」が名前に組み込まれ、第五の場面では鬼の山と暗喩されている。最後の場面では、幻想性の世界で与えられた「眩暈坂」という表象はそのまま科学的意味づけが施され、第二の世界へと移行している。これは「憑物落し」の例示であり、「坂」は第一から第五の場面の幻想性と最後の場面の科学性との双方に利用されている。ここで推理小説の推理が科学のパラダイムにのっとって行われるものとするならば、推理小説の推理の側面は科学性と読みかえてよいだろう。そうすると、今挙げた第一の世界は幻想小説を、第二の世界は第一の世界に対置される意味で科学＝推理小説をなし、第二の世界の科学性を担保するものとして第三の世界が設定されていると捉えることができる。

四　可能世界と経験世界の二重性

眩暈の幻想性として描かれる第一の世界を離れ、推理の科学性として捉えた第二の世界に考察を進めるために、探偵小説における探偵の推理そのものの性質を検討しよう。

記号学者ウンベルト・エーコは編著書『三人の記号』において、アメリカの哲学者チャールズ・S・パースの考察した〈アブダクション〉という推論形式を用いて、シャーロック・ホームズの推理を定式化した（エーコ「角、蹄、甲――アブダクションの三つの型についての仮説」ウンベルト・エーコ／トマス・A・シービオク編『三人の記号――デュパン、ホームズ、パース』小池滋・富山太佳夫・大堀俊夫・丹治信春訳、東京書籍、一九九〇年）。日本においては笠井潔が『探偵小説論序説』（光文社、二〇〇二年）に「推理論」の章を設け、エーコの編著書に沿ってアブダクションを説明しているが、十分に浸透しているといえないため、本章でもあらためて紹介することとしたい。

エーコとともに『三人の記号』の編者となったシービオクによれば、パースの論理学では〈演繹〉〈帰納〉〈アブダクション〉は推論形式のそれぞれ独立した形態であるとされる（シービオク「1、2、3、……この豊かな宇宙」（エーコ／シービオク編、前掲書）。以下、パースの論理学の紹介はシービオクによる）。〈演繹〉はルール（大前提）と実例（小前提）からある一つの結果を得る。〈帰納〉は実例と結果を合わせることでルールを推測する。これに対し〈アブダクション〉はルールと結果から実例を推測する方法である。例えば、テーブルにいくつかの白い豆と袋が置かれていた場合、「この袋から出てくるすべての豆は白い」というルール(推測者がとりあえず適用したもの、その性質は後述)と、「これらの豆は白い」という結果に照らして、「これらの豆はこの袋から出てきた」という実例を得ることができる。アブダクションは演繹と帰納を含んでいるが、その両者に還元できるものではない。つまり、アブダクションは未来の予測を可能にする推論形式だが、必ずしもその予測が正しいとはいえない。ちなみにここで挙げたような推論では、それぞれの構成要素だけでなく推論そのものも一つの記号であるため、閉じた記号空間(先述の推理空間)が成立する。またエーコは、先に挙げた論文の中で歴史学者カルロ・ギンズブルグの議論を引きながら、アブダクションが医者や歴史家の推測法と同じく一般法則と個別的な原因の双方を突き止めようとするものであることを指摘している。

> いずれの場合にも、歴史家と医者は、表面上つながりのない一連の要素がもつテクスト的な特性について推測するのである。両者とも、多を一に還元しようとする。科学の発見、医学診断、犯罪捜査、歴史の再構成、文学テクストの文献学的解釈(文体を手がかりにして作者を推定したり、欠けている文や語を「うまく推量する」こと―原注)などは、すべて推論的思考の例である。(傍点原著者、エーコ、前掲論文)

つまり、探偵の推理は演繹的でも帰納的でもなく、新たな形式――ルールと実例を同時に作成する行為となる。シービオクの紹介にあった「この袋から出てくるすべての豆は白い」というルールは実は証明されておらず、探偵の推理の中で、どこからか持ち出されて当てはめられたものに過ぎない。その源泉は一般的な世界知や専門的な知識かもしれないし、探偵の直観かもしれない。例えば破壊された金庫と床に散乱した書類を見て、誰かが「泥棒！」と叫ぶ。叫んだ人物は部屋の状態から「未知の人物が侵入したに違いない」と推論したのである。これはエーコのいう過少のコード化を踏まえたアブダクションの例であり、叫んだ人物は一般的な世界知として〈泥棒は貴重品を狙い、探すために周囲を荒らす〉というルールを認知している。目の前には破られた金庫と散乱した書類という結果が存在する。つまり、「この家は泥棒に入られ、まんまと金庫を破られた」という実例を得ることができる。なるほど、ガラス窓は掛け金の部分だけ小さく割られており、窓の外に積もった雪には確かに足跡がある。だがここで別の可能性も同様に推測できる。窓が割れている原因は無数に存在し、泥棒が台所の窓から侵入し金庫を破って去っていったというのも可能性の一つに過ぎない。叫んだ人物はある事実をもとに、その事実に適用することの可否が証明されていない一般的な世界知の一つを適用することと、別の事実の存在を同時に推論したのである。この推論によって眼前の様々な手掛かり＝表象をすべて一つの記号＝泥棒の侵入で説明することができるが、それはこの推論が正しいことを証明するものではない。

またエーコは過少のアブダクションの他に、過剰のコード化を踏まえたアブダクション、創造的アブダクション、メタ・アブダクションの三つを設定している。過剰のアブダクションは、推理の際のルールがそれまでの文脈によって半ば自動的に決定される場合に働いている。例えば足跡から何者かがそこを通ったと推測することなどがあたる。創造的アブダクションは、トマス・クーンのパラダイムシフトのように法則を新たに発明するものであり、メタ・アブダクションと深く関わっている。この最後のものは、先行する第一のレベルのアブダクション(それは先述のとおり記号空間に存在する)を経験の世界に適用することである。ルールを経験世界に適用するこのメタ・アブダクションは、過少もしくは過剰のアブダクションでは必ずしも欠かせないものではないが、創造的アブダクションでは必要な推論となる。

先ほどの例でいえば、「泥棒」と叫んだ人物は自分の推理を現実の世界に当てはめるメタ・アブダクションを行ったことになるが、その正しさ(ここでは泥棒の侵入)を証明するためには様々な手掛かりから推論を行うだけでは不十分であり、泥棒が存在しなくてはならない。泥棒が発見されて初めて、事後的に探偵の推理が正しかったことが証明されるのである。ミステリにおける探偵の推理は、このようなメタ・アブダクションによって〈アブダクションの推論における可能世界〉を〈探偵がその場に存在する経験世界〉と一致させることによって成立する。したがって、探偵の推理がアブダクションである限り、探偵が正しいことが推論そのものによって保証されることはない。探偵の推理による〈可能世界〉と探偵が存在する〈経験世界〉が一致していることを担保する何かが、探偵の推理の外部に存在しなければならないからである。エーコはこの点について次のように指摘している。

この物語〔ホームズの小説―引用者注〕の宇宙では――作者と登場人物の間の一種の共犯関係によって支配されているこの宇宙では――、ワトソンは実際に考えたこととは別の何かを考えることはできないわけであって、そのためにわれわれは、彼の意識の流れを構成しうる要素のみをホームズが取り出してくるような印象を持つ。しかし、この物語の世界が「本当の」世界であったならば、ワトソンの意識の流れは他にいくらも方向をもち得たであろう。（エーコ、前掲論文）

現代のミステリはホームズの宇宙を遠く離れ、探偵の推理が次々と覆される地平に至っている。例えば麻耶雄嵩の『翼ある闇――メルカトル鮎最後の事件』（講談社文庫、一九九六年）を想起してみよう。探偵メルカトル鮎、探偵木更津、推理作家香月という三人の探偵役が物語の進行とともに順次提出する推理はそのたびに否定され変更を強いられる。つまり意味づけの論理によって構築された世界が、いくつも存在しうることが明らかになる。そして階層が上がるにつれ前段階の推理では明かされなかった新事実が現れ、次の階層の探偵役の登場が必然であることも同時に明らかになる。例えば最初の推理を外したメルカトルは殺害されるが、それは木更津によれば彼が被害者の系列、すなわち今鏡家の血縁のためである。次いで木更津が推理を開陳するが、香月の最終的な解決によれば、木更津は犯人によって選ばれたスポークスマンとして、犯人が描いた図式を読解したに過ぎない。そして推理の最上階に立つ香月もまた今鏡の血縁であり、今鏡の血統の断絶という犯人の意図は香月の存在そのものによって覆される（諸岡卓真『現代本格ミステリの研究――「後期クイーン的問題」をめぐって』北海道大学出版会、二〇一〇年）。

ここでミステリにおける推理が本質的に恣意的であることがわかるだろう。それらはすべての表象を結びつける線を描くことであり、小説は写真とは違って、表面に現れるものすべてを（読み取られなかったものまで）映し出すものではない。空気遠近法がルネサンスの所産であるのと同様に、ミステリの「リアルさ」は様式によるものに過ぎない。推理が成立するのは、その推理が蓋然性を帯びているからではなく、「探偵の推理は正しい」とされる空間に位置しているからである。

ミステリの「世界」はこのような二重性をつねに保持している。探偵はアブダクションによって構築した〈可能世界〉に対して、推理の材料としての表象をそこから読み取ったテクスト空間としての〈経験世界〉の方を一致させなければならない。一致させられなかった場合、エーコにならうならば作者との共犯関係を断ち切られた場合、探偵は単なる「探偵オタク」になりさがってしまう。

「これで終わりかね」

警部はつまらない落語でも聴いていたかのように、メルカトルに言葉を投げ遣った。今までの復讐とばかりに。

メルカトルは自らの価値体系の崩壊を前に、ただ呆然と立ちつくしていた。

誰も彼に気を止めるものはいない。

「一体、どんな人間、どんな悪魔、どんな神が、何もかも私が悪いことにしてしまうのだろう」

明らかな敗北宣言。矢尽き剣折れた探偵オタクの姿が、西日のなかにぼんやりと浮かんでいた。（『翼ある闇』三六一頁）

どんな人間＝悪魔＝神でもない。メルカトルは自らのアブダクションによる可能世界に経験世界を合致させることができなかっただけである。経験世界において得られた手掛かり＝表象をもとに可能世界が形成され（創造的アブダクション）、それが再び経験世界に差し戻されて（メタ・アブダクション）探偵の推理が正しかったことが明らかにされる。ミステリとは、表象を読み取り解釈するという探偵の推理によって、可能世界と経験世界を移動するテクストといえる。

笠井潔は先述の「推理論」において、ここで紹介した『三人の記号』におけるホームズの推理をE・A・ポーの「分析的知性」と重ねて論じ、両者をある超越的世界を希求するという意味でロマン主義的であると結論づけている。しかしアブダクションを二つの世界を結びつける交通の装置と捉えるならば、その射程は一九世紀の探偵小説にとどまらない。ここでいう超越的世界への希求をドイルの心霊学への志向やポーの神秘性への志向へとつなぐばかりでなく、笠井自身が指摘しているように、自然的世界と精神的世界（超越的世界）の往還そのものの神秘性というもう一つの側面と結ぶことができる。ポーの分析的知性における、あるいはホームズの推理における不可能性は、それが超越的世界を志向するがゆえに、作品全体に神秘性、幻想性を与えている。だが一方で推理はミステリの本質でもあり、そのためミステリは推理の持つ神秘性によって、ある種の幻想性を帯びる。つまり推理と呼ばれ、論理を用いるという点で科学性の世界には推理そのものが持つ幻想性があるのであり、探偵が推理によって構築した世界を別の経験的な世界へ一致させるメタ推理を行うとき、そしてそれが聴衆―読者に向かって開陳されるとき、その幻想性が二つの世界をつなぐことになる。科学性はこのようにして幻想性へと包摂されてゆくのである。(2)

五　物語世界の結びつき

『姑獲鳥の夏』における姑獲鳥は二重性を帯びていながら、実は幻想の側に比重を置いている。京極堂の説く姑獲鳥は截然とした言説で表象されているにもかかわらず、その幻想性は拭い去ることができない。一方でこの幻想性は京極堂の憑物落しという一種の推理が持つ性質に由来するものである。しかしもう一方で、『姑獲鳥の夏』の内部には論理による可能世界とは違った幻想世界が存在しており、テクストが最後にはその世界へ向いているために、幻想性が生じている。このことを最後の場面に即して考えてみよう。

「なあ京極堂。あのとき涼子さんは……姑獲鳥《こかくちょう》からうぶめになったんだよ」

私はなぜ自分がそんなことをいいだしたのか解らなかった。

「だから姑獲鳥《こかくちょう》もうぶめもおんなじなんだ」

「涼子さんも、梗子さんも、事務長も……そして藤牧さんも皆うぶめだったんだ」

京極堂はそういった。


りん、と風鈴が鳴る。

「暑いな。もうすっかり夏だな」

私はたっぷりと汗をかいていた。

京極堂は例によって怒ったような顔で、

「そりゃあそうさ。うぶめは夏に出るものと相場が決まっている」

といった。


「姑獲鳥《うぶめ》の……夏だ」(四二六～四二七頁)

この場面において推理の世界と幻想の世界は京極堂の示した〈現実世界〉に統合される。より正確にいえば、第一の世界の幻想性は関口とともに解体され、第二の世界の〈現実世界〉に吸収された上で再構築されている。「憑物落し」は確かに妖怪を祓うが、妖怪を消滅させるのではなく、別の世界へと妖怪を引き込む。関口の〈幻想世界〉で妖怪として表象された様々の謎は、「姑獲鳥」と名づけられる創造的アブダクションを通じて京極堂の〈可能世界〉に移され、〈憑物落し〉というメタ・アブダクションを通じて、今度は〈経験世界〉すなわち〈現実世界〉へと着地する。

私はそうして、女達の後に従い、優しい日常にゆるゆると戻る決心をした。しかし、それは涼子との決別ではなかった。涼子も一緒に、私は産着のような日常に包《くる》まれて行く。（四二九頁）

幻想性は産着のような現実世界に包まれ、二つの世界はこのように一つの幻想＝現実世界として結合される。ミステリとしての『姑獲鳥の夏』は、〈可能世界〉から〈経験世界〉への移行という謎解きを通じて〈幻想世界〉を〈現実世界〉へ引き込む幻想小説でもある。本質的に『姑獲鳥の夏』はミステリであり、そして幻想小説でもある。二重の世界を移動するテクストという点でミステリと幻想小説は踵を接しており、〈可能世界〉に〈経験世界〉を合わせる推理そのものが神秘性を志向するために、探偵小説は「現実味」といわれるものを失い、より強く幻想性を帯びることになる。テクストの最後を引用しよう。

見上げると雲ひとつない抜けるような青空である。もう梅雨はすっかり明けたのだ。

そして私は、坂のたぶん七分目あたりで、大きく溜め息を吐《つ》いた。（四二九頁）

関口が青空を見上げることによって謎が解けたことがわかるが、一方で坂の途中でため息をつくことによって、坂そのものの幻想性が保持されていることを示している。この保たれた幻想性は憑物落しという一連の動きによって、さらに強められた幻想性を持つことになる。こうして不可解な謎に対して科学的な位相を示し、すべての要素を科学性の世界に置き直すことで謎を解き、また謎から幻想性を取り払うはずの「憑物落し」は、逆に幻想性を強固なものとする働きを持つことになる。さらにいえば、この幻想性の強化というものは、探偵の推理が正しいというテーゼを持つミステリ一般における推理という行為が、そのテーゼのゆえに必ず持つことになる性質なのである。ホームズの推理がワトソンを魅了するのは、単に科学的に正しいというだけではなく、そこにこのような幻想性が備わっているからである。

このように見たとき、『姑獲鳥の夏』は単に幻想世界を描くという意味での幻想小説ではない。〈幻想世界〉の上に科学的に見える〈推理《アブダクション》の世界〉を構築し、一度幻想世界を解体した後に、〈推理〉が〈現実〉と一致する〈推理＝現実世界〉の中にその幻想性を持ち込むという入れ子状の構造を持っている。こうして科学的に見える謎解きすなわち「憑物落し」は、憑物を落とす行為であると同時に、憑物つまり妖怪を保存し強化する役割をも果たすことになる。

そして、〈幻想〉と〈推理＝現実〉という二つの物語世界が違和感なく結ばれているのは、京極堂の言説を裏打ちする榎木津、すなわち第三の世界が存在するためである。第三の世界は科学性と幻想性を重ね合わせることなくともに成立させる特異点の役割を果たしており、そのために三つの世界は全体として一つの構造を持ち、作品を安定させている。『姑獲鳥の夏』では、第一の〈幻想世界〉を第二の〈推理＝現実世界〉が説明することで包摂しながら、第二の世界全体に〈幻想性〉が付与されるという一種の相克関係が成立しているが、第三の榎木津の世界が両者から距離をとることで、かろうじて第一第二の世界が分裂してしまうことを免れている。

この意味で第三の世界は、第一第二の二つの世界の運動に外側から枠をはめる役割を果たしている。この枠は第一の〈幻想〉世界から見ると、第二の〈推理＝現実世界〉の中に幻想性を持ち込むことを促している。第二の世界から見ると、〈幻想性〉という無気味なもののイメージが持つ様々な可能性を〈推理＝現実世界〉へと引き込みつつ、推理を科学的な唯一の正解として現実に帰着させている。もし第三の世界が存在しなければ、あるいは様々な可能性を追求する推理が次々と登場し、唯一の正解は担保されなくなるかもしれない。あるいは幻想的で豊かなイメージは唯一の正解へと単純化され、科学性のみが強調されてしまうだろう。いずれの場合も幻想性と科学性とのどちらかが消え去ってしまうことになる。

このように、『姑獲鳥の夏』には、ほぼ同じ事物を備える〈幻想世界〉、〈推理＝現実世界〉という二つの物語世界が存在していると分析できるのだが、前者を成立させる〈幻想性〉の原理と後者の〈科学性〉のそれとは相克関係にある。さらに『姑獲鳥の夏』はミステリとして物語を展開させているため、〈科学性〉の原理に基づく物語世界の方は、最終的に推論とその正しさの証明という謎解きを行う必要がある。この謎解きは、推論によって形成される可能世界と、探偵の存在する物語世界を合致させる試みであるということになる。また、『姑獲鳥の夏』では、「憑物落し」と称される謎解きを行うとき、推論の正しさを保証する第三の物語世界が用意されている。この第三の物語世界は〈科学性〉の原理の他に〈幻想性〉の原理も成立させているため、正しい推論が保証されることによって構成される『姑獲鳥の夏』の最終的な物語世界では、〈幻想性〉と〈科学性〉という二つの原理が重ね合わされて成立することとなるのである。

注

（1） 永原孝道「視覚と言語との分裂――中禅寺と榎木津のペア原理について」（永瀬唯他『京極夏彦の世界』青弓社、一九九八年、所収）では榎木津を視覚のみ、京極堂を言説のみの人物と位置づけ、京極堂の「憑物落し」を超越論的批判だとしているが、本章ではこれはとらなかった。また、柳川貴之「境界線上の陰陽師――京極堂の時空」（『創元推理21』二〇〇二年秋号）では、京極堂は犯人が中心に位置する内部空間に対して全く違う説明を加える外部を作り出すという意味で境界線上に位置し、榎木津は探偵であることから内部に位置するとしている。柳川の論は主に『絡新婦の理』を用いてこの構図を組み立てつつ、京極堂の登場する作品一般に拡張したものである。これに対して本章は叙述トリックと物語世界の構築に関心を持っているため、『姑獲鳥の夏』のみに焦点を絞り、他のシリーズ作品への一般化は行わなかった。本章の立場は京極堂が特異な位置を占めるという見方は柳川の論文と共通しているが、どのように特異であるのかを含め、同じ登場人物でも配置は異なっている。

（2） 一見すると近代の科学的理性の表明と見られがちな推理がむしろ神秘性を暗示しているという笠井の指摘は重要である。つまり科学性と幻想性は近代性と前近代性として把握されがちであるが、ミステリの推論においては、本章で見てきたように科学性と幻想性は一体化されうる。そうすると戦前の本格・変格論争まで遡って、ミステリそのものの布置を科学的理性を強調するものと神秘的思考（ないしは幻想性）を強調するものという軸で整理した上で、その両者が一体であることを考慮して捉え返すことが、ミステリ論における今後の課題として求められよう。

ブックリスト

▼ウンベルト・エーコ『物語における読者』（篠原資明訳、青土社、一九九三年、原著一九七九年）
▼ジェラール・ジュネット『物語のディスクール』（花輪光・和泉涼一訳、水声社、一九八五年、原著一九七二年）
▼ジェラール・ジュネット『物語の詩学』（和泉涼一・青柳悦子訳、水声社、一九八五年、原著一九八三年）
▼カルロ・ギンズブルグ『神話・寓意・徴候』（竹山博英訳、せりか書房、一九八八年、原著一九八六年）
▼マリー＝ロール・ライアン『可能世界・人工知能・物語理論』（岩松正洋訳、水声社、二〇〇六年、原著一九九一年）

サスペンスの構造と『クラインの壺』『ジェノサイド』の比較考察

大森滋樹

本章ではまず、サスペンスの構造を考察していく。論展開上の都合で、理由は後で述べる。その後、ヴァーチャルな時空間を操作する作例として岡嶋二人『クラインの壺』(新潮文庫、一九九三年、初出は一九八九年)、高野和明『ジェノサイド』(角川書店、二〇一一年)を比較し、考察を述べていく。

一　サスペンスの原理的分析

さて、一般的なサスペンスの定義とは次のとおり。

サスペンス(suspense)
主人公の不安、緊張など緊迫した心理を描くもので、論理的な謎解きよりも主人公の恐怖感に主点が置かれるため、心理小説的な色彩が強い。(権田萬治・新保博久監修『日本ミステリー事典』

新潮社、二〇〇〇年）

これは「自由意思の拘束」という状況で示されることが多い。いわゆる「せっぱ詰まった状況」「緊急事態」である。その「主人公の不安、緊張」の心理を描くために、繰り返しよく使われる手段は以下の二つ。①「閉じこめる」「追いつめる」という空間を限定するもの。②制限時間を決め、その間に複雑な作業を手早く処理させ、刻々とセコンドを刻んでいく時間を限定するもの。これらはどちらも、登場人物の自由意思を拘束する。精神的な自由を失う状態は、つねに生命の危機と絡む形でプロットに組み込まれる。空間、時間この二つの方向のサスペンス機能の典型的なモデルを、ミステリの始祖といわれるE・A・ポーの作品から探すことができる。

①　空間限定型（スペースリミット）

空間を限定することで作中人物の行動の自由を奪う、ポーの作品として『早まった埋葬』（『ポオ小説全集3』東京創元推理文庫、一九七四年、初出は一八四四年）を示したい。主人公は「全身硬直症（一種の仮死状態）」の持病を持つ「わたし」。「わたし」は旅先で持病の発作が起こり、自分の病気のことを知らない医者が死亡宣告を下し、埋葬されたら……とつねに不安に襲われている。まだ生きているにもかかわらず、死を宣告され、棺桶に入れられ地中に埋葬されることの恐怖を描くのだ。あげくのはてには、仮死状態が長引き、持病のことを知っている友人、知人まで「こいつは死んでいるのでは」と思うかもしれない、と思い悩む。埋葬されてしまっては万事休すなので、事前に地下納骨室に脱出用の細工をほどこす。

密閉された空間（密室）からどのようにして出入りするか、は本格ミステリにおいて「密室もの」「密室トリック」としてコード化されている。つまり、空間をいかにコントロールするか、という点において、空間限定型のサスペンスは密室殺人と重なってくる。アメリカの本格ミステリ作家で密室ものをよく書いたジョン・ディクスン・カーは『三つの棺』（ハヤカワ文庫、一九七九年、初出は一九三五年）で、エスケープアーティスト（密閉空間の脱出トリックを主題化した奇術）のハリー・フーディーニに言及している。また次のような内容を作中人物に語らせる。「早まった埋葬」の結果、脱出への絶望的な努力の果てに棺の中で絶命した死者たちを人々が掘り返し、苦悶にゆがむ表情やよじれた全身の「蘇えった死者」を目の当たりにした恐怖から「吸血鬼伝説」が生まれたのだ、と。この作品では、「棺」は密室の比喩になっている。

② 時間限定型（タイムリミット）

時間を限定することで、作中人物の行動の自由を奪うポーの作品として、『メエルシュトレエムに呑まれて』（ポー、前掲書、初出は一八四一年）を提示したい。大渦巻きに巻き込まれた六時間の間、「流体のなかでは円筒形の物質が吸引力に対する抵抗力が大きい」という原理を利用し、限定された時間の中での時間の遅延に成功して漁師が危機を脱する、という内容の話だ。

時間をいかにコントロールするか、も本格ミステリにおいて「アリバイもの」「アリバイトリック」としてコード化されている。犯行時間に犯人が犯行現場にいないことを証明するのがアリバイだ。空間的に離れた場所におり、現場に移動するには時間が足りない。普通の方法ではX時間かかるはずで、現場に行き、犯行を実行し、他の場所に戻る時間をどのようにして捻出するか、がトリックになる。つまり、限定された時間の中から(移動に必要な)余分な時間を作り出すわけである。これはまさに『メエルシュトレエム』と同じ構造であり、時間限定型のサスペンスはこのような形になる(アリバイトリックには、犯行時間を実際より早かった、あるいは遅かったと誤認させる方法もあるが、時間をいかにコントロールするか、という発想自体は同じである)。

以上のように、①空間限定、②時間限定と単純に分けたが、実際にはその中間形態も多数、存在する。こういう単純な二分割は便宜上の手続きに過ぎない。わたしたちが活動している現実の世界が時空連続体をなしているからである。これはそのまま、物語世界に投影されている。SFにおいて本来、空間を移動するはずのスペースシップが光速に近づき、あるいは光速を超えてしまい、ウラシマ効果のせいで一種のタイムマシンとして機能する話はざらにある。

例えば、密室殺人トリックは一般に空間を操作するものと考えられている。わたし自身もそのようなことを前述しているわけだが、実は必ずしもそうではない。例えば「時間差密室」というトリックが存在する。

銃声が聞こえ、殺人現場の部屋に行ってみると鍵がかかっており、密室である。ドアを叩きこわし、室内に侵入する。被害者は射殺されており、窓も内側から施錠されている。「時間差密室」とは、このような状況で犯行時間の誤認を利用し、密室を作るトリックだ。犯人はすでに消音銃で被害者を殺害しており、消音器をはずした凶器を室内に残して部屋の外に出、施錠する。タイミングをみはからい、密室周辺の屋外で空に向け、別の銃を発砲する。この場合、推定犯行時間をずらす、つまりむしろ、時間をコントロールすることで密室状況を形成している。(1)

また例えば、アリバイトリックは一般に、時間を操作するものとみなされている。わたし自身もそのようなことを前述しているわけだが、実は必ずしもそうではない。例えば次のようなトリックが存在する。時刻表に掲載されている地図では離れている駅と駅が、現地に行ってみると、歩いて数分の距離の近さで、路線Aから路線Bへの乗換えが簡単にできてしまう。こうして犯人は空間をコントロールすることでアリバイトリックを成立させてしまうのだ。

ミステリにおける密室トリックに時間が利用され、アリバイトリックに空間が利用されるように、サスペンスにおいて空間限定型に時間の要素が混入し、時間限定型に空間の要素が混入することがある。

例えばハリウッド映画『イレイザー』(一九九六年)には次のような状況がサスペンスに利用される。主人公(アーノルド・シュワルツェネッガーが演じている)がパラシュートなしで、スカイダイビングする。すでにダイブした敵がパラシュートを装着しており、彼は地面に激突する前に敵のパラシュートを奪取しなければならない。大空にいるからといって空間的に自由なわけではない。ものすごい風圧のせいで、むしろ手足の自由は利かない。弾丸のように落ち、敵のそばに近づき、タックルし、格闘し、パラシュートを奪うのだ。眼下の地面が刻々と迫る中で。

このような状況では空間限定と時間限定が混在している。われわれの生活環境が三次元の空間と第四次元の時間の連続体だからである。

円錐の例を挙げよう。クリスマスのときに頭にかぶる三角帽――円錐は、三角形と円が同時に存在する空間図形である。ある角度から見ると三角形、別の角度から見ると円だ。しかし、だいたいは丸みを帯びた三角だったり、角のとがったまるだったり、純粋の三角、円に見えることはまれである。このように、空間限定、時間限定という用語もあくまで理論的に設定されたもの、とご了解いただきたい。

これ以外にも「貧苦や借金――経済的な逼迫」「犯罪傾向の遺伝との闘い」「人質をとられる」「誤解による悪意の中傷、排斥」「全国指名手配」「女性、老人、子供、障害者――社会的弱者」「結婚生活(!)」など、分析概念としてのサスペンス機能はいろいろ考えられる。しかし今回は、空間限定型、時間限定型の二つに絞って話をしていくつもりである。

二　探偵小説とサスペンス時空間

一九世紀は科学技術が発達し、蒸気機関車が走り、ガス灯が夜の街路を照らし、情報・通信技術、新聞などのマスメディアも進化した。空間や時間をいかにコントロールするかという欲求はスピードへの欲求とつながっている。サスペンスやミステリは、この大衆的な欲求を物語として吸収し、形を与えたジャンルだといえる。もちろん、もう一つの代表的なジャンルはSFであり、空間コントロールは宇宙船、時間コントロールはタイムマシンという「物語装置」を生んだ。空間や時間を制限しつつ、すばやいアクションを要求されるのは軍隊の作戦行動、警察の捜査活動でもある。ゆえに、この構造は軍事冒険小説やスパイ小説、警察小説にも利用されている。

トリック以外にも、空間・時間限定は次のように利用されている。

ミステリの成立条件として都市空間の群衆性が指摘された。例えば笠井潔は『探偵小説論序説』(光文社、二〇〇二年)で、ヴァルター・ベンヤミンの「探偵小説の根源的な社会的内容は、大都市の群衆のなかでは個人の痕跡が消えることである」という文句を引用する。ちょうど、密林の中に猛獣がおり、折れた枝や泥の上の足跡から狩人がその行方を追跡するように、無名で特徴のない群衆の中に埋没した犯人を指紋や血液型を手がかりに探偵が追跡するという。ミステリを探偵の側から都市型冒険小説の変型と捉えるなら、このような読み取り方になる。だが、被害者の側からこの問題を考えると、都市という迷宮のように入り組んだ(閉鎖)空間で、いつ、どことも知れない瞬間、地点で猛獣=犯人に襲われかねない状況なのだ。一九世紀末にロンドンを震撼させた切り裂きジャックは、都市型猟奇連続殺人犯の先駆けとなったが、これは迷宮=ラビリンスの中、いつどこでばったり遭遇するか知れないミノタウロスに襲われる、生贄の七人の少年少女の恐怖だろう。このような状況と足並みをそろえ、最初のミステリと呼ばれる『モルグ街の殺人』(ポー、前掲書、初出は一八四一年)には安楽椅子型の探偵が登場する。一八八八年の切り裂きジャック事件に先駆けること、四七年である。

モルグ街のアパートの一室で発生した猟奇殺人事件を探偵役のデュパンが解決するこの物語は、完全な安楽椅子探偵ものではない。デュパンは犯行現場に出向き、実地の捜査を実施している。しかし、基本的には新聞の情報をもとに推理し、都市群衆の中から関係者を新聞広告でおびき出し、真相を暴露している。豊富な人員を有し、広域捜査が可能な警察組織より、部屋の外に一歩も出ず、断片的な情報から真相を見抜く安楽椅子型の探偵の方が、時間・空間の制限を受けているといえる。時空間制限という観点から見ると、安楽椅子探偵の物語はサスペンスの構造を内包しているのだ。

ただし、ミステリにおいて探偵役が殺されることはまず、ない。物語の途中で探偵が殺されると、真相が明らかにならないまま話は終わる。チェーホフは「話のなかでピストルが出てきたら、どこかで必ず引き金がひかれなければならない」といったが、ユーザーフレンドリーなエンターテインメントの物語は愚直にこの約束を履行しようとする。誤解があれば解かれねばならない。予言があれば成就しなければならない。離ればなれの恋人同士はいつか再会しなければならない。謎があれば、解決しなければならない。「論展開の都合で理由は後で」といわれれば、理由は後に出てくる。トラブルとその解決が物語に枠をはめ、読者の期待の地平を構成する。先の展開に興味を持たせ、ページをめくらせる機能として作用するのだ。もちろん、その約束をあえて破る、批評性の高い作品も過去にあるが、作例は少なく、本流ではない。

あるいは映画化もされたジェフリー・ディーヴァー『ボーン・コレクター』(一九九七年)のように、安楽椅子探偵が首から下の動かない障害者で、パートナーの女性警官がヘッドセットを装着し、探偵の指示を受けながら危地に乗り込む趣向も考え出された。この手法、最初のインパクトは強烈だったが、人気が出てシリーズ化され、探偵役も助手役も死なないことが明らかになってきている。

探偵役が途中で死なないことを読者は「知っている」ので、彼(女)は安全圏から推理することになる。探偵=狩人の方に感情移入している読者は、犯人=猛獣に襲われる不安を味わうことがない。だから一般に、謎解きミステリがサスペンス構造を内包していたとしても、不安や焦燥、焦慮、ハラハラドキドキを感じることがまれなのだ。

だが、構造自体が持っているサスペンス性が、プロットに影響を与えないはずがない。その性質を意識的に利用し、アガサ・クリスティは、後に自ら最も気に入った作品と述べることになる『そして誰もいなくなった』(一九三九年)を書く。(2) インディアン島に招かれた十人の人間が、「十人のインディアン」という童謡の歌詞どおりに殺されていくのである。この物語には作者おなじみのポアロ、ミス・マープルといった名探偵は登場しない。探偵役が不明なまま、登場人物たちが次々殺されていく。ラビリンスの中で怪物に殺されていく生贄の少年少女の恐怖が甦ったのである。日本ではこの作例は、新本格ムーブメント(一九八七年)以降、綾辻行人『十角館の殺人』(一九八七年)から米澤穂信『インシテミル』(二〇〇七年)まで多様に展開している。

こういう、いわゆる「孤島もの」が空間限定型とするなら、ジョナサン・ラティマーの『処刑六日前』(一九三五年)、ウィリアム・アイリッシュの『幻の女』(一九四二年)は時間限定サスペンスと犯罪捜査を絡めた作品といえる。どちらも無実の罪で死刑が確定した人物を救うためにタイムリミット(＝時間限定)が設定されており、その中で真犯人を特定するプロットになっている。特に後者は、江戸川乱歩が戦後すぐ、「昭和二十一年二月二十日読了、新らしき探偵小説現われたり。世界十傑に値す。直ちに訳すべし。不可解性、サスペンス、スリル、意外性、申分なし」(『探偵小説四十年(下)』光文社文庫、二〇〇六年、初出は一九六一年)と絶賛したことで有名である。

さて、『二銭銅貨』(一九二二年)でデビューした乱歩だが、初期の謎解きを意識した作風から、『一寸法師』(朝日新聞連載、一九二六〜二七年)以降、「通俗もの」に変化していくことはよく知られている。乱歩自身の評価も初期作品が高く、「通俗もの」は低い。しかし、大衆的、市場的成功は明らかに後者の方だ。コアな謎解きファン、文学者、作家たちは知的で、乱歩的センスが横溢する初期の作風を好むが、『孤島の鬼』(一九三〇年)、『蜘蛛男』(一九三〇年)、『黄金仮面』(一九三一年)、『人間豹』(一九三五年)などで彼が文壇を制覇していったことは疑えない。黒岩涙香とモーリス・ルブランを意識して書かれた「通俗もの」がこれほど、大衆的な人気を博したこと、また先の『幻の女』絶賛の文句から、わたし自身は乱歩の個性をむしろそのサスペンス性に見ている。サスペンス作家としての乱歩の傑作はやはり『孤島の鬼』であり、ここでも地下の迷宮洞窟に閉じ込められ、死の危険に襲われる恐怖が描かれるのである。

乱歩のこうした例からも窺えるが従来、サスペンス的なものは大衆受けがよく、知的な考察の対象にあまりなっていなかった。ミステリの分析にはミステリ作家で評論も書く法月綸太郎、小森健太朗のように謎解きの論理性をめぐるもの、あるいは笠井潔のように社会的歴史的な背景を探る社会学的なものが多い。物語、文学としてミステリを読むとき、まずはテキストの構造の特徴に焦点を結ぶべきだろう。この場合、法月や笠井が注目したのは「本格」ミステリという謎解きに特化した作品だった。本格ミステリは断続的にブームがあるが、市場からほとんど姿を消すような「冬の時代」も体験している(松本清張が主導する社会派ミステリ全盛の時代である)。しかし、そこに潜在するサスペンス性に注目すると、それがハードボイルド、スパイ小説、警察小説、社会派ミステリ、SF、冒険小説などエンターテインメント小説のほぼ全領域をカバーする特徴であることがわかる。なるほど、このように「何にでも適用できる」オールマイティの構造は、また逆に、さまざまな社会、歴史的文脈に結びつくため、何でもありの分析が可能になるかもしれない。ジャンルを横断してしまうために、特定の論点に絞り込めず、散漫な印象を読み手に与えてしまう危険もある。

だが、それでもあえて分析の対象にするべきだと考える。理由は以下の二つだ。まず、その概念が曖昧である。冒頭に提示した「不安、緊張を描く」では、意味の方向性を示すだけだ。他に「宙吊り」という説明もある。これは英語の「suspend」の意味、「つるす」「ぶらさげる」と関連しており、「結果がはっきりするまで遅延される、宙吊り状態＝不安定で焦慮、緊張する心理状態」というわけである。単純に「不安、緊張」とするより、ましであるが、まだ不十分だろう。単に「宙吊り」するのではない、「時間、空間の枠組みを設定し、その上で引き伸ばす」のである。また例えば、サスペンス映画の巨匠アルフレッド・ヒッチコックは「乗るべき汽車の時刻に間に合うために必死に走っていくのがサスペンス、発車間際の列車のステップにしがみつくのがスリル」という。この説明では、サスペンスとスリルの違いがよくわからない。前者が時間限定、後者は空間限定である。連名の実作者でもあり、理論家でもあったボワロー&ナルスジャック――ヒッチコックの映画『めまい』(一九五八年)の原作者――は『推理小説論』(紀伊國屋書店、一九六四年)で新しい推理小説を唱えるために「サスペンス」と「恐怖」をあえて混同している。

もう一つは、先ほどの記述と重なるが、エンターテインメント小説全般に広がり、利用されているからである。これほど広範に使われている構造が考察の対象にならないというのは、知的な怠慢といえるだろう。なるほど、あまりにさまざまな分析上の切り口があるのは確かである。だから今回は、物語時空間に注目し、考察の枠を設定した。これが犯罪捜査を主眼とするミステリと根源的な接点を持つ、と考えるからだ。

犯罪捜査を犯人逮捕の面に注目するなら、狩りに似ている。それは追跡だ。追われるものと追うものがいる。逃げる側は犯跡をくらませ、自らの痕跡を残さず、容疑者の中で目立たぬようにふるまうことになる。また、追跡者はわずかに残った断片的な証拠をもとに逃亡者の行方を探る。徐々に追いつめ、相手に気取られぬようこっそり近づき、巧妙に罠を仕掛ける。ここに自動的に「自由意思の拘束」が発生する。映画のカーチェイスが典型だが、「追う―追われる」の追いかけっこは、一種の空間限定型のサスペンスなのだ。追う方は「追いつめる」「逃げ場をなくそう」とする。追われる方は「より広い空間を求める」「逃げのびよう」とする。

三　高度経済成長と時空間コントロール

戦前から戦後にかけて、通気性、開放性の高い日本家屋で密室殺人を構成するのは難しい、という評言があった。高温多湿の日本の風土(北海道は別だが)では、締め切った空間ではカビ、ムシ、細菌の繁殖が促進され、生活上のリスクが上がる。ゆえに、なるべく厚い壁をとりはらい、紙や木の材質で家屋を建築することは一種の危機管理であった。ところが日本で都市化が急速に進む一九六〇年代、七〇年代に入ると、密室が当たり前に存在するようになってくる。例えば、高速で移動する交通機関の客車、高層ホテルの客室、高級ホテル並みのセキュリティを提供するマンションなど、日本社会に「密室」が普及していく。「日本家屋は欧米の住宅より気密性が低いので密室殺人ものを書きにくい」という言説が過去のものになっていくのだ。

この頃流行したミステリは松本清張や森村誠一だが、両者とも、日本社会の時空間の変容と作風が深く関係している。松本は出自に劣等感があり、なんとかして苦境を逆転させようとする犯罪者を作中人物として量産する。不幸な出自や境遇、現在の逆境をコントロールし、有利な状況に転換するため、時間と空間を利用する。サスペンス構造が大衆芸術に底流として存在するのは、二〇世紀全体を流れる、合理化や能率化を推し進める社会の動き、機械文明と無縁ではない。特に二〇世紀後半、高度経済成長を迎えた日本は高速道路、新幹線、航空機といった移動方法、電話やファクシミリといった情報通信手段が発達、普及していった。これらを自在に操ることと、企業組織が業績をのばし、成長し、個人が出世し、社会的な地位を得ることには密接な関係があった。状況や他人を支配し、制御するためには、時空間や情報を有利にコントロールしなければならない。

そして、主要都市の高級ホテルはこういう最先端の情報通信交通ネットワークの結節点だったろう。利用客の要求に応じるため、従業員は交通機関のタイムスケジュールに習熟し、通信機器のスマートな取り扱いにも通じていなければならない。ここには、現実の時空間とは別の、二〇世紀文明によって築かれた架空の情報空間・時間が存在する。現実の時空間をベースにしているが、その架空の時空間は人間の都合に合わせて歪み、変形されている。大都市は情報交通ネットワークで互いに結ばれるが、その間に現実に存在する小さな町、村は重視されない。主要都市の駅、空港のそばのホテルは互いに、旅行者の移動のネットワークとして組織されるが、その隙間の現実の個人の住居は公的には存在を軽視される。重力の強い場所で空間が歪んだような架空の地勢図が日本、世界を覆うのである。個人はその欲望を成就するため、この架空の時空間の地勢図に習熟し、自在に扱えねばならない。

このような地勢図は一九世紀にももちろん存在した。だが、その高速化は百年前と比較を絶していただろう。ホテルマンだった森村誠一は、この高速化、巨大化、精緻化した地勢図に精通していたはずだ。

超高層ホテル最上階での密室殺人を描いた『高層の死角』(一九六九年)で、江戸川乱歩賞を受賞した森村は、オイルショック(一九七三年)で日本経済の急成長が一頓挫する直前に、『超高層ホテル殺人事件』(一九七一年)、『東京空港殺人事件』(一九七一年)など、密度の高い本格社会派ミステリを矢つぎばやに量産していた。

『超高層ホテル殺人事件』では一九七〇年の大阪万博、七二年の札幌冬季オリンピックと国際的イベントが日本で続き、経済成長率世界一位、国民総生産自由世界二位のこの国の市場への国際的関心が高まっている状況を解説する。ホテルが一つ建設されると、それは単に建物がつくられただけではない。航空、鉄道、通信、食品、家電、衣類、寝具、石油、不動産など、さまざまな業界にまたがって資本が移動するのである。

また、『東京空港殺人事件』では、エアバスが導入され、安価で大量の旅客移動が可能になり、東京―ロサンゼルスが六時間前後となる時代風景が説明される。世界の主要都市を一日のオフィスアワーの範囲で移動する「世界八時間体制」が世界の航空業界の目標だ。新ジェット機の値段は一機、数十億から百億円(当時の値段である)。セールスが成立すると巨額のマネーが動く。

森村の名前を一躍高めた『高層の死角』が、そもそも航空機、自動車、列車といった複数の路線を絡め、アリバイトリックを編み出したものである。彼の初期作品ではおおむね、犯人たちは業界のエリートで「陽の当たる場所」に出るため、警察の思いつかないような複雑な地勢図のネットワークを利用する。架空の時空間をいかに都合よく利用するかが、完全犯罪の要点なのだ。

都市に集まったのは自分の欲望を合理的に成就する手段と機会を得るため。交通機関の座席も、生活のための住居も、違いはない。それらは移動の過程でほんのかりそめ身を休めるホテルの部屋のようなものなのだ。こうして、われわれは高速化された架空のネットワークの上で生活を営み始める。そして一九九五年、マイクロソフトのWindows95が日本で発売され、情報通信の架空世界がアナログからデジタルへ、さらに精密化、高速化される。インターネットを介した時間、空間のコントロールが可能になり、それは当然、物語の時空間にも影響を与える。

四　岡嶋二人『クラインの壺』のバーチャル時空間

外側の時空間の変容は、内面意識の時空間の感覚を変えていく。この構造は相互影響的に進展する。われわれが道具を手にし、道具が手の延長となったとき、われわれ自身の身体空間が変容したように。

どんな人間——動物にも、テリトリー空間がある。これは心理的な空間で伸縮自在である。広い教室にあなたがたった一人しかいないとき、あなたのテリトリー空間は教室いっぱいに広がり、自由で開放的な気分にひたれる。しかし、そこに誰か入室し、あなたと空間を分有したとたん、テリトリー空間は半分に縮む。入室人数が増えれば増えるほど、テリトリー空間はどんどん縮減する。

逆に、何か武器——棍棒を手にすると、あなたのテリトリー空間は棍棒の延長分、伸張する。棍棒を円を描くように振り回せば、さらに縄張りは拡大する。手にするものを剣に、槍に、鉄砲に、バズーカ砲に、ロケットランチャーに……と持ち替えていくと、そのテリトリー空間が国境線に拡張されていくことが理解されるだろう。もちろん、国境線は現実には存在しない。しかし、「国境線など存在しない」という言説は政治的文脈において、物議をかもす。手にした棍棒が、われわれの内面の時空間意識を変えてしまったのだ。

なるほど、人間はしょせん、架空の時空間しか持ちえない。それが抽象的な記号を操ることで成立する社会というものだからだ。アマゾンのいわゆる「未開社会」でさえ、人間社会である限り、そこは架空の時空間、バーチャルな時空間だろう。もし、「現実」というものを考えるのなら、それはカントの「物自体」のように、人間には決して触知しえない時空間に違いない。

ここから考察したいのは、新しい時空認識が登場したときの、二つの極端な受け止め方である。時空をコントロールするサスペンスにおいて、新しいバーチャル時空間をどう操作するかは作品のテーマや主題と関連してくるはずだ。

機械文明の新技術が登場すると、それは人間の意識を変えていく。わたしたちはそのテクノロジーに慣れ、自在にコントロールできるようにならなければならない。技術を人間側に引き寄せる、この擬人化は、日常生活のさまざまな形で試みられる。例えば、「写真にうつると魂を吸いとられる」「死んだ人と電話で話をした」「運転手のいない自動車が高速道路を走っている」といった怪談。一九八〇年代後半から日本に普及した家庭用ヴィデオを用いたホラー小説、鈴木光司『リング』(一九九一年)も、この文脈で考察することができるだろう。

家庭用ヴィデオの普及とほぼ足並みをそろえ、日本のテレビを番組視聴以外の使い方で占領したのがテレビゲームだった。それまでゲームセンター、喫茶店に設置されているだけだったコンピュータゲームが一九八〇年代に家庭用に普及していく。

読書行為とテリトリー空間は、いわゆる「感情移入」という問題において密接な関係にある、とわたしは考えるが、同じことがゲーム一般においていえる。テレビゲームのゲーム空間でなくても、将棋やサッカー、野球などのゲームの時空の中にわたしたちは入っていく。それは架空の時空間である。

『クラインの壺』は一九八九年、一般家庭にテレビゲームが急速に普及した頃、出版された。作者の岡嶋二人は井上夢人と田奈純一の合作ペンネームだ。井上が五〇年、田奈が四三年生まれである。吉川英治文学新人賞を受賞した『九九%の誘拐』(徳間文庫、一九九〇年、初出は一九八八年)にはコードレス電話、ボイススイッチ機能のヘッドセット、パソコン五台、デジタル通信機四台など、当時のハイテク装置をフルに使いこなす犯人が登場する。森村誠一の高速交通機関の操作が、この作品では高度な通信情報操作にスイッチしている。このような科学技術と情報操作の深化の果てに、『クラインの壺』が書かれた。

主人公の青年、上杉彰彦は「ブレイン・シンドローム」というゲームのシナリオをアドベンチャー・ゲームブックの公募作品として書き上げる。アフリカの小国に監禁された科学者を、プレイヤーがスパイとなって救出する物語だ。その科学者は超小型の電子回路を脳に埋め込み、完全無欠な兵士を作り上げる研究をしていた。「ブレイン・シンドローム」は、イプシロン・プロジェクトという会社の目にとまり、その会社の、実験的で革命的なヴァーチャル・ゲームのモニターを彰彦は依頼される。「KLEIN（クライン）―2」と呼ばれる、全身を覆う「壺」の中に被験者は裸で入り込み、視覚、聴覚、味覚、嗅覚、触覚に現実そっくりの刺激情報をインプットされるのだ。体験されるゲーム空間は、「壺」の外側の現実空間と区別がつかないほどリアルである。架空の地勢図は外側にも内側にも存在するのであり、これは現在、わたしたちがネット空間で体験していることだ。

そのうち、一緒にモニターを体験していた高石梨沙が何らかのトラブルに巻き込まれ、彰彦には自分が「壺」の内側にいるのか、外側にいるのか次第に区別がつかなくなってくる。イプシロン・プロジェクトの背後にはアメリカCIAの科学技術部が存在し、ふたりはどうやら、何らかの科学兵器の実験台にされているようなのだ。

さまざまな哲学者、心理学者、思想家が指摘するように、わたしたちにとって究極の現実とは死である。架空の時空のゲームにおいて、死は擬似的に体験されるが、もちろんそんなものは死ではない。死とはきわめて身体的な現象であり、わたしたちが死や身体を通して現実を認識するのはこれも常識的な議論である。成長や老化、病気やケガ、出産や食事、排泄などを通し、身体という外部世界と意識は妥協し、適応していく。この妥協や適応の産物の一つに、倫理や道徳がある。個人の意識が死やケガを忌避するように、他人の意識も死やケガ、感染症などを回避する。社会生活は相互保障で成り立つが、その背景には意識同士のシンパシイ(相互不可侵の無自覚的な契約の信憑)があるはずだ。

だが、死も老化もケガも夢の世界同様、擬似的に体験されるだけだとしたら、どうか。倫理観や道徳観念は存在の根拠を失っていくだろう。『クラインの壺』でまず指摘できるのは、こうした倫理観の低下、喪失である。(3)

ゲームシナリオの「ブレイン・シンドローム」はそもそも、謎解き型のアドベンチャーゲームとして構想されていた。モニターとしてゲームに参加するプレイヤーは、断片的な手がかりから推理を組み立て、監禁された科学者の居場所を突き止める。シナリオの作者の彰彦はゲームのその性格を熟知しているので、一つ一つ手がかりとなる情報を獲得するアプローチでゲームを進める。ところが、もう一人のモニター参加者である梨沙は、このシナリオを一種のシューティングゲームと解釈し、登場する敵キャラクターを次々銃撃し、博士の居場所を強引に探る。ゲームに一三回参加した段階で、彼女が殺害した敵は六八人。プロジェクトのスタッフは「まるであなた、好んで殺し回っているみたいに見える」と評する。次第に、大統領官邸に忍び込むという当初の目的を忘れ、彼女はやみくもに銃撃戦を開始するようになる。ゲームは全く進展しない。警戒の厳重な官邸は彼女の攻撃に当然、応戦し、いつもプレイヤーが撃ち殺されてゲームオーバーになるからだ。そこで、ある程度敵を殺せば官邸に近づけるよう、プロジェクトスタッフはプログラムの改変を余儀なくされる。ただし、プレイヤーが捕まると、苛酷な拷問が待っており、この後、梨沙は行方不明になる。拷問の苦痛もきわめてリアルに再現されるので、心臓麻痺か何かで、突然死したことが疑われるのである。

また、いなくなった梨沙の代わりのモニター、豊浦利也は「KLEIN－2」のリアリティの高さに驚嘆する。そして、「ポルノ・アドヴェンチャー」を作るべきだと提案するのだ。男性用と女性用を作り、男だったらカサノバ、女だったらエマニュエル夫人の役になり、「やりたいだけやりまくる」、絶対にヒットする、と彼は言うのである。今度はゲーム中に異性を口説いてみる、とまで宣言する。

梨沙も利也も、ゲームを自分の欲求や願望に引き寄せ、自由に操ろうとするのだが、その率直な欲求は「KLEIN－2」の外では決して実現できないものである。そして利也はゲームの進行に失敗し、拷問で焼き鏝《ごて》を膝に押しつけられる。結局、ゲームの時空間をコントロールするのに失敗するのだ。自分の欲望を充足させるために、新技術が生み出した架空の時空間を操ろうとし挫折する、森村誠一の作品に登場するエリート犯罪者のように。

主人公の彰彦にとっても事態は深刻である。彼は現実感を喪失する。この場合、決定的な要素となるのが「待ち合わせ」である。待ち合わせとは時間と空間を一致させ、そこに該当者たちが出向く行為だ。時間が合っていても空間がずれていれば成立しない。空間が一致していても、時間が合っていなければ待ちぼうけをくらう。この場合、待たされているだけなら、先着者は待つだろう。携帯電話が存在せず、気軽に連絡を取り合える時代ではない。独り暮らしだったら、部屋に電話があるかどうかも微妙な時代である。個人的な感覚では、時間に余裕があれば三〇分〜一時間待つこともあるが、それ以上待ち続けるには相当な忍耐と寛容が必要となる。

梨沙の友人、真壁七美という少女が「梨沙が行方不明になった」と彰彦に訴える。二人は「KLEIN―2」とはそもそも何なのか、その背後には何があるのか、新聞社の記事情報サービスセンターで過去の新聞記事をデータ検索し、調査していく。そこでこのプロジェクトがそもそもアメリカで行われていたこと、軍やCIAの関与が疑われることを突き止めるのである。こういう調査や情報交換のために、二人は二子玉川の高島屋デパート新館、一階の噴水広場のベンチに「翌日の午後五時半」、待ち合わせをする。所定の場所、五分前に彰彦は到着する。ベンチに腰をおろし、七美を待つ。だが、彼女は現れない。六時になってもやって来ない。六時半になって、彰彦は立ち上がり、七美が仮住まいしているはずの渋谷の梨沙のアパートまで行ってみる。だが、部屋の扉をノックしても応答はなく、ひとの気配もない。結局、自分のアパートに帰り、寝てしまう。

翌日早朝、ドアチャイムでたたき起こされ、部屋の扉を開けると、七美が立っている。「わたしは定刻に待ち合わせ場所に行った。あらわれなかったのは彰彦くんのほうだ」と彼女は言うのだ。「ぼくは行った」「いや、いなかった」と押し問答になるのだが、彰彦は次第に、次のような可能性に気づき始める。「昨日の午後五時二五分に二子の高島屋に行ったというのは、「KLEIN―2」のなかで与えられた擬似現実ではないか。自分はあの時間、まだ壺のなかにいたのではないのか」。

こうして彰彦は自分が壺の「外」＝現実にいるのか、「内」＝擬似現実にいるのか、区別がつかなくなってくる。それをはっきりさせるためには、死んでみるしかない。自殺を試み、それでも何ごともなかったように目が覚めるのなら、それは壺の「内」だ。だが、もし自分が「外」にいるのなら……。

時空限定を加え、そこから話を引き伸ばすことでサスペンスが発生するのが一般的である。『クラインの壺』でも事情は基本的に変わらない。主人公が「壺」の中に閉じ込められているとしたら、その「壺」は「棺桶」だ。ポーの「早まった埋葬」である。しかし、ここで岡嶋が試みているのは限定した時空の「外」か「内」か判断がつかないという事態だ。「外」に出た、と思ってもそれが、入れ子構造の覚めない悪夢のように、相変わらず「内」に閉じ込められているかもしれないという恐怖である。新しいテクノロジーが提示するバーチャルな時空を身体化するときの混乱が、この作品のリアリティの背景にあるのだ(4)。

五　高野和明『ジェノサイド』のバーチャル時空間

一九九九年に公開された映画『マトリックス』(脚本・監督はラナ――旧称ラリー――&アン

ディー・ウォシャウスキー）はリアルな仮想現実、ネット空間を完全にコントロールする存在はどのように物語的に設定されるか、を考察するとき、重要な作品である。この映画の劇場版パンフレットでSF評論家の巽孝之はウィリアム・ギブスン『ニューロマンサー』（一九八四年）の世界観の視覚映像化の成功例と評価した。

主人公のネオは「予言されていた救世主」として設定される。擬似時空間で放たれた銃弾を背泳ぎするように両手を振り回して避ける動作は、子供たちに人気だった。仮想時空間に侵入する他の登場人物は、銃弾を避けることができない。「避けられるはずがない」という現実的な先入観が、精神的な抑止となり、銃撃を浴びてしまう。しかし、いちど心肺停止から蘇生したネオは、擬似時空間がフェイクであることを完全に認知する。ラストシーンでは空を飛んでみせる。これは管理社会批判と精神的覚醒の物語としても受け取れ、実際、フランソワ・トリュフォーの映画『華氏451』（一九六六年）——もちろん、レイ・ブラッドベリの原作にも——とプロットがよく似ている。ここでは、一九九〇年代の末に、ハリウッド映画でリアルな仮想現実を完全にコントロールするヒーローが「救世主」というユダヤ・キリスト教的な文脈で理解され、それが世界的にヒットしたことをまず、指摘しておきたい。(5)

第四七回江戸川乱歩賞を受賞した『13階段』（二〇〇一年）でデビューした高野和明は、自作に意識的にサスペンス構造を利用する作家である。一九六四年生まれの高野は岡嶋二人の井上や田奈より一〇～二〇年、後の世代だ。『クラインの壺』からも約二〇年経っているが、環境に対する適応は新世代の方が期待される。大人になってから電話やテレビが発明され、普及した世代より、子供の頃から馴れ親しんでいる世代の方が新技術を容易に操作できるだろうと思われる。インターネットに対しても、若年世代の方が習熟していると「信憑」される。

高野の『ジェノサイド』の内容は以下のとおり。

アフリカ、コンゴ共和国東部イトゥリの森のピグミーの一族から、現生人類の進化生物が生まれた。この生物は知能にすぐれ、「複雑な全体をとっさに把握する能力」を持つ。現代暗号の読解に必要なアルゴリズムを考案する危険があり、ホワイトハウス(大統領はグレゴリー・バーンズ)はこの生物の暗殺を計画する。民間軍事会社の傭兵ジョナサン・イエーガーら四人のチームをイトゥリに派遣し、ミッションの実行を試みる。しかし、まだ三歳の子供であるこの新人類アキリの後見人、ナイジェル・ピアースの説得と交換条件によって、彼らは新人類を守り、アフリカから脱出することを決意する。

交換条件とは、肺胞上皮細胞硬化症という難病にかかった、イエーガーの息子のための特効薬を開発し、提供することである。日本の大学の薬学部の大学院生である古賀研人《けんと》が、新人類から提供されたGIFTというソフトを利用して、一カ月以内に開発するという。

作戦指揮所で新人類抹殺作戦は「ネメシス作戦」と呼ばれ、国防総省、CIA、FBIが総力をあげて極秘に展開する。イエーガーらは、この包囲網と攻撃をくぐりぬけ、アフリカを抜け出すことになる。

単にサスペンス小説というだけでなく、冒険小説、スパイ小説、SFなど、さまざまなジャンルを複合的に取り込んだエンターテインメント小説である。しかし、なによりこのテキストのプロットは、『クラインの壺』のゲームシナリオ「ブレイン・シンドローム」を連想させる。舞台はアフリカで、警戒厳重の包囲網から重要人物を脱出させる話なのだ。

サスペンス機能である空間限定と時間限定はかなり意識的に設定されている。テキスト内は大きく二つの物語空間に分割される。まず、アキリの住むアフリカ、コンゴ。それから古賀研人の住む東京。前者では主に空間限定のサスペンス、後者では主として時間限定のサスペンスが利用されている。

空間限定はアフリカのコンゴそのものだ。これが、この物語の代表的な「棺桶」である。行く手をはばむジャングルや川。川にはかならずワニがいる。また、ウガンダ国境までの約一三キロの間に二〇以上の武装勢力が存在する。彼らは合衆国がイエーガーらを国際テロリストとして指名手配したのを受け、報奨金目当てに攻撃をしかけてくる。頭上では偵察衛星が旋回し、ジャングルの樹冠がなければ、位置が確認される。つまり、上空に偵察衛星が来る時間帯には空の見える場所にいられない。位置情報が判明すれば、ケニア駐留の米軍基地から無人偵察機プレデターが飛来し、対戦車ミサイルを撃ち込んでくる。

時間限定は主に東京の研人について演出されている。まず、イエーガーの息子のために新薬を開発する約束は、そもそも研人の父親、古賀誠治がしたものだ。誠治が急死したため、研人がその遺志を継ぐことになった。「二月二八日までに」開発するように、とタイムリミットが指定されている。また、新薬に必要な化合物を合成するソフトのGIFTは、データ処理の時間を必ず表記する。「Remain Time 00:03:11」「Remain Time 01:41:13」「Remain Time 42:15:34」といった数字が表示され、毎回、カウントダウンになる。

こうした時空間制限の試練を主人公たちはなんとかクリアしていくわけだが、合衆国の軍や情報機関の裏をかき、ときに逆襲するのは、一般人では無理である。そこで高野は「新人類」(アキリとその姉エマ)というキャラクターを設定する。新人類は「複雑な全体を一瞬に把握する」能力を持つ。アキリは枝を離れた木の葉が地面のどこに落ちるか当ててみせる。イエーガーたちはイトゥリの森で武装勢力に三方向から包囲されるが、研人によって衛星通信回線から提供される位置情報をもとに、どこに手榴弾を投擲すれば三つの武装勢力が混乱するか、そのときの最適な脱出ルートはどこか、をアキリは即座に感知する。さらに、ケープタウンで航空機を強奪したイエーガーたちがアフリカを脱出するシークエンスでは、西へ向かうジェット気流のいちばん速いところに乗って燃料を節約するが、フライトプランは新人類のエマが作成したものだ。かなり正確な気象予報ができるのである。

刻々と変化する時間と空間の状況に対応し、最適の一手を打つ。これと、『クラインの壺』の「待ち合わせ」の失敗を比較してみよう。前者は通常時空間、後者は仮想時空間(を含む)という違いはあるが、時空間制御の優劣は明らかだ。もちろん、仮想時空間においても新人類の優越は歴然としている。

エマは、オンラインのフライト・シミュレーション・ゲームを擬装し、ハッキングした無人偵察機プレデターを民間人に操縦させる。ゲーム・サイトにログインし、架空の攻撃ミッションを実行している気分のまま、中東かアフリカの都市(実はアリゾナ州フェニックス)のハイウェイ上のリムジンをヘルファイヤ・ミサイルで、だまされた民間人は「現実に」攻撃してしまう。仮想時空間をコントロールし、リムジンに乗った副大統領を爆殺する。そして、中国の人民解放軍がハッキングしたように見せかける。このように、ネットのバーチャル時空間を自在に操り、その構造を都合よくねじまげるのは圧倒的に新人類なのだ。

小松左京の『継ぐのは誰か?』(一九七〇年)には、電気を操る新人類が登場する。デンキウナギ、デンキナマズなど、発電する生物はすでに存在している。だが、人類進化の方向として小松が「電気」を選んだのは、それが二〇世紀を代表する基幹エネルギーだったからであろう。このように、新人類と新しい環境への適応という概念は相性がよい。また倫理観、道徳観の喪失、低減とも主人公たちは無縁だ。研人は難病の子供たちを救うために献身的に努力するし、新人類はその難行を援助する。一方、倫理観を喪失していくのは米国大統領のグレゴリー・バーンズである。ネメシス計画には、米国の暗号読解の脅威を除くためという、安全保障上の大義名分があった。しかしバーンズにはそもそも、家庭内で専制的だった父親に対する劣等感や憎悪がある。彼は目の前にそびえたつ障害に対し、手段を選ばずに対処する。戦争犯罪を行ったアメリカ人が国際法廷で裁かれる事態を避けるために、先代の大統領が署名した、国際刑事裁判所設置のための国際条約を一方的に取り消した。「アメリカの正義」を守るため、汚れ仕事は民間の軍事会社に外注する。イラクで四名の民間警備要員が殺害された報復に、千八百人の兵士、民間人を劣化ウラン弾まで使用して殺傷した。大量破壊兵器の存在を口実にイラクに侵攻したのは、埋蔵する天然資源エネルギー強奪のためだった。ジュネーブ条約を無視し、テロ容疑者をシリア政府に渡し、拷問の代行をさせる。そうして、こうした人権侵害にメディア上では憤慨してみせ、「ごろつき国家」と非難する。この地上の最高権力者が広域化・高速化・精緻化した地勢図＝架空時空間を自在に操ると何が起こるか。バーンズ大統領が、高石梨沙と重なって見えてくるのである。

『クラインの壺』より『ジェノサイド』の方が、新技術への適応という点ですぐれているとは思わない。前者は失敗例だが、「KLEIN―2」のリアリティの設定は極端すぎる。これは幻想的なメタファーと捉えるべきだろう。また後者は成功例だが、「新人類」は「救世主」という設定同様、極端である。このような極端なキャラクター設定が必要なほど、仮想時空間（高速・精緻・広域化）は複雑で扱いにくいわけだ。

わたしたちはこの二つの作品が示唆する世界の間で、新しい架空の時空間をどう扱うべきか、広大なフィールドをさまよっている。

注

（1）ミステリ作家、理論家の天城一が『天城一の密室犯罪学教程』（日本評論社、二〇〇四年）で、時間と空間を画然と分割すべきでなく、時空連続体として捉えるべきだ、と主張している。「時間差密室」という用語は天城から引用した。

（2）探偵を閉鎖空間の中に入れてしまうサスペンスの指摘は拙稿「物語のジェットマシーン――探偵小説における速度と遊びの研究」（『創元推理』第二〇号、二〇〇〇年）より。笠井潔も『探偵小説と二〇世紀精神』（東京創元社、二〇〇五年）で同様の指摘をしている。そもそもサスペンスについての原理的な考察は、二〇〇〇年に発表した拙稿に負っている。

（3）SFではよく目にする設定である。例えば、ロバート・J・ソウヤー『ターミナル・エクスペリメント』（ハヤカワ文庫、一九九七年、初出は一九九五年）では、たまたま妻の浮気相手に復讐心を燃やしていた科学者が、自分の脳のニューラルネット（神経網パターン）のシミュレーション・コピーを三つ作る。①「スピリット」は肉体に関するニューラルネットをシャットダウンし、純粋な精神活動だけの電子的コピー。死後の世界のシミュレーションとみなされる。②「アンブロトス」は老化に関するニューラルネットをシャットダウン。不死の人生のシミュレーションである。③「コントロール」は改変を加えない、本人にいちばん近いシミュレーション。実験結果を比較対照するためにコピーされた。そして、ネットを仲介した遠隔殺人によって浮気相手が殺害され、犯人は三つのシミュレーション・コピーのどれかであることがわかる。倫理観がいちばん低いのはどのコピーか、が問題となる。

（4）機械文明が人間の身体の中にまで入り込んでくるというイメージである。これはサイボーグやサイバネティック・テクノロジー、ウィリアム・ギブスンの『ニューロマンサー』（一九八四年）に代表されるサイバーパンク・ムーブメント、デヴィッド・クローネンバーグの映画『ヴィデオドローム』（一九八二年）、ポール・バーホーベンの映画『トータル・リコール』（一九九〇年、原作はP・K・ディック。二〇一二年にハリウッドでリメイクされた）のイメージと通底する。また、高度資本主義ハイパーリアル社会における現実感覚の崩壊については、ジャン・ボードリヤール『シミュラークルとシミュレーション』（一九八一年）を参照すべし。

（5） 主演のキアヌ・リーブスはウィリアム・ギブスンが脚本を書いた映画『JM』（一九九五年）に出演していた。この作品には北野武も出演している。

ブックリスト

▼ロバート・J・ソウヤー『ゴールデン・フリース』（内田昌之訳、ハヤカワ文庫、一九九二年、原著一九九〇年）
▼アントニイ・バークリー『試行錯誤』（鮎川信夫訳、創元推理文庫、一九九四年、原著一九三一年）
▼パトリック・クェンティン『二人の妻をもつ男』（大久保康雄訳、創元推理文庫、一九九二年、原著一九五五年）
▼清水一行『動脈列島』（角川文庫、一九七四年）
▼吉村昭『破獄』（新潮文庫、一九八三年）

創造する推理
——城平京『虚構推理』論

諸岡卓真

一　はじめに——謎解きの時代

本章は、城平京《しろだいらきよう》『虚構推理　鋼人七瀬《こうじんななせ》』（講談社ノベルス、二〇一一年）を分析し、現代本格ミステリがどのような変容を遂げてきたのかを明らかにしようとするものである。本格ミステリという領域については、日本文学研究では十分に検討されているとはいえない。そのため、作品の具体的な分析に入る前に、いくつかの前提を説明する必要があると思われる。そこで最初に現代ミステリジャンルの特徴やミステリの歴史などについて概観し、その後『虚構推理』の分析に入っていきたい。

現代のミステリジャンルの特徴は、謎解きに主眼を置く作品の人気が高いということだ。そのような作品は本格ミステリと呼ばれ、一定数のファンを獲得している。本格ミステリの定義は現在まで様々なものが提出されてきており、それをめぐる論争もしばしば起きているところだが、最大公約数的にまとめれば「謎とその論理的解明に主眼を置く物語形式」ということになるだろう。このジャンルでは、作品に描かれる謎をめぐって作者と読者の知恵比べが可能となるところに特徴があり、そのために〈解決編よりも前にすべての手掛かりを提示すること〉〈地の文では虚偽の記述を避けること〉といったルールが共有される。読者はこのルールを前提としながら、謎解きに挑んだり、意外な結末に驚かされたりして楽しむのである。

本格ミステリの歴史は古く、その原型は一八四一年にエドガー・アラン・ポーが発表した「モルグ街の殺人」に見て取ることができる。その後、エミール・ガボリオやコナン・ドイル、G・K・チェスタトンらの活躍を経て、一九二〇年代の英米でアガサ・クリスティ、エラリー・クイーン、ディクスン・カー(カーター・ディクスン)ら長編の本格ミステリを得意とする作家が続々と登場すると、「黄金期」を迎えることとなる。

黄金期においては、本格ミステリの形式性をめぐる追究が行われた。ロナルド・A・ノックスによる「十戒」(一九二八年)やヴァン・ダインによる「二十則」(一九二八年)など、作者と読者がフェアに知恵比べをするための条件を明文化したものが発表されたのはその象徴的な例である。具体的な条項としては、「言うまでもないことだが、推理小説に超自然的な魔力を導入すべきではない」「探偵が偶然に助けられるとか、根拠不明の直感が正しかったと判断する、などは避けるべきである」など、論理性に基づく推理を行うことを提起したものや、「探偵が手がかりを発見した時は、ただちにこれを読者の検討に付さねばならぬ」など、手掛かりのフェアな提示方法について定めたものなどがある（以上の引用はすべてロナルド・A・ノックス『探偵小説十戒』晶文社、一九八九年）。

もちろん、「十戒」や「二十則」のルールのすべてが守られなければならないというわけではない。ただ、仮にそうであったとしても、黄金期においては本格ミステリがいかなる規則に基づいて構築されるべきかということがクローズアップされていたということは指摘できるだろう。

黄金期にはこの他にも、〈読者への挑戦状〉によって問題編と解決編を分離し、問題編で提出された手掛かりをもとに論理的な推理を行えば、唯一の答えに到達できることを宣言するといったことも行われた。以上のような工夫は、突き詰めていえば作者と読者がフェアな知恵比べをするためのものであり、作品空間から、超自然的な魔力に代表される論理性に乏しいと思われる要素を排除することを意図したものであった。黄金期には、このようなルールを前提として、読者をフェアに欺くための方策を洗練させていったのである。

日本に目を移せば、江戸川乱歩ら「新青年」作家たちが活躍した戦前の本格ミステリ（当時は「探偵小説」）も、基本的には英米黄金期の作品の影響下にあった。例えば、「本格／変格」の区分は、論理性を求める謎解き小説と幻想的な要素を含む作品との区別を背景としている。ただし、この時期の日本の作品は短編作品が主であり、英米の長編作品のような、緻密な論理性を前面に押し出した作品は多くはなかった。

戦前のミステリブームは太平洋戦争によって途絶を余儀なくされるが、戦後になると横溝正史、坂口安吾、高木彬光らがこぞって論理性の高い長編作品を発表し、第二次ブームともいえる状況が出来する。その後、松本清張に代表される「社会派」ミステリが登場すると本格ミステリは一時期退潮するが、一九八七年の綾辻行人『十角館の殺人』を契機として、英米黄金期の作風を意識した謎解き小説が劇的に復活する。以降、法月綸太郎、歌野晶午、我孫子武丸ら若手の作家が続々とデビューし、「新本格」という名称も使われるようになった。これが、現在まで続く本格ミステリブームのきっかけである。

現代の本格ミステリは質量ともに充実している。英米黄金期の形式性をめぐる問題系を直接的に引き継いでいるだけに、トリックの創案、語りの技術の追究、推理の厳密さへの志向などは特筆すべきものがある。また、それについての評論や批評も頻繁に発表されており、それらの評論・批評への応答を試みる実作も出現している。しかも、現代作家の作品のみならず、過去作品の発掘や再評価も盛んに行われており、それに伴ってジャンルの見取り図が頻繁に書き換えられている。一九四七年にデビューして以降、散発的に作品を発表していた天城一の作品が初めて単行本にまとめられ（天城一『天城一の密室犯罪学教程』日本評論社、二〇〇四年）、その作品と評論の先駆性が評価されたのは記憶に新しい。さらには、ドラマや映画、マンガ、ライトノベルなどとのメディアミックス的展開も盛んに行われており、非常に活気のあるジャンルになっている。現在のところ、本格ミステリは日本文学研究の場ではあまり注目されていないが、日本の文学、文化現象を検討する上で見逃すことのできない領域になっているのである。

二　超自然的な力の導入

現代の本格ミステリは、しかし、〈不可解な事件が発生し、名探偵が快刀乱麻を断つ推理によって犯人を指名する〉といったイメージには収まらなくなっている。英米黄金期の作品から、謎解き物語の基本的なフォーマットは引き継いでいるものの、その上で独特の変容を遂げている。本章で取り上げる『虚構推理』も、そのような作例の一つである。

二〇一二年五月、『虚構推理』は第一二回本格ミステリ大賞を受賞した（皆川博子『開かせていただき光栄です』と同時受賞）。しかしながら、この作品には妖怪が出てきたり、超能力らしきものが出てきたりと一般的な本格ミステリのイメージから逸脱する要素が多数含まれている。実際、選評（『ジャーロ』二〇一二年夏号掲載）では「本格ミステリの大賞とするには、他のジャンル的要素を足場にしすぎている気もする」（柄刀一）、「世間への「本格」の今年の代表作と推すのは躊躇された」（波多野健）というコメントもあった。

だが、結論を先取りすれば、この作品こそ現代日本の本格ミステリの変容を象徴するような作品である。「モルグ街の殺人」以降、ミステリはつねに先行する作品群に対して「ずれ」を孕みながら連綿と続いてきたジャンルであり、この『虚構推理』も、そのような流れの果てに現れた最新の作品だと考えることができる。発表されて間もないため、現時点では本作を中心に取り上げた文学研究は存在しないが、今後のミステリの変容を語る上では欠かせない作品になるはずである。
それでは、この作品にどのような要素が差異を含みつつ引き継がれてきたのか。それを明らかにするために、まずは「超自然的な魔力の導入」について検討していきたい。

通常、本格ミステリは超能力や魔力を作中から排除するものだと考えられている。前述の「十戒」に「推理小説に超自然的な魔力を導入すべきではない」という項目があり、また「二十則」でも同様の主張がなされているのはそれを示す典型的な例である。これらに象徴されるように、従来、このジャンルでは「科学性」「客観性」が重視され、仮に作中に超能力や幽霊などといった現象が描かれたとしたら、それは最後には犯人のトリックや何らかの錯覚によるものであったなどと暴かれることが一般的であった。

しかし、「新本格」ミステリでは、超能力などによって手掛かりを入手できる特殊なキャラクターが作中に登場し、彼らと探偵が協力することによって謎を解いていくという作例が数多く発表された。例を挙げれば、京極夏彦『姑獲鳥《うぶめ》の夏』(一九九四年)では、他人の記憶を〈見る〉ことができる榎木津礼二郎が登場し、探偵役を務める京極堂の推理をサポートするような情報を提示していく。最終的には、榎木津が〈見た〉記憶に間違いはなく、京極堂はその言葉と矛盾のない推理を組み立てて事件を解決に導く。つまり、探偵と超能力者が協力して事件を解決する形になっているのである。

同様の例は、西澤保彦『完全無欠の名探偵』(一九九五年)、山田正紀『神曲法廷』(一九九八年)や霧舎巧『ドッペルゲンガー宮』(一九九九年)などでも見ることができ、現代日本の本格ミステリでは、超能力に代表される超自然的な力を導入して推理を構築することが必ずしもジャンルのルールに違反するとは考えられなくなったことがわかる。

三　後期クイーン的問題

超自然的な魔力が本格ミステリに導入されるようになった背景には、一九九〇年代にジャンル内で盛んに議論されるようになった、「後期クイーン的問題」がある。「後期クイーン的問題」は法月綸太郎の「初期クイーン論」(『現代思想』一九九五年二月号、のち『複雑な殺人芸術』講談社、二〇〇九年)によって提起された問題の通称である(以下の「後期クイーン的問題」の解説は、拙著『現代本格ミステリの研究』(北海道大学出版会、二〇一〇年)の一部を引用したものである)。

「初期クイーン論」の独創性は、一九八〇年代前半の柄谷行人の理論を踏まえ、ゲーデルの不完全性定理を本格ミステリに援用してみせたところにあった。[1] ゲーデルの不完全性定理は、閉じた形式体系に不可避的に起こる問題を扱っているが、法月は本格ミステリ作品もまた、閉じた形式体系として捉えられることに注目する。作中の謎は、作中の情報をもとにして解かれるようになっていなければならない。そうでなければ、作品内世界にいる探偵が唯一の解決にたどり着くことができなくなってしまう。したがって、その世界には矛盾があってはならないし、決定不可能な命題が残ってもいけない。つまり、本格ミステリ作品は、それ自体が一個の完全な形式体系になっていなければ、謎解きゲーム空間として成立しないことになる。

しかし、ゲーデルの不完全性定理は、完全な形式体系がありえないということを証明してしまった。「①いかなる公理体系も、無矛盾である限りそのなかに決定不可能な命題を残さざるをえない、②いかなる公理体系も、自己の無矛盾性をその内部で証明することはできない」ということの定理を援用するならば、作品内の情報だけで謎を解決できる完全な本格ミステリ作品は存在しないことになる。

もちろん、本格ミステリ作品の中には、作中に「読者への挑戦」の頁を挟み、作品内の情報だけで論理的に唯一の解決にたどり着けることを保証するものもある。しかし、そのような頁が必要であるということが、本格ミステリの不完全性を証明してしまっている。「読者への挑戦」は作品世界外の情報であり、探偵は作品世界内にとどまる限り、それを読むことはできない。つまり、「読者への挑戦」が導入されていたとしても、探偵は自己を取り巻く世界が矛盾を孕まない、閉じたものであることを知ることはできないことになる。探偵は自己の無矛盾性を証明することができない。法月はエラリー・クイーンの〈国名シリーズ〉を分析しながら、完全な本格ミステリが夢でしかないことを証明してみせたのである。

この問題は、具体的な創作の上では、偽の手掛かりにまつわる問題としてクローズアップされてきた。例えば、探偵がある手掛かりからAという犯人を推理したとする。しかし、その手掛かりが

Bという別の犯人が仕組んだ偽の手掛かりである可能性（さらには、Bに罪を被せようとするCという犯人が仕組んだ可能性……）を、作品世界内にいる探偵は論理的に否定することができない。その世界が閉じていることを知りえない以上、探偵はつねに犯人のさらに上位にいる犯人（メタ犯人）が介入している可能性を疑わざるをえないからである。

「後期クイーン的問題」は一九九〇年代後半以降、ジャンル内で盛んに論じられ、さらには創作のネタにもなった[2]。法月の論では、探偵は厳密な推理を行えば行うほど、真相に到達できなくなるという悲観的な結論に達していたが、ジャンル内ではむしろ、この問題を「解決」しようとする作例が増えたのである。

そのような作例を分析すると、超自然的な魔力の利用はその解決法の一つになっていたと把握することができる。超能力者が超自然的な魔力によって、犯人の偽装の及ばない信用できる手掛かりを入手し、それをもとに探偵が推理を行えば、犯人がどれほど巧妙に罠を仕掛けていたとしても真相に到達することができてしまう。つまり、超能力者が絶対的に信用できる手掛かりを提示し、それをもとにして探偵が推理を行うというシステムによって、偽の手掛かりにまつわる難問が回避されるのだ。超自然的な魔力が導入された背景に後期クイーン的問題があるというのはこのような意味においてである。

これは推理の厳密性が追求された結果、従来の本格ミステリでは排除されていたはずの超自然的な魔力が逆説的に呼び込まれるようになったということを意味する。第一節で確認したように、現代本格ミステリは英米黄金期の形式化をめぐる問題系を引き継いでいるが、その先鋭化の過程で、黄金期の本格ミステリが排除しようとしていた要素が、実は本格ミステリ形式を維持する機能を持っていたことを明らかにしたのだ。

ここには日本独特の文脈がある。アメリカでは、本格ミステリはジャンルの制約の多さから批判され、ダシール・ハメットやレイモンド・チャンドラーらのハードボイルドに取って代わられていくが、日本ではむしろ本格コードの徹底化、あるいは消尽の方向へと進んでいった。その結果として、戦前においては「変格」的要素として「本格」から排除されていたはずの超自然的な魔力が再導入されることになったのだ。言い換えれば、現代ミステリは「本格」を追究することによって「変格」を取り込んだのである。

したがって、超能力もののミステリ、あるいはこれから分析する『虚構推理』においてはもはや「本格／変格」という区別は意味をなさない。論理が追究された先に、超常的な要素が導入されるという事態は、現代の海外のミステリでもあまり見られない。そのため、日本の現代ミステリの変容を読み解く上で重要な視点になりうる。(3)『虚構推理』は、以上のような文脈の中で登場したのである。

四　謎の不在

『虚構推理』の最大の特徴は、解決すべき謎が存在しないということだ。探偵側の主要人物は、岩永琴子、桜川九郎、弓原紗季の三人。このうち探偵役を務めるのは岩永である。彼女はかつて神隠しに遭い、その際に右目と左足を失った。それ以降、彼女は「知恵の神」として妖怪たちから信頼を得ており、事件の捜査に際しては妖怪たちの力を借りることもある。その岩永をサポートするのが九郎だ。彼は妖怪・件《くだん》と人魚の肉を食べたことにより、未来確定能力と不死の身体を手に入れた。弓原は刑事であり、九郎の元恋人でもある。彼女は先の二人とは違って普通の人間であり、超常的な能力は有していない。

犯人側の主要キャラクター(鋼人七瀬は人物ではないのでキャラクターという名称を使う)は鋼人七瀬と桜川六花《りっか》である。鋼人七瀬は作中で最も特異な位置づけを与えられている。鋼人七瀬はいわば概念が実体化した存在であり、その正体をめぐって繰り広げられる推理が『虚構推理』の読みどころとなる。そしてこの鋼人七瀬を生み出したとされるのが桜川六花である。彼女は桜川九郎の従姉であり、九郎と同じく不死の身体と未来確定能力を持っていることが明らかにされる。

あらすじは次のようなものだ。真倉坂《まくらざか》市では、ミニスカートのドレスを着て鉄骨を軽々と振り回す少女が徘徊する姿が複数回目撃されていた。いつしかそれは鋼人七瀬と名づけられ、変死したアイドル・七瀬かりんの亡霊ではないかと噂されるようになった。岩永と九郎、弓原は、鋼人七瀬に対抗するために策を練るが、その最中に予想外の事件が起きてしまう。独自に調査を進めていた刑事・寺田が、鋼人七瀬により「平べったい鈍器のようなもの」で頭部を殴られ、殺害されてしまったのだ。「目撃者」の証言では、犯行を行ったのは間違いなく鋼人七瀬であったという。岩永たちは、鋼人七瀬と寺田殺害の謎を説明する「推理」を用意し、インターネット上にある〈鋼人七瀬まとめサイト〉にそれを投下して論戦を挑む。

『虚構推理』で謎解きの対象になりそうな事件は、七瀬かりんと寺田の不審死である。一般的な本格ミステリであれば、これらの事件について捜査が開始され、最後には探偵が謎解きを行うはずである。しかし、その真相は物語の前半で明かされてしまう。七瀬かりんの死については、事件の現場にいた地縛霊が一部始終を目撃しており、それが殺人事件ではなく、「限りなく自殺に近い事故死」であることを岩永に教えてくれる（一三四頁。以下、頁数のみを記した場合は『虚構推理』からの引用）。また、寺田の事件についても、事件が起きた瞬間を目撃した「あやかし」がおり、間違いなく鋼人七瀬が犯人であることが伝えられる（一五七頁）。このように、『虚構推理』は探偵が推理するまでもなく、真相が明らかになってしまう。この物語には解決すべき謎が存在しないのである。

五　想像力の怪物

それでは、岩永たちは探偵役としていったい何をするのだろうか。それを把握するためには、鋼人七瀬という特殊な存在についてさらに詳しく見ていく必要がある。

鋼人七瀬の正体について、岩永は次のように説明する。

「最初は何もありませんでした。ただの作り話でした。けれど名前と形を得た虚構は、何千、何万、何十万という人間の頭の中に根付き、回ることによって少しずつ血肉が与えられ、実体を得てしまうこともあるんです。人間の想像力が怪物を生み出すんです」（一〇九頁）

このような鋼人七瀬の設定には、先述した京極夏彦の〈京極堂〉シリーズとの共通性が指摘できる。〈京極堂〉シリーズでも妖怪がモチーフになっていたが、それは人間が持つ概念として捉えられていた。最終的に探偵役がその概念に名前をつけ、解釈をほどこして（「憑き物」を落として）事件が終わるという形である。

『虚構推理』に登場する鋼人七瀬も、それと同様に概念に名前が付けられたものとして捉えることができるが、その姿が〈ミニスカートのドレスを着ていて顔がなく鉄骨を持っている。そして巨乳である〉というように、いわゆる「萌えキャラ」のような形で描かれているところはこの作品独特のものである。作家論的な見方をすれば、京極と一世代下になる作者の世代の差が出ていると見ることも可能かもしれない。

また、鋼人七瀬が生み出された「場所」も、〈京極堂〉シリーズとは違っている。〈京極堂〉シリーズは戦後間もない頃を舞台にしているため、当然ながら作中にインターネットは登場しない。妖怪や伝承が生まれる土壌としては、特定の家や地域といった共同体をベースとした民俗学的な想像力が用いられている。このような想像力は、戦後では横溝正史の〈金田一耕助〉シリーズ、現代では三津田信三の〈刀城言耶〉シリーズなどにも見られ、日本の本格ミステリの一つの典型となっているが、『虚構推理』はそのような民俗学的な想像力とは違った手触りがある。作中では、鋼人七瀬が生み出された背景は次のように説明される。

「鋼人七瀬があれほどの実体と力を持った理由は、まさしくそのネットです。ネットは普通なら広がるのに時間のかかる情報をあっという間に世界の裏側まで伝え、多くの人間にアクセスさせることが可能です。またとりとめもなく拡散する話題を、一カ所に集約することも可能です」(一一二頁)

要するに、鋼人七瀬はインターネットというメディアを背景として、多数の人間の想像力が実体化することによって生まれたというのである。作中では、ネット上に〈鋼人七瀬まとめサイト〉というものがあり、そこに急速に情報が集約されることで、鋼人七瀬が実体化していったと説明されている。ここでは、家や地域に根ざした民俗学的な想像力はほとんど機能していない。むしろ都市伝説に近いタイプの想像力が、現実の共同体を簡単に飛び越えてしまうインターネットメディアの特性を背景として機能しているのである。

このような変更に伴って、探偵役である岩永が事件に結末をつける方法も従来の作品とは一線を画している。鋼人七瀬は「想像力の怪物」である以上、普通の人間は物理的にダメージを与えることはできない。唯一、「あやかし」に近い存在である桜川九郎だけが鋼人七瀬に攻撃を加えることができるのだが、それも異様なまでの回復力によってなかったことにされてしまう。このような厳しい状況の中で、岩永が採用した作戦はいわば「物語」の上書きだった。

> 「鋼人七瀬は亡霊であり、都市伝説の怪人であり、その物語から生まれた想像力の怪物です。その根を絶つには『亡霊がいる』という物語に対し、『亡霊がいない』という物語を上書きするしかありません。その物語を鋼人七瀬の存在を信じ、願っていた人達が受け入れれば、鋼人七瀬の命力は尽きて消滅するでしょう」（一一六頁）

岩永は、〈鋼人七瀬がいる〉という想像力を弱めれば鋼人七瀬が消えると考え、そこで〈鋼人七瀬がいない〉という嘘の推理を作ってギャラリーを説得し、それによって相対的に鋼人七瀬実在説の信憑性を失わせるという作戦を立てる。岩永は自らの推理を「合理的な虚構」と表現しているが、それを鋼人七瀬を生み出した〈鋼人七瀬まとめサイト〉に投稿することによって、鋼人七瀬を倒そうとするのである[4]。

六　創造する推理

だが、そうなると岩永が行う推理は特殊なものにならざるをえない。彼女の推理は真実を言い当てるという意味での「正しさ」が問題になっているわけでもなく、唯一絶対の犯人を指摘しようとするものでもない。この点について、弓原はいささか困惑しながら次のように語っている。


いや、そもそもここで言う『正しい』とは何だ。犯人を指摘するとは何だ。

実際の事件ならば、しかるべきデータと推理をもってすれば真相は明らかになると言ってもいい。真実はいつもひとつ。その姿を隠そうとしても隠しきれず、論理によって明らかにもなるだろう。

だが彼女がやろうとしているのは、いもしない犯人と真相を作り出すこと。規定の材料から『その手があったか』と思わせる答えを導き出すこと。ないものをどうすれば論理で発見できるのだ。

そのために求められるのは推理ではない。求められるのは、もっと違う言葉で表現されるものだ。

〔中略〕

そう、これは推理ではない。とんちだ。(二〇九頁)

確かに、岩永が行っているのは一般的な意味での推理ではない。しかしその一方で、「後期クイーン的問題」という観点からすると、興味深い見方もできる。

「後期クイーン的問題」は、すでにある手掛かりから一つの真相を導くという目的を立てた場合にのみ難問とされるものであった。しかし、岩永は唯一の真実を求めて推理するのではなく、虚構の推理を捏造する。そのため、この問題に悩むことはないばかりか、むしろそれを積極的に利用することができる。彼女は鋼人七瀬が実在することを示す手掛かり(つまり真の手掛かり)を、別の犯人が仕掛けた偽の手掛かりであると言い張るのだ。つまり、従来は犯人が行っていた手掛かりや真実の捏造を、探偵役が行う形にしてしまったのである。これは「後期クイーン的問題」の新しい解消法である。

ただし、岩永が完全にこの問題から逃れられるわけではない。手掛かりの真偽が問題にされない以上、岩永の推理にはつねに隙があることになる。彼女は従来の探偵のように、客観的な証拠に訴えて推理の正しさを論証することができない。彼女の推理はあくまで偽物であり、場合によってはそれを凌駕する推理が提示されてしまうかもしれないという極めて不安定なものなのだ。しかし、それでも彼女の推理はギャラリーに受け入れられていく。その理由はどこにあるのだろうか。

注目すべきは九郎の特殊能力である。件の肉を食べた彼は、未来確定能力を持っている。具体的には、瀕死状態に陥ったとき「起こる可能性の高い、ごく近い未来」を選んでくることができるのだ。岩永の推理は九郎のこの能力によって徐々に「真実」として扱われるようになっていく。弓原はこの作戦について次のように語っている。

岩永がネット上に解決を提示し、支持されるかどうかは賭けだ。しかし支持される可能性に九郎によって選びつかみとれる程度の高さがあれば、それは絶対に支持されるものと決定できる。賭けではない。(一四二頁)

このように、岩永が提示する推理の説得力は九郎の未来確定能力によって担保される(正確には、その推理が支持される未来を九郎が選び続ける)。これは、一九九〇年代の本格ミステリジャンルにおいて多発した探偵と超能力者の協力パターンの一変種であるといえるだろう。ただし、この場合の超能力者の能力は、過去や未来の断片的な情報を〈見る〉ものではなく、未確定の未来を決定するというものに大きく変更されている。

見逃してはならないのは、この変更と同時に、真実と推理の関係性も逆転しているということである。『虚構推理』では、真実を見つけるために推理が行われるのではない。推理が行われたからそれが真実になるのである。未確定の世界における推理の様相を描いた作品になっているともいえる。この点で『虚構推理』は、すでに素朴な謎解き物語の枠組みには納まらなくなっているのである。

七　当事者の物語

岩永は、九郎の特殊能力の他にも、インターネットというメディアの特性も活用してギャラリーを説得している。岩永は自身の推理を細切れにして〈まとめサイト〉に書き込んでいくが、弓原はその狙いについて、「サイトに集まる者に自分でも謎を解いてみようという欲求を芽生えさせたのだ」(二五五頁)と解釈している。つまり、ギャラリー自身がその謎解きに参加するという意味での当事者性を利用しているのだ。

また、岩永の最後の推理は、鋼人七瀬を生み出した犯人として、〈まとめサイト〉の管理人を指摘するという劇的なものだった。これについても弓原は次のように述べている。

巻き込んだ。これまで書き込みをしながらも一歩退いた観客であったサイトに集まる者、サイトを閲覧する者を物語に取り込んだ。ネットの掲示板で仮説をひねくり回し、戯れに現実の事件を扱っていると思っていたのが、最後にそのネット空間こそが事件の中心と告発され、サイトに触れる者全てが事件の関係者になったのだ。

これは引き込まれる。その物語を、自分達が立ち会った物語が真実であると信じたがる。鋼

人七瀬が作為的存在という大前提を皆が受け入れる。（二六一頁）

ここでも、岩永の推理がギャラリーに信じられる最終的な要因は当事者性とされている。〈まとめサイト〉に投下された推理を、「誰か」の物語ではなく、「自分の」物語として受け入れるように探偵は仕向けている。

第六節で述べたように、岩永の推理はそれ自体隙のあるものであり、厳密に検討すれば、議論は無限後退に陥る可能性もあった。そのような無限後退を避けるためには、何かしらの論理以外の要素が必要になるが、この作品では、鋼人七瀬をめぐる議論に立ち会った特別な存在としてギャラリーを位置づけ、なおかつそのサイトの管理人、すなわちその場を作った特権的な人物を犯人として指名した。つまり、ギャラリー自身に特別な体験をしたと思わせ、その体験の心地よさによって、それが「真実」であることを認めさせているのだ。ただし、実際には探偵の推理が虚構であったことを考えれば、これは単なるレトリックに過ぎない。探偵は最終的に、ギャラリー自身を事件の参加者としてしまうレトリックによって、議論の無限後退を回避したのである。

『虚構推理』はインターネット上における解釈闘争を描いた作品だ。インターネットほど、事件への直接の参加者を簡単に作り上げることができるメディアはない。新聞やテレビなどのマスメディアと比較して、インターネットは即時性、双方向性が高く、それがこの作品の構成に合致した、あるいは逆に、インターネットが普及した現代だからこそ、このような本格ミステリが登場したのである。第五節で述べた鋼人七瀬が誕生する場としてのメディアの使い方を含めて、『虚構推理』

はインターネットの想像力を背景とした謎解き物語であると評価できる。

八　安全弁としての超能力

『虚構推理』は「超自然的な魔力の導入」「後期クイーン的問題」といった現代本格ミステリの問題系と、インターネットというメディアが遭遇したところに現れた作品であるといえる。そこでは、「推理」や「真実」の意味づけが従来の本格ミステリからずらされているが、そのずれによってこれまでとは別種の問題を抱え込むことにもなった。

『虚構推理』は、先述の〈京極堂〉シリーズのほか、複数回の推理が繰り返されるという点で、アントニイ・バークリー『毒入りチョコレート事件』(一九二九年)などと類似する。ただ、「超自然的な魔力の導入」「後期クイーン的問題」というトピックからすると、殊能将之『黒い仏』(二〇〇一年)との共通点が極めて多く見受けられる。本章を閉じるにあたって、この作品と『虚構推理』を比較することによって、本作が示唆する問題点を明らかにしていきたい。

『黒い仏』は、その意外すぎる展開で賛否両論を巻き起こした問題作である。前半こそアリバイ崩しをテーマにしたオーソドックスな謎解きが展開されるのだが、探偵役が推理を言い終わろうとした瞬間に時間が止まり、予想もしなかった展開を見せていく。犯人は人間ではなく妖魔であり、彼らが様々な魔力のようなものを使って被害者を殺したことが発覚するのだ。しかし、探偵はそのような人外が跋扈しているなどということは知らず、あくまで現実的な世界を前提にした推理を構築し犯人を指名してしまう。

話が複雑になるのは、その探偵の推理は、犯行方法などの説明は間違っていたにもかかわらず、真犯人を正しく指名していたからだ。しかもそれは、自分たちの存在を人間に知られるわけにはいかない妖魔にとっては都合のよいものだった。そのため、妖魔は超自然的な力で過去にタイムスリップし、探偵の推理どおりに手掛かりを残してくるという行動に出る。そして、探偵が語る間違った推理が、真実として流通していく。

『黒い仏』の物語は一見すると荒唐無稽だ。しかし、当時流行していた〈京極堂〉シリーズをはじめとする超常的な力を導入した本格ミステリ作品のパロディとして把握すると、極めて批評的な作品であることがわかる。

実のところ、超常的な力を導入した本格ミステリ作品では、探偵をサポートする超能力に様々な制限がかけられていた。まず、超能力を持つ者たちは、犯人に直接つながってしまうようなあからさまな手掛かりの提示を禁じられていた。なぜなら、そのような手掛かりが提示されてしまうと、探偵役が推理をする余地がなくなってしまうからだ。いわば、超能力者が決定的な手掛かりを提示しないことで、本格ミステリにおける〈謎―論理的解明〉の軸が維持されるのである。また、超能力者たちはつねに正義の側の存在であり、意図的に探偵を裏切ることはなかった。超能力者は探偵の影に隠れて真実の断片を提示し、探偵はそれに疑いを差し挟むことなく推理を組み立てていた。『黒い仏』はこの点を鋭く突いた。探偵は超自然的な魔力によって提示される情報を疑わない（疑うすべがない）。とすれば、超能力者が探偵を騙すことはたやすいことなのではないか。実際、『黒い仏』の探偵は、妖魔に一方的に騙されてしまう。そこで強調されるのは、妖魔や探偵の推理のいかがわしさだ。このようにして、『黒い仏』は本格ミステリに登場する探偵と超能力者を相対化してしまった。

この試みを補助線とすることで、『虚構推理』の狙いが明確になる。『黒い仏』と違い、『虚構推理』では、探偵側が一方的に犯人側に騙されるということはない。探偵側（九郎）も犯人側（六花）も未来確定能力を使うことができ、その意味で『黒い仏』とは違ってフェアな対決になっているといえる。(5)

ただし、本章の第六節で見たように、その能力は『黒い仏』を含む従来の超能力もののそれとは質的な差異があることには留意しなければならない。この作品の超能力は、過去ではなく未来に向かって作用し、いわば探偵の推理が「正しい」とされる未来を現実化するものとなっている。もちろん、このような超能力はそのままでは本格ミステリの成立基盤を危うくしかねない。仮に、どのような推理でも未来確定能力によって「正しい」ものにできるならば、推理の妥当性や合理性については一切無視してもかまわないということになってしまうだろう。それでは、探偵がどれほどでたらめな推理をしても、それが真実だと認めなくてはならなくなる。

しかし『虚構推理』は、この問題を超能力の働きに一定の制限をかけるという方法でクリアしている。具体的にいえば、九郎や六花が「可能性の高い未来」しか摑めないという条件があるため、〈まとめサイト〉で披露される一つ一つの推理は、必然的に飛躍の小さいもの、すなわち、現在の世界を前提とした上で、妥当性や合理性が比較的高いものとならざるをえない。このことは、最も空想的だと思われる未来確定能力という設定こそが、実のところ論理の暴走を抑制する安全弁として機能しているということを意味する。言い換えれば、超常的な力によって、虚構の推理によるゲーム空間がフェアに維持されるのだ。従来の超能力ものとは別の経路をたどってはいるが、ここでも、本格ミステリの論理が孕む危うさを、超常的な要素がフォローするという構図が見て取れるだろう。

本格ミステリの歴史を振り返れば、エドガー・アラン・ポーや江戸川乱歩においては、超自然的な要素を含む幻想的な作品と論理的な謎解きに主眼を置くタイプの作品とは区別されていた。また、ディクスン・カー『火刑法廷』(一九三七年)やヘレン・マクロイ『暗い鏡の中に』(一九五〇年)のように、超自然的な力の介在を示唆する結末を描いた作品も書かれているが、それにおいてはあくまで現実原則に基づく推理とは別の、いわば代案として超自然的な要素を含む結末が描かれるにとどまる。これらと比較すると、『虚構推理』は、探偵側と犯人側の双方が、超自然的な魔力の存在を不可疑の前提として、論理的な推理を構築していくという点に特色がある。幻想文学と本格ミステリを骨がらみに融合させたともいえるだろう。

九　おわりに——上書きされる世界で

『虚構推理』は、推理の真実性という問題を後景に退けつつ、純粋に推理そのものの面白さだけを競うゲーム空間を構築した。そのようなゲーム空間は魅力のあるものではある。しかしその一方で、客観的な証拠に基づく論証が成立しない空間であるため、最終的に「正しい」とされる推理もつねに転覆の可能性があるという問題を不可避的に孕んでいる。作中では、インターネットにおける多数決の原理により「正しい」推理がいちおうは確定するが、それは逆にいえば、多数のギャラリーを説得しさえすれば、その「推理」が誤りであってもかまわないということでもある。そこで重視されるのは、客観的な論理《ロジック》ではなく魅力的なレトリックだ。そのレトリックに、ギャラリーは翻弄され続ける。本作を、特殊な能力を持つ一部の存在によって、いいように操られるギャラリーを描いた話と捉えれば、インターネットメディアでの情報操作の容易さと、それに騙されるギャラリーへの批評的な視線を読み取ることもできるだろう。

しかし一方でそれは、必ずしも批判的にのみ捉えるべきものではない。そもそも、『虚構推理』は「真実の追求」を描いているわけではないのだ。『虚構推理』は本格ミステリの変容の過程で、ジャンルの基本的なルールであった「客観的な証拠に基づく真実を探し出さなければならない」という制限を撤廃し、たとえそれが本当かどうかわからなくても、推理そのものの面白さを追求するという方向性を極端化して打ち出した作品であるといえる。(6) このような作品では真実は常に「上書き」の可能性を胚胎していることになる。そのような可能性を十分に生かせる場として、日々「上書き」され続けることに特徴があるインターネットが選ばれたことには根拠がある。『虚構推理』は、真実を「発見」する推理の物語を、「上書き」する推理の物語へと更新したのである。

注

(1) なお、この援用は法月自身が示唆しているように、あくまでメタファーのレベルにとどまる。数学的に厳密な意味での「ゲーデルの不完全定理」が本格ミステリ作品に当てはまるというわけではない。

(2) 「後期クイーン的問題」をテーマとした評論・研究としては、笠井潔『探偵小説論II 虚空の螺旋』(東京創元社、一九九八年)、小森健太朗『探偵小説の論理学——ラッセル論理学とクイーン、笠井潔、西尾維新の探偵小説』(南雲堂、二〇〇八年)、拙著『現代本格ミステリの研究——「後期クイーン的問題」をめぐって』(北海道大学出版会、二〇一〇年)、飯城勇三『エラリー・クイーン論』(論創社、二〇一〇年)などがある。また、この問題について作中で言及した小説作品としては、氷川透『最後から二番めの真実』(講談社ノベルス、二〇〇一年)、西尾維新『きみとぼくの壊れた世界』(講談社ノベルス、二〇〇三年)、芦辺拓『綺想宮殺人事件』(東京創元社、二〇一〇年)などがある。

(3) 「後期クイーン的問題」と超常的な力によるその解決法については、拙著『現代本格ミステリの研究』第三章で詳しく検討している。また、後述する『黒い仏』の解説は同章での分析をもとにしている。

(4) なお、田代裕彦〈セカイのスキマ〉シリーズ(富士見ミステリー文庫、二〇〇六〜二〇〇七年)は、物語の中盤までは、概念的な存在が実体化したという設定の「妖怪」が登場し、探偵役がそれを偽の推理で弱体化させるという結構を持っている。その点で『虚構推理』の先行作として把握することが可能である。ただし、インターネットは登場せず、探偵役が不特定多数の説得を行っているわけではないという点、概念が「妖怪」と説明される点、最終的な決着が推理によっては行われない点などに違いがある。このシリーズの基本的なアイディアは、どちらかといえば、〈京極堂〉シリーズに近いといえるだろう。

(5) この観点からすると、『虚構推理』は特殊ルールものの系譜にあるともいえる。特殊ルールものとは、死者が蘇る世界を舞台にした山口雅也『生ける屍の死』(一九八九年)や言語が実体化する世界を舞台にした柄刀一「言語と密室のコンポジション」(『アリア系銀河鉄道』二〇〇〇年)、魔法が存在する世界を舞台にした米澤穂信『折れた竜骨』(二〇一〇年)など、SFやファンタジー的な世界観を前提とした謎解き物語のことであり、このような作例は現代日本の本格ミステリの特徴の一つである。

(6) なお、類似の試みとしては貫井徳郎『プリズム』(一九九九年)、歌野晶午『世界の終わり、あるいは始まり』(二〇〇二年)などがある。ただし、これらの作品ではインターネットメディアとの関連性は描かれておらず、また超自然的な魔力も導入されていない。

ブックリスト

▼芥川龍之介「藪の中」(『地獄変・偸盗』新潮文庫、所収、一九二二年)
▼貫井徳郎『プリズム』(創元推理文庫、一九九九年)
▼西澤保彦『聯愁殺』(中公文庫、二〇〇二年)
▼若竹七海ほか『競作　五十円玉二十枚の謎』(創元推理文庫、一九九三年)
▼ピエール・バイヤール『アクロイドを殺したのはだれか』(大浦康介訳、筑摩書房、二〇〇一年、原著一九九八年)

三・一一以降のミステリ的想像力――「あとがき」に代えて

もともとミステリには関心がなかったのだが、二〇〇〇年に北海道大学に赴任して以来、どういうわけか、私の周囲にミステリ好きの院生たちが集まり、ミステリの読書会などをやっているうちに、はまってしまった。それでも、北大関係者だけで、このようなミステリ論集ができるとは思ってもみなかった。アカデミズムにおいて、ミステリをはじめとするサブカルチャーを研究するということについては、ポピュリズムにおもねっているという批判もあるかもしれないが、今日の日本文化の諸問題を考える上で、サブカルチャーを抜きにして考える方が、むしろ不自然であろう。そもそも現在においてミステリがこんなに隆盛なのは、日本以外寡聞にして耳にしたことがない。日本独特のミステリ受容のあり方も本論集を通して見えてくるだろう。

ミステリの今後の展望について、私事を交えながら述べて、あとがきに代えたい。

二〇一一年三月一一日、私は翌日、台湾中興大学で開催される「台日推理小説国際ワークショップ」に参加するために、台中にいた。このワークショップには、本論集の執筆者たちも多く参加した。その日起こった東日本大震災の惨状は、台湾にいてもすぐに知ることができた。仙台に居る妻子の安否確認ができず、ワークショップへの参加をキャンセルして翌朝の便で関西空港に戻り、大阪伊丹空港を経由して、一三日の午前中に山形空港に着くことができた。両親の住む山形の実家に立ち寄り、車を借り（前日に父親がガソリンを満タンにしていたという幸運に恵まれた）、物資をかきあつめて、仙台に向かった。民間の車が唯一通行できる国道は大渋滞で、仙台には夕方着いた。家族の住んでいる地域は、翌日から電気は通ったものの、水道、ガスはしばらく復旧しなかった。

それから妻は職場の後片付けに行く日々が続き、私は、保育園が再開するまでの間、五歳の息子の面倒を見ることになる。近くの公園の噴水にわずかに残っていた水を汲みに行ったり、子供を連れて食料品を買うために、何時間もスーパーやコンビニで並んだりと不自由な生活ではあったが、苦痛はあまり感じなかった。やはり、震災ユートピアとでもいうものだろうか、日常生活の秩序はそれなりに維持されていた。

それでも、子供と公園で遊んでいると、上空には防災ヘリの音が響き、遠くからは消防車や救急車の音が聞こえてくる。ここから十数キロ先の海沿いの地域が悲惨な状態になっていることは、想像できた。公園で遊ぶ親子の風景と津波被害によって遺体の回収や捜索が行われているという非日常的な空間が、無媒介に接続されているような感覚であった。

セカイ系と呼ばれる作品がある。セカイ系とは、主人公（ぼく）とヒロイン（きみ）を中心とした小さな関係性の問題が、家庭・社会・国家といった途中経過を飛ばして、「世界の危機」「この世の終わり」などといった抽象的な大問題に直結するようなジュブナイル小説、あるいはアニメ・マンガ・ゲーム作品群のことである。

サブカルチャーと親和性の強い新本格以降のミステリにおいても、「セカイ系」的な感性と通底するものがある。「セカイ」には、かつて「世界」という言葉が担っていたような意味の重みはなく、物語設定のひとつのお約束的な記号となっている。ミステリの場合は、そのような世界設定の謎が問われることになる――後述するような、中間領域の消滅による異世界のフラットな結びつきや多元社会に対応したSF的設定のループものなど――。いずれにせよ、セカイ系のこうした荒唐無稽な物語設定が、変にリアルに感じたものだ。それは、現実がサブカルチャー的な想像力に追いついてしまったというような感覚だった。

今回の震災は、原発事故という人災も引き起こした。日本は、二度目の被爆国となった。特撮映画『ゴジラ』(一九五四年)、松本零士のアニメ『宇宙戦艦ヤマト』(一九七四年)、宮崎駿のアニメ『未来少年コナン』(一九七八年)、同『風の谷のナウシカ』(一九八四年)、大友克洋のアニメ『AKIRA』(一九八八年)、庵野秀明のアニメ『新世紀エヴァンゲリオン』(一九九五年)など、原爆投下後の廃墟を彷彿させる終末の光景や核の恐怖を、戦後のサブカルチャーは、繰り返し描いてきたことは周知の事実である。ポップアーティスト・村上隆の企画による『リトルボーイ　爆発する日本のサブカルチャー・アート』展がニューヨークで二〇〇五年に行われた。その展示カタログの表紙の空を飛んでいる「リトルボーイ」は、『新世紀エヴァンゲリオン』の主人公である碇シンジである。それと同時に、「リトルボーイ」とは広島に落とされた原爆の名前である。つまり、原爆の投下と、その後のアメリカの政治介入に対する依存が、日本のオタク文化を産む原因になったのではないか、という村上の仮説に基づいてこの展覧会タイトルとなっている。

野崎六助(終章「「九・一一」から「三・一一」へ」『ミステリで読む現代日本』青弓社、二〇一一年)は、〈震災後〉という、〈後〉の観念を批判するところに立脚する。素朴な事実として、災害はまだ続いているのであり、確かに〈後〉ではない。にもかかわらず、誰もが〈ザ・デイ・アフター〉について書き急いでいると、今日の終末意識を批判する。こうして、野崎は、「三・一一」以前の原発ミステリをあえて取り上げ、〈本に予言されていた惨事〉が起こったことを指摘する。本が流通する範囲とはいえ、これまで国民が原発の危険性について全くの無知だったわけではない。原発もまた「見えない人」(チェスタトン)ならぬ、「見えないもの」だったのだ。東野圭吾の原発襲撃小説『天空の蜂』(一九九五年)の犯人は、「沈黙する群集に、原子炉のことを忘れさせてはならない。常に意識させ、そして自らの道を選択させるのだ」というメッセージを送った。事故が起こらない限りこの国は原発を止めることができないだろうという東野の悲観主義は、しかし、原発を再稼動するこの国においては、楽観主義であったというべきか。

谷川流の人気ライトノベル「涼宮ハルヒ」シリーズ(二〇〇三年〜)は、セカイ系の流れを汲むものではあるが、そこにはこれまでのセカイ系にはない新しさがあった。非日常を待ち望んでいる超能力者ハルヒ本人に事実を悟られないように注意しつつ、ハルヒ自身が無自覚な発生源となっている超常現象を、唯一特殊能力を持たない男子高校生が秘密裏に解決し、日常生活を維持するＳＦ学園ものである。谷川流は、阪神・淡路大震災被災体験者であった。ヒーローがわかりやすい敵と戦うのではなく、日常を守るために誰にも称賛されることなく水面下で戦い、危機を未然に防ぐという発想が、今日においては新鮮に感じられた。

ミステリにおいても、殺人事件という終わったところから事後的に推理するのではなく、探偵が事件にコミットしてしまう〈ビフォー〉のミステリが、リアリティを持つことになるだろう。デュパンやホームズのような一九世紀的探偵は、自由気ままな都市の遊歩者で、事件には直接関わらず、警察があれこれ誤った推理をするのをしりめに、最後に超越的な立場から真実を明らかにする。探偵の推理は間違わない。「後期クイーン的問題」以降の探偵の場合は、メタレベルに立つことはありえず、むしろその脆弱さが浮き彫りにされる。伝統的な探偵小説では、こうした変容の可能性を排除すべく事件はしばしば密室ですでに起こってしまったこととして提示されていたのだが、現代では探偵が事件に直接的に関与し、そのため事件が変容してしまい、つねに進行中のものという事態を招来することになる。「後期クイーン的問題」は、別の形で今後も問われ続けるだろう。

奇蹟や偶然をミステリの主題に据えたのは、山口雅也『奇偶』(二〇〇二年)である。作者自身がモデルの推理作家の火渡雅は、神奈川県の狛浦原子力発電所の爆発事故現場をたまたま通りかかり、世界貿易センタービルに旅客機が激突した九月一一日を境に異世界に突入していく。ちょうどその晩取材のために訪れていたカジノで、クラップスというゲームにおいて福助という名の小人が六のゾロ目を四回連続で振り出すという信じがたい奇蹟を目の当たりにする。翌日、作者は小人と一緒にいた男が渋谷の街中でサイコロ型の看板に打ち倒されて死ぬ現場に立ち会う。三つ転がった巨大なサイコロの出目は全部が六だった。その直後に作者は右目から出血して視力を失う。名前や人物関係の偶然の暗合、猿の書いた文章、夢のお告げ、といった奇妙な偶然の連鎖を体験し、やがて精神が崩壊していく。福助に導かれ新興宗教「奇偶教団」に迎えられた彼は、彼の恋人と教祖が奇怪な死を遂げる「密室殺人」に巻き込まれる。

このような偶然の連鎖を主題にしたミステリは、「ヴァン・ダインの二十則」や「ノックスの十戒」の禁じ手であったわけだが、三・一一のような、百年に一度、あるいは千年に一度といった数字の上では、ほとんど起こらないはずのものを経験してしまった以上、因果論的な思考や論理学的な推論とは異なる、確率論的な思考に基づくミステリが今後出てくるのではないだろうか。小説ではないが、シナリオが分岐するデジタルのミステリゲームの出現などは、そのような実践の一つだろう。

今回の福島原発事故による放射能被爆の恐怖は、これまでの一撃による大量死と廃墟のイメージとは異なり、被爆によって数年後、あるいは数十年後に何パーセントかの確率で癌を発症してしまうのではないかといった確率論的な死の恐怖である。癌を発症してからの生存確率もさることながら、放射能被爆と癌の因果関係が不明なまま、癌の発症に怯えるような、引き伸ばされた死の経験といえばいいか。もちろん、確率論的な思考は昔からあったが、少なくともこれまでのミステリがあまり想定していなかった、プロバビリティの経験ではなかったか。

確率論的な思考に対応したミステリとしては、「この私」とありえたかも知れない「もうひとりの私」が複数回の生を反復したり、「死ぬ私」と「死なない私」が分岐する可能世界を扱ったりするミステリが考えられる。死者が蘇るかもしれない世界での殺人事件を描いた山口雅也『生ける屍の死』(一九八九年)、同じ日を九回繰り返すことができるようになった男が主人公の西澤保彦『七回死んだ男』(一九九五年)、過去のある時点から人生をやりなおすことができるという時間旅行での連続不審死を扱った乾くるみ『リピート』(二〇〇四年)などのSFミステリなどが挙げられる。

こうしたループものにおける選択肢の多様性と任意性という問題は、今回の震災と原発事故においては、むしろ出来事の一回性、取り返しのつかなさを浮き彫りにした。SF的、あるいは確率論的ミステリにおいては、反復の可能性よりも、不可能性に読者はリアリティを感じるだろう。東浩紀のいう「ゲーム的リアリズム」(『ゲーム的リアリズムの誕生——動物化するポストモダン2』講談社、二〇〇七年)が、サブカルチャーの枠を超えて全面化していくようだ。ミステリも、こうでありえたかもしれない事件や探偵の推理の可能性や多様性と、しかし、このような事件や推理を選択してしまったという事後性とに引き裂かれていくことになるだろう。限界研編『21世紀探偵小説——ポスト新本格と論理の崩壊』(南雲堂、二〇一二年)は、そのような今後のミステリの方向性に示唆を与えてくれるミステリ評論集である。

やや性急に三・一一以降の課題をミステリに担わせてしまったきらいはあるが、本論集が示したように、ミステリはそれぞれの時代を何らかの形で映し出す(反面教師的)鏡であり、今後も注視していきたい。

最後に、北海道大学出版会の今中智佳子さんには、本論集の企画に賛同してもらい、刊行にこぎつけたことを、感謝してここに記したい。

なお、本論集は、平成二四年度北海道大学大学院文学研究科の出版助成を得て、公刊したものである。

二〇一三年一月二二日

押野武志

初出一覧

まえがき　書き下ろし
成田大典「「一寸法師」のスキャンダル——江戸川乱歩と探偵小説」（『国語国文研究』第一二一号、二〇〇二年、「「一寸法師」のスキャンダル——乱歩と探偵小説」を改題）
井上貴翔「指紋と血の交錯——小酒井不木「赦罪」をめぐって」（『北海道大学大学院文学研究科研究論集』第八号、二〇〇八年、「〝徴〟としての指紋——小酒井浮木「赦罪」を中心に」を改題）
押野武志「坂口安吾ミステリの射程——『荒地』派詩人たちとの交錯」（坂口安吾論集II『安吾からの挑戦状』ゆまに書房、二〇〇四年、「安吾と『荒地』派詩人たち」を改題）
高橋啓太「「終戦直後の婦人」の創出——松本清張『ゼロの焦点』」（『りりばーす』第二号、二〇〇二年）
近藤周吾「帰郷不能者たちの悲歌——水上勉『飢餓海峡』論」（『りりばーす』第二号、二〇〇二年）
横濱雄二・諸岡卓真「もうひとつのクローズドサークル——『八つ墓村』と『屍鬼』」（一柳廣孝・吉田司雄編『幻想文学、近代の魔界へ』青弓社、二〇〇六年）
小松太一郎「〈わたしのハコはどこでしょう?〉——赤川次郎「徒歩十五分」をめぐって」（『りりばーす』第二号、二〇〇二年）
横濱雄二「憑物落し、あるいは二つの物語世界の超克——京極夏彦『姑獲鳥の夏』」（『りりばーす』第二号、

二〇〇二年、「憑物落し――探偵小説の二重性」を改題）
大森滋樹「サスペンスの構造と『クライン の壺』『ジェノサイド』の比較考察」 書き下ろし
諸岡卓真「創造する推理――城平京『虚構推理』論」（「日本近代文学」第八七集、二〇一二年）
あとがき　書き下ろし
※書き下ろし以外の原稿はすべて改稿を行っている。

執筆者紹介（執筆順）

成田大典（なりた・だいすけ）
一九七七年秋田県生まれ。早稲田大学第一文学部卒。北海道大学大学院文学研究科博士後期課程満期退学。現在、北星学園大学非常勤講師。共著に『女は変身する』（青弓社、二〇〇八年）などがある。専門は探偵小説研究、マンガ研究。

井上貴翔（いのうえ・きしょう）
一九八一年大阪府生まれ。大阪大学文学部卒。現在、北海道大学大学院文学研究科博士後期課程、札幌大谷大学・北海道情報大学非常勤講師。論文に「Desire "for"/"immanent to" the fingerprint」（『北海道大学大学院文学研究科研究論集』第一一号）などがある。専門は日本近現代文学・文化。

押野武志（おしの・たけし）
一九六五年山形県生まれ。東北大学大学院文学研究科博士後期課程満期退学。現在、北海道大学大学院文学研究科教授。博士（文学）。著書に『宮沢賢治の美学』（翰林書房、二〇〇〇年）、『童貞としての宮沢賢治』（ちくま新書、二〇〇三年）、『文学の権能――漱石・賢治・安吾の系譜』（翰林書房、二〇〇九年）などがある。

高橋啓太（たかはし・けいた）

一九七七年北海道生まれ。北海道大学大学院文学研究科博士後期課程修了。現在、北海道大学大学院文学研究科専門研究員。博士（文学）。論文に「武田泰淳「審判」に見る「文学」の「政治」性——戦後文学再検討の視座」（『昭和文学研究』第六三集、二〇一一年）などがある。

近藤周吾（こんどう・しゅうご）

北海道大学大学院文学研究科博士後期課程満期退学。藤女子大学文学部非常勤講師、富山商船高等専門学校教養学科専任講師などを経て、現在、富山高等専門学校一般教養科准教授。共著に『モーツァルトスタディーズ』（玉川大学出版部、二〇〇六年）、『太宰治研究』（和泉書院、二〇〇七〜二〇一一年）などがある。

横濱雄二（よこはま・ゆうじ）

一九七二年北海道生まれ。北海道大学大学院文学研究科博士後期課程満期退学。同助教を経て、現在、甲南女子大学文学部専任講師。博士（文学）。共著に『天空のミステリー』（青弓社、二〇一二年）などがある。専門は日本近現代文学および現代視聴覚文化。

諸岡卓真（もろおか・たくま）

一九七七年福島県生まれ。早稲田大学第一文学部卒。北海道大学大学院文学研究科博士後期課程修了。現在、北海道情報大学准教授。博士（文学）。著書に『現代本格ミステリの研究』（北海道大学出版会、二〇一〇年）がある。専門はミステリ論、テレビゲーム論。

小松太一郎（こまつ・たいちろう）

一九七七年北海道生まれ。北海道大学大学院文学研究科博士後期課程満期退学。論文に「後藤明生「何？」論」（『国語国文研究』第一二六号）、「〝挟み撃ち〟にされる1DK居住者——後藤明生「もうひとつの部屋」論」（『日本近代文学会北海道支部会報』五）などがある。専門は日本近現代文学における都市／郊外／家族をめぐる言説・表象分析。

大森滋樹（おおもり・しげき）
一九六五年北海道生まれ。北海道大学文学部文学科国語国文学専攻卒。「物語のジェットマシーン――探偵小説における速度と遊びの研究」で第七回創元推理評論賞佳作を受賞後、ミステリ評論の活動を始める。共著に『ニアミステリのすすめ』（原書房、二〇〇八年）、『本格ミステリ・ディケイド』（原書房、二〇一二年）など。

索　引

ア　行

カ　行

サ　行

ヤ　行

ラ　行

ワ　行

アルファベット順

日本探偵小説を読む――偏光と挑発のミステリ史

2013年3月29日　第1刷発行
2013年5月25日　第2刷発行

編著者　押野武志
　　　　諸岡卓真

発行者　櫻井義秀

発行所　北海道大学出版会
札幌市北区北9条西8丁目 北海道大学構内（〒060-0809）
tel. 011(747)2308・fax. 011(736)8605 http://www.hup.gr.jp/

㈱アイワード

ISBN 978-4-8329-3383-5